AF200817

Zum Autor

Andreas Wieners, Jahrgang 1962, studierter Bauingenieur, verfasste während seiner Arbeit als Leiter des Technischen Marketings eines großen Industrieunternehmens diverse ingenieurtechnische Fachartikel. Seit dieser Zeit ließ ihn das Schreiben nicht mehr los.

Mit "Vater" veröffentlicht er seinen zweiten Thriller.

Folgende Bücher des Autors sind erschienen:

Radt Race, ISBN 9 783 743 141 940

Zum Buch

Sonderermittler Paolo Mancini findet in Bath County - Virginia - eine zerstückelte Leiche tief unterhalb eines Sees in den Kellerräumen eines Kraftwerkes. Bestialisch hingerichtet, glaubt Mancini an einen Ritualmord, als er eine geheimnisvolle Flüssigkeit in einer blauen Flasche auf einem Altar am Tatort entdeckt.

Zur gleichen Zeit finde ich, Tom Scott - Sohn des wohlhabenden Bauunternehmers Frank Scott - im viertausend Kilometer entfernten Tiburon - Kalifornien, meine Familie und einen asiatischen Geschäftsfreund meines Vaters tot im Haus meiner Eltern auf. Getötet durch die Einnahme einer mysteriösen Flüssigkeit aus einer blauen Flasche. Ich glaube, den Fremden als Kind schon einmal gesehen zu haben.

Während Mancini verzweifelt versucht herauszufinden wer die Leiche ist, verdächtigt die Polizei in Kalifornien zunächst mich die Morde an meiner Familie und dem fremden Chinesen begangen zu haben, bevor sie den Fall ungeklärt zu den Akten legt.

Ich habe alles verloren und beschließe mit Hilfe meiner drei Freunde den Mörder selbst zu suchen.

Bis auf die blaue Flasche scheinen die Morde nichts miteinander zu tun zu haben. Doch irgendetwas verbindet sie. Nach und nach finde ich heraus, dass die Lösung nur in Asien liegen kann. Es beginnt eine gefährliche, atemberaubende Suche nach dem Mörder in einem fremden Land.

Ich dringe tief in die Vergangenheit meiner Familie, stoße auf Ungereimtheiten, dubiose Geschäftsfreunde meines Vaters und einen unvorstellbaren Betrug beim Bau eines großen Staudamms in China. Die Situation spitzt sich zu, als ich glaube den Mörder gefunden zu haben. Dann gerate ich in Lebensgefahr und flüchte vor dem Mörder durch die faszinierende Bergwelt des heiligen Wutai Shan. Wer kann mir helfen hier lebend wieder heraus zu kommen?

Bibliographische Information der Deutschen Nationalbibliothek: Die Deutsche Nationalbibliothek verzeichnet diese Publikation in der Deutschen Nationalbibliografie; detaillierte bibliografische Daten sind im Internet über http://dnb.dnb.de abrufbar.

© 2018 Andreas Wieners

Herstellung und Verlag:

BoD – Books on Demand, Norderstedt

ISNB: 9 783 748 181 774

Vater

Andreas Wieners

Ein Thriller – nicht nur für Bergsteiger

TEIL 1

Kapitel 1

Bath County, Virginia, 2014

Die Dämmerung hatte bereits eingesetzt als sie den "stillen Riesen" erreichten. Lediglich das Krafthaus ragte aus dem See. Vor ihnen lag das verschlossene, unscheinbare Gebäude. Motoren wurden gedrosselt. Blaue Sirenen abgeschaltet. Zwölf schwarz vermummte, schwer bewaffnete Männer verließen ihre Fahrzeuge. Unter ihnen Paolo Mancini. Gespenstige Stille lag über dem Gelände, nur das Knirschen unter ihren schwarzen Springerstiefeln war wahrzunehmen. Dann ein kurzes, scharfes Klicken als der schwere Seitenschneider die Glieder der Stahlkette knackte. Rasselnd fiel die Kette zu Boden. Ein gezielter Stoß mit dem Brecheisen und die stählerne Tür sprang aus dem Schloss. Wie ein gähnender Schlund lag der schmale, pechschwarze Treppenabgang vor ihnen.

Fast 20 Stockwerke führte er die Männer hinab unterhalb der Wasseroberfläche.

Zeitgleich mit dem Öffnen der Stahltür begann eine Orgel zu spielen.

Kirchenmusik.

Wie Nebelschwaden kroch die Musik leise an den feuchten Wänden des Treppenabgangs hoch. So, als würde sie von unsichtbarer Hand dirigiert.

Der "stille Riese" schien zu erwachen.

Die Waffen im Anschlag stiegen die 12 Apostel im Schein der taktischen Lichter ihrer Waffen die Treppe hinab.

„Stairway to hell", schoss es Mancini durch den Kopf.

Es war erst der Anfang.

7

Die Hammondorgel wurde lauter. Sie schlich ihrem Höhepunkt entgegen.

Dann urplötzliche Stille.

Gefolgt von ohrenbetäubendem Lärm.

Der Sound einer Kettensäge durchschnitt die Gehörgänge der Apostel.

Trommelschläge hämmerten sich mit Urgewalt in Mancinis Magengrube, bevor der sägende Klang der Gitarre erneut einsetzte. Atonale Klänge wie Hymnen aus der Hölle. Wie ein Orkan fegte der Sound über die Männer hinweg. Für kurze Zeit raubte er ihnen sämtliche Sinne. Mancini gab das Zeichen weiter in den Schlund zur Hölle einzudringen. Sie hatten den tiefsten Punkt des Abgangs erreicht. Was folgte war ein schmaler Gang. Nicht einfach zu verteidigen. Die Lichter ihrer Waffen reflektierten sich an Wänden und Decken.

„Prime time suicide: they are creatures with no rights............ Evil is for ever!", schrie eine unsichtbare Stimme ihnen entgegen.

Wieder und wieder.

Der Gang schien kein Ende zu nehmen. Es roch nach Schimmel. Sie folgten dem Gang immer weiter.

„Evil is for ever!"

Die Hölle lag vor ihnen. In weiter Ferne flackerte Kerzenlicht.

Mancini hatte sich an die Spitze der Männer vorgearbeitet. Es gab keinen Schutz. Ein peitschendes Gitarrensolo traf seine Seele. Das Kerzenlicht erlosch. Sie hatten einen tiefschwarzen Raum erreicht. Das gebündelte Licht ihrer Waffen traf die meterhohe Decke.

Das Inferno lag vor ihnen.

Mancini spürte etwas Feuchtes im Gesicht. Reflexartig schaute er nach oben. Sie waren jetzt etwa sechzig Meter unterhalb der Wasseroberfläche. Tropfen fielen auf seine Lippen. Er schmeckte Metall. Blut tropfte von der Decke. Die höllische Musik ließ ihn nicht klar denken. Er blinzelte, schloss kurz die Augen und sah erneut zur Decke. Er wollte nicht glauben was er sah.

8

„Licht!", schrie Mancini.

Die Dunkelheit wechselte von tiefschwarz in dunkelrot.

Ein Gesicht glotzte mit weit aufgerissenen Augen auf die Männer herab. Ein Kopf ohne Körper wie eine Jagdtrophäe an der Decke befestigt. Das Gesicht war entstellt und zerschmettert. Mancinis Blick wanderte die Decke entlang. Ein abgetrennter Arm hing schlaff von der Decke herab. Wie Regen tropfte das Blut von oben. Er atmete Blut.

Mit der Hand wischte er über sein Gesicht: *„Fuck, was für eine Sauerei!"*, schrie er gegen die immer noch diabolisch dröhnende Musik an.

Körperteile waren überall an der Decke verteilt. Er machte einen Schritt nach vorne und stieß gegen einen Haufen. Seine Beine traten ins Leere, schienen keinen Halt zu finden. Es war glatt. Beinahe wäre er gestolpert.

Einer der Männer hatte einen Scheinwerfer aufgestellt. Der ganze Raum war in tiefes Rot getaucht. Blutrot. Vor ihm lag der Torso eines menschlichen Körpers.

Mancini trat einen Schritt zurück als er die Fotos an der Wandtafel befestigt hatte, um einen Gesamtüberblick der kompletten Szenerie zu erhalten.

Das Ganze war vor drei Tagen geschehen und sie hatten immer noch keinen Anhaltspunkt wer der Tote ist. Geschweige denn wussten sie irgendetwas über den Täter. Der oder die Täter hatten ein fürchterliches Gemetzel angerichtet. Die diabolische Musik tat das Ihre dazu. Mancini dröhnten noch immer die Ohren. Wer immer das angerichtet hatte, neigte zu theatralischen Inszenierungen. Der trotz seiner jugendlichen Augen mittlerweile ergraute amerikanische Sonderermittler italienischer Abstammung hasste sämtliche Varianten des Heavy Metal, egal ob Dark- oder Death Metal. Er hatte schon viel erlebt in seiner 25-jährigen Dienstzeit, aber diese Inszenierung suchte ihresgleichen.

Der Tote war keiner der im Pumpspeicherkraftwerk von Bath County, das aufgrund seiner Lage unterhalb der Wasseroberfläche von allen nur "stiller Riese" genannt wurde, arbeitenden Mitarbeiter. Soviel stand fest. Hier wurde niemand vermisst.

Dr. John Higgins, der leitende Pathologe, hatte die einzelnen Leichenteile zusammengeflickt. Die Ergebnisse lagen dem Sonderermittler bereits vor. Mancini blätterte in dem vierseitigen Bericht. Es handelte sich um eine 1,85 Meter große, schlanke, männliche Person heller Hautfarbe im Alter zwischen 60 und 70 Jahren.

Todesursache: Durchtrennen der Halsschlagader mit anschließender Zerstückelung des Körpers.

Paolo Mancinis Blick wanderte zurück an die Wandtafel. Er betrachtete die Bilder, die man vom Inneren des Raums gemacht hatte. Er massierte sich das Kinn. Im hinteren Teil des Raums hatte Kerzenlicht geflackert. Die Kerze stand auf einem abgewetzten Tisch neben einer blauen, kelchartigen Flasche, die mit einer Flüssigkeit gefüllt war. Milchig, matt schimmerndes Wasser. Über den Tisch war ein weißes Laken gespannt. Es wirkte wie auf einem ein Altar. Das Laken war nicht mit Blut besudelt, es hatte etwas Reines. Es wirkte nahezu keusch.

In Mancinis Kopf begann erneut die Orgel zu spielen.

Kirchenmusik.

Was hatte das zu bedeuten? Ein Ritual?

Er schloss die Akte des Pathologen.

Warum wurde der Mord in dem Pumpspeicherwerk begangen?

Welche Beziehung hatte der Tote zu diesem Ort?

Welche Verbindung gab es zur Vergangenheit des Kraftwerkes?

Gab es überhaupt eine?

Gab es einen religiösen Bezug?

Fragen über Fragen rasten Mancini durch den Kopf.

Das Kraftwerk wurde vor gut dreißig Jahren in Betrieb genommen. Fast zwanzig Jahre lang war es das größte seiner Art. Vor zehn Jahren mussten die sechs Turbinen des Kraftwerkes erneuert werden, um das Kraftwerk fit für die Zukunft zu machen.

Mancini blätterte in den Unterlagen der Kraftwerksbetreiber. Mit diesem Umbau beauftragt wurde ein Unternehmen aus Kalifornien. Scott Civilconstructions. Stück für Stück demontierten die Mitarbeiter von Scott die riesigen Turbinen – jedes Laufrad hatte einen Durchmesser von mehr als sechs Metern und wog fast 90 Tonnen. Die alten Bauteile wurden durch neue ersetzt. Spezialtransporter lieferten die Teile aus weiter Entfernung an. Der Umbau wurde zur Zufriedenheit aller Beteiligten abgewickelt. Keine Unfälle, keine Ungereimtheiten. Mancini konnte nichts Entscheidendes finden.

Musste er noch weiter zurück in der Vergangenheit suchen?

Die frühesten Datierungen über den alten Speicher führten bis in das Jahr 1790. Zu dieser Zeit lebten vor allem Auswanderer schottischer oder irischer Abstammung in Bath County. Die Existenz warmer Mineralquellen hatte sie schon um 1750 in diese Region gebracht. Ein erstes Hotel wurde 1766 erbaut und um 1800 kamen bereits auswärtige Besucher, um in den warmen Quellen zu baden und auf die heilende Wirkung zu hoffen.

Hatte der Mord irgendetwas hiermit zu tun?

Sollte die Leiche auf irgendetwas hinweisen?

Mancini, der 45 jährige, schlanke Ermittler ist Spezialist für Ritualmorde einer Sonderabteilung des FBI. Vor 10 Jahren war er dieser Sonderabteilung in Washington DC beigetreten, bevor er 15 Jahre für die Staatspolizei ermittelt hatte. Mancini ging in seinem Büro in der fünften Etage des eckigen Gebäudekomplexes, das nur knapp einen Kilometer vom Weißen Haus entfernt lag, auf und ab. Er trat ans Fenster und konnte sehen wie seine kantigen Gesichtszüge, die in den letzten Jahren einen immer härteren Ausdruck angenommen hatten, sich im Glas der Scheibe spiegelten. Mancini war ein Fuchs, doch dieses Mal schien er in einer Sackgasse zu stecken. Nichts, wirklich gar nichts hatte der Täter an Spuren hinterlassen. Dem Opfer fehlten Zähne und Fingerkuppen, so dass eine Identifizierung nur über einen DNA-Abgleich möglich war. Dafür musste er jedoch wissen mit welcher DNA er die des Toten vergleichen sollte.

Es war wie verhext.

11

Das Telefon klingelte und riss Mancini aus seinen Gedanken.

„Ja", meldete er sich.

Am anderen Ende der Leitung war Jeff Beck, der Leiter der Kriminaltechnik. Man hatte die Flüssigkeit, die sich in der blauen Flasche befand, sowie das Gefäß selbst genauer untersucht. Das Wasser war Süßwasser, es befanden sich einige Flusssedimente im Wasser. Die weitere Analyse hatte keine entscheidenden Erkenntnisse gebracht. Das Gefäß war aus Glas, man konnte jedoch keine Besonderheiten feststellen. Vielleicht konnten die blauen Farbpigmente weiterhelfen, aber hier war man noch nicht soweit.

Was spielte diese Flasche für eine Rolle?

Welches Ritual beschrieb der Täter?

Eine Frage jagte die nächste.

Kapitel 2

Kalifornien, 2014

Wir hatten oft Gäste auf "Landsend". An einen Gast erinnere ich mich so, als wäre es gestern gewesen. Die Begegnung mit ihm sollte mein ganzes Leben verändern.

Eines Abends, es war Anfang Herbst, einer dieser goldenen Herbsttage, wie wir sie alle kennen und uns so oft wünschen. Es war noch warm, als die Sonne begann unterzugehen und ihr orangefarbenes Kleid über "Landsend" auszubreiten. Ihr Licht erzeugte eine ganz eigene, kaum in Worte zu kleidende Harmonie. Zufriedenheit und Glück schienen greifbar zu sein. Aber alles sollte ganz anders kommen.

Ich ging den geschwungenen Kiesweg vom breiten Eingangstor in Richtung Veranda, als ich Stimmen und Gelächter wahrnahm. Jeder der mich hätte sehen können, konnte meinen swingenden Gang erkennen, so als würde mich eine nicht hörbare, aber doch vorhandene Musik begleiten. Dann sah ich sie auf der Veranda sitzen. Vater und einen mir unbekannten Mann. Sie lachten und prosteten sich zu. Der Mann hatte mir den Rücken zugewandt als er aufstand, kerzengerade vor Vater seinen Kopf senkte und ihm ein kurzes: *„Gambe!"*, zurief. Die beiden Männer setzten ihre Gläser an den Mund und ließen die durchsichtige, im untergehenden Sonnenlicht golden schimmernde Flüssigkeit ihre Kehlen hinunterlaufen. Vaters Gast hatte seine eisgrauen Haare straff nach hinten zu einem Pferdeschwanz zusammengebunden. Dann schien er das Knirschen unter meinen Füßen gehört zu haben und drehte sich plötzlich in meine Richtung.

Ich sah in das uralte Gesicht eines Asiaten.

Abrupt blieb ich stehen, die nicht hörbare Musik, die mich begleitet hatte, verstummte augenblicklich. Meine Nackenhaare richteten sich auf.

Ich kannte dieses Gesicht!

Nur ohne die vielen Falten und umrahmt von pechschwarzem Haar war es mir für immer in Erinnerung geblieben. Über zwanzig Jahre war es her, dass ich es zuletzt gesehen hatte. Und das nur ein einziges Mal! Aber die Erinnerung war da, sofort. Sie traf mich unvermittelt und brutal von jetzt auf gleich, ohne irgendeine Vorwarnung.

Dieses Gesicht gehörte zu den Gesichtern jener Männer, die mir die Achtung vor meinem Vater nahmen. Es war mit dafür verantwortlich, dass sämtliche Gefühle, die ein Sohn für seinen Vater hegte, mit einem Mal erlöschen und sich in eisige Kälte verwandelten.

Seit jenem Tag hatte ich aufgehört meinen Vater zu lieben und zu achten. Ich hatte begonnen ihn zu hassen. Die Zeit hatte die Schmerzen, die diese Begegnung einem acht Jahre alten Jungen zugefügt hatten, so als hätte man ihm das Herz herausgerissen, oberflächlich heilen lassen. Ich konnte das, was ich gesehen hatte, damals noch nicht richtig begreifen. Dem Schmerz und dem Hass tief in meinem Inneren waren Gleichgültigkeit und Oberflächlichkeit gefolgt. Zwischen einem Vater und seinem heranwachsenden Sohn war das Band der Liebe und Achtung gerissen.

Der Asiate sah mich an und nickte kurz mit dem Kopf. Der guten Erziehung, die ich ausschließlich meiner Mutter zu verdanken hatte, gehorchend, nickte ich auch kurz mit dem Kopf und sagte mit leichtem Kratzen im Hals: *„Guten Abend zusammen."*

13

Mutter erschien in der Verandatür. Sie trug ihr immer noch dunkles, lockiges Haar mittlerweile etwas kürzer geschnitten, so dass die Locken ihre Schultern nur noch leicht berührten.

„Das ist unser Sohn Tom", stellte sie mich dem Asiaten vor.

Der Asiate stand jetzt direkt vor mir und sah mir in die Augen. Er verbeugte sich kurz und sagte: *„Chun, mein Name ist Chun Lin."*

Ich nickte erneut, zögerte kurz und reichte ihm dann langsam meine Hand: *„Tom, Tom Scott."* Der Asiate griff nach meiner Hand, drückte sie kurz, eher schlaff und feucht.

„Setzen Sie sich doch zu uns", meinte er in geübtem Englisch. Er deutete auf den Platz neben sich.

„Vielen Dank", antwortete ich schnell. *„ Ich muss noch etwas arbeiten",* log ich. *„Vielleicht komme ich später noch herunter."*

Ich ging die Treppe hinauf in mein Zimmer. Alte Wunden waren aufgerissen worden. Auf dem Weg nach oben griff ich mir zwei Flaschen eiskaltes Bier aus dem Kühlschrank. Mary, meine zwei Jahre jüngere Schwester, kam mir aus der Küche entgegen. Sie war meiner Mutter wie aus dem Gesicht geschnitten, nur trug sie die dunklen Haare länger und war vierundzwanzig Jahre jünger als Mum.

„Hi Tom", grüßte sie mich mit ihrem zauberhaften Lächeln.

Hätte ich gewusst, dass ich meine Familie gerade zum letzten Mal lebend gesehen hatte, wäre ich nicht auf mein Zimmer gegangen.

Ich betrat das Zimmer, schloss die Tür hinter mir und öffnete die erste Bierflasche, indem ich sie mit Hilfe der zweiten Flasche aufhebelte. Das Bier lief eiskalt meine Kehle hinunter.

"Landsend" bot uns Vieren mächtig viel Platz, so dass ich, ganz zur Freude meiner Mutter, mit achtundzwanzig Jahren immer noch bei meinen Eltern am Rande der Kleinstadt Tiburon wohnte. Auch Mary wohnte noch auf "Landsend". Die Betonung lag auf noch, denn sie würde im Frühjahr des nächsten Jahres ihren langjährigen Freund Michael heiraten. Mary und ich teilten uns die obere Etage, auf der sich neben unseren großräumigen Zimmern noch ein gemeinsames Bad und ein Gästezimmer befanden. Meine Eltern wohnten in der unteren Etage. Im Sommer dieses Jahres hatte ich mein Studium der

Rechtswissenschaften an der San Francisco State University erfolgreich abgeschlossen. Mein Vater erwartete von mir, dass ich eines Tages mit in sein Bauunternehmen Scott Civilconstructions einsteigen würde, um dort als Jurist die Vertragsangelegenheiten zu regeln. Das kam für mich nicht infrage. Nur Mutter und Mary zur Liebe und, um ehrlich zu sein, auch aus Bequemlichkeit war ich noch hier. Ich würde mir einen Job suchen, möglichst weit weg von meinem Vater.

Ich hatte die erste Flasche Bier bereits geleert, als sich der Tonarm des Pro-Ject Signature senkte und sich die Nadel fast geräuschlos in die Rille von Joe Bonamassas "Happier Times" einfädelte. Der warme Sound der Instrumente füllte Sekunden später den Raum. Mein Blick war kurz gefangen von dem präzise aus Aluminium gefertigten Plattenteller und dem massiven Chassis, bevor ich zur zweiten Flasche Bier griff.

Bonamassas einmaliger, bluesiger Rock konnte mich jedoch nur kurzzeitig gefangen nehmen. Immer wieder tauchte das Gesicht des Asiaten vor mir auf. In meinen Ohren hallte es: „Gambe!" So als würde man es in eine Höhle rufen von deren Wänden ein hundertfaches Echo reflektiert wurde.

Meine Gedanken reisten in eine vergangene Zeit. Jetzt sah ich auch die anderen Gesichter vor mir. Wie durch einen nebeligen Schleier waren sie aufgetaucht. Sie hatten sich in mein Gehirn gebrannt. Ich war machtlos und konnte sie nicht mehr loswerden. Die zweite Flasche Bier war bereits geleert, als die beiden Schlagzeuger im Mittelteil des Stücks die Felle ihrer Drums bearbeiteten. Automatisch hatte ich in den rechts von mir stehenden kleinen Schrank gegriffen. Ein Glas und eine Flasche Dalmore 25 Years - ein sauteurer, edler Single Malt - kamen zum Vorschein. Ich hatte die Flasche irgendwann aus Vaters Kellerbar entwendet. Offensichtlich hatte es der Alte bis heute nicht gemerkt.

1986 erblickte ich als Tom Scott, Sohn des einflussreichen Bauunternehmers Frank Scott und seiner Frau Hilda Scott im Saint Francis Memorial Hospital das Licht der Welt. Frank Scott war zu diesem Zeitpunkt der stolzeste Mann auf Erden. Er hatte geschafft, was man von einem Kerl wie ihm erwartete – der Stammhalter war geboren. Als zwei Jahre danach auch noch die süße Mary Scott das Licht der Welt erblickte, schien die Welt perfekt zu sein im Hause Scott. Bereits im Jahr vor meiner Geburt hatte mein Vater unser Haus am Rande von Tiburon, keine dreißig Kilometer nördlich von Down Town

San Francisco, gebaut. Er nannte den gesamten Komplex "Landsend", da das große, von außen kaum einsehbare Grundstück am Ende einer traumhaften Landzunge mit Blick auf die Golden Gate Bridge lag. Bis ich acht Jahre alt war, lebte ich das nahezu unbekümmerte Leben eines reichen Jungen, dem es an nichts mangelte. Vater bekamen wir fast ausschließlich an den Wochenenden zu Gesicht, da er die ganze Woche über seinen Geschäften bis spät in die Nacht nachging. Mutter kümmerte sich rührend um mich und Mary.

Und ich hatte Freunde.

Genauer gesagt drei Freunde.

Den dicken, blondhaarigen Rick Sanders, der jüngste der vier Sanders Brüder. Seinem Vater, dem alten Dick Sanders, gehörte die Autowerkstatt "Sanders Garage" am Pier 48 unweit vom China Basin und direkt gegenüber dem South Beach Harbor von San Francisco. Dick Sanders reparierte die LKW's und Baufahrzeuge für meinen Vater. Rick war das komplette Gegenteil von mir. Er war blond, unsportlich und übergewichtig. Aber er war ein lustiger Typ, hatte immer einen Spruch auf den Lippen. Und er war ein Freund auf den man zählen konnte.

Dann gab es noch Bob Miller. Bob war Einzelkind und lebte zusammen mit seiner Mutter Elsa in einem kleinen Haus an der Spanish Trail Road. Bobs Vater war eines Nachts von heute auf morgen verschwunden. Er hatte Bob und Elsa alleine gelassen. Bobs Mutter arbeitete als Bibliothekarin in der Belvedere Tiburon Library. Bob war dünn wie eine Bohnenstange und mehr als einen Kopf größer als wir anderen. Seine streng gescheitelten, braunen Haare und die dunkle Brille, die er trug, waren somit immer als erstes sichtbar, wenn wir irgendwo auftauchten. Wir nannten Bob "Hightower".

Zu guter Letzt gehörte noch Sheng Xu, der Sohn von Yong Xu zu meinen Freunden. Yong Xu war Besitzer von Xu´s Dynasty, einem Chinesischen Restaurant. Sheng war im Alter von fünf Jahren aus China mit seinen Eltern und seiner großen Schwester Yin Xu nach Amerika gekommen.

Rick, Bob, Sheng und ich gingen zusammen in die Grundschule von Tiburon. Seit dieser Zeit sind wir beste Kumpel. So oft es ging hockten wir zusammen. Obwohl wir uns alle gut verstanden war Sheng mein bester Freund. Ständig klaute er irgendwelche süßen Leckereien

16

aus der Küche seines Vaters, die er dann zu unseren Treffen mitbrachte. Mehr als die Hälfte der Süßigkeiten stopfte Rick in sich hinein. "Hightower" aß am wenigsten, obwohl es immer köstlich schmeckte.

Kapitel 3

Washington, 2014

Das FBI hatte einen anonymen Hinweis auf das Verbrechen erhalten. Ein Anruf von einem Prepaid-Handy, der nicht zurückverfolgbar war. Die Stimme, die den Hinweis sprach, gehörte einem bekannten Filmschauspieler. Sie war aus mehreren Wortfetzen alter Filme des Darstellers zusammengesetzt worden, bis diese schließlich den Satz bildeten: *„Fahren sie nach Bath County zum Kraftwerk, es ist etwas furchtbares passiert."*

Mancini fragte sich was der anonyme Anrufer erreichen wollte. Ohne diesen Hinweis hätte man die Leiche erst nach Jahren gefunden, denn dieser Raum des Kraftwerkes gehörte zu dem stillgelegten Teil, in dem die alten Turbinenteile gelagert wurden. Anonyme Hinweise hatten immer eine Bedeutung, oftmals kamen sie von den Tätern selbst, die auf ihre Tat aufmerksam machen wollten. Irgendetwas wollte der Täter ihnen sagen. Was nur?

Der Hinweis hatte sie nur wenige Stunden nach der Tat erreicht. Dr. Higgins hatte den Todeszeitpunkt entsprechend fixiert. Die Leichenteile bluteten noch immer als die Polizisten den Tatort erreicht hatten. Es klopfte an Mancinis Bürotür.

„Herein."

„Hallo Paolo", Higgins steckte seinen glattrasierten Schädel durch die Tür. *„Ich war in der Nähe und wollte dir die letzten Neuigkeiten kurz selbst berichten."* Der Pathologe legte den zweiten Teil seines Berichts auf Mancinis Schreibtisch.

„Wir haben die Schnittwunden genauer untersucht, soweit das noch möglich war. Die Schnittführung lässt erkennen, dass der Täter Rechtshänder ist. Zunächst wurde dem Opfer die Kehle durchtrennt, was die eigentliche Todesursache war. Der Täter benutze ein äußerst scharfes Messer mit relativ dünner Klinge. Die Schnitttiefe lässt auf ein

klappbares Rasiermesser schließen. Der Schnitt verläuft von links nach rechts durch den Kehlkopf des Opfers."

Higgins hielt den Daumen seiner rechten Hand an seinen Hals und vollzog in einer Bewegung den Verlauf des Schnitts nach.

„Aufgrund seines Alters dürfte das Opfer nach kurzer Zeit die Besinnung verloren haben", fuhr der Pathologe mit seinen Ausführungen fort.

„Der Täter wechselte dann das Messer und benutzte eine sägenartige Klinge."

Dr. Higgins beugte sich über den Schreibtisch und schlug seinen Bericht auf. Er zeigte auf ein Foto.

„Paolo, hier kannst du das gezackte, sägeförmige Muster sehen, das sich an den durchtrennten Halswirbeln erkennen lässt."

Mancini erhob sich von seinem Schreibtischstuhl und sah sich das Foto genauer an. Die geschwungene, zackenartige Form war unter der mikroskopischen Aufnahme eindeutig zu erkennen.

„John, du meinst er hat dem Ofer erst die Halsschlagader durchtrennt und dann den Kopf abgesägt?"

Mancini sah Higgins in die Augen.

„Genau so war es", antwortete dieser.

„Im Anschluss hat er den Toten dann entkleidet, bevor er in einen vollkommenen Rausch verfallen ist und dem Opfer sämtliche Gliedmaßen abgetrennt hat, bis nur noch der Torso übrig geblieben ist."

„Stopp!"

Mancini hob seine rechte Hand.

„Woher willst du wissen, dass er das Opfer, nachdem er ihm die Halsschlagader durchtrennt hatte, entkleidet hat? Es konnte doch auch vorher schon nackt gewesen sein. In dem Raum haben wir keine Kleidungsstücke gefunden."

Dr. Higgins schaute auf seine Uhr: *„Jeff müsste gleich ...."*

In diesem Augenblick klopfte es erneut an Mancinis Tür.

„Ja, herein."

Jeff Beck, der Leiter der Kriminaltechnik, betrat das Büro.

„Paolo, John", er nickte den beiden kurz zu. *„Wir haben neue Erkenntnisse."* Beck zeigte auf Higgins. *„John ist schon teilweise informiert".*

Mancini zog die Stirn kraus. Eigentlich war er hier der leitende Sonderermittler und sollte zuerst informiert werden.

„Ich weiß", sagte Beck, als könnte er Mancinis Gedanken lesen. *„Ich brauchte eine Information von John, um zu erkennen, ob wir die richtigen Schlüsse gezogen haben."*

„Ok, was gibt es für Neuigkeiten?"

„Wir haben verbrannte Kleidungsreste nur unweit von dem Gebäude gefunden, in dem die Leichenteile lagen. In der Nacht als das Opfer ermordet wurde, hatte es nach Mitternacht äußerst stark zu regnen begonnen. Die in Brand gesetzte Kleidung ist daher nicht vollkommen verbrand. Durch die Feuchtigkeit des Regens sind kleine Stücke der Kleidung unversehrt geblieben."

Jeff Beck legte seinen Bericht nun auch auf Mancinis Schreibtisch, neben den Bericht des Pathologen und schlug die Seite mit den Fotos auf. Mancini beugte sich über die Bilder, während Beck weitersprach.

„Du siehst ein Stück eines Hemdkragens. In den Fasern wurde Blut gefunden, das mit dem Blut des Opfers übereinstimmt. Es handelt sich somit eindeutig um ein Kleidungsstück des Opfers. Wir können ausschließen, dass es sich um die Kleidung des Täters handelt."

„Warum sollte der sich auch ausziehen und seine eigene Kleidung verbrennen", merkte Dr. Higgins an.

„Nicht so voreilig", mahnte Mancini. *„Für mich steht bisher nur fest, dass es sich entweder um die Kleidung des Opfers oder des Täters handelt, der sich bei dem Gemetzel auch mit Blut besuhlt haben wird."*

„Es ist eher unwahrscheinlich, dass es die Kleidung des Täters ist", entgegnete Jeff Beck. *„Wir haben die Asche gewogen und konnten feststellen, dass hier maximal die Kleidung einer Person verbrannt worden ist. Wenn das die Kleidung des Täters sein sollte, wo ist dann die des Opfers?"*

Da war etwas dran, der Täter würde wohl kaum seine eigene Kleidung verbrennen und die des Opfers mitnehmen, oder?

„Einverstanden, gehen wir also davon aus, dass es sich um die Asche der Kleidung des Opfers handelt", stimmte Mancini zu.

„Wir haben drei weitere unverbrannte Kleidungsreste gefunden. Ein Stück einer Unterhose". Beck blätterte eine Seite weiter in seinem Bericht. *„Hier befand sich noch ein Schamhaar zwischen den Fasern. Nach dem DNA-Abgleich mit dem Blut im Stoff des Kragens eindeutig vom Opfer. Ein Stück einer Stoffhose und einen Teil einer Hemdmanschette haben wir auch noch gefunden"*.

„Und das interessante ist, dass wir in den Fasern dieser drei Kleidungsstücke kein Blut nachweisen konnten", schaltete sich Higgins ein.

„Das führt zu meiner Theorie, dass der Täter dem Opfer zunächst die Halsschlagader durchtrennt hat, hierbei ist Blut auf den Hemdkragen geflossen. Dann wurde das Opfer komplett entkleidet, daher keine Blutspuren an den restlichen Kleidungsstücken. Erst danach hat der Täter das entkleidete Opfer zerstückelt. Hierbei ist der Täter regelrecht in einen Rausch gefallen."

Dr. Higgins, der Pathologe, hatte alle Bilder der Leiche nebeneinander auf dem Schreibtisch verteilt. Die drei Männer blickten gespannt auf das was sie sahen.

„Die Schnittmuster weisen auf den Rausch hin. Zunächst hat er den Kopf abgetrennt. Man sieht ein relativ sauberes Schnittmuster und einen geraden Verlauf des Schnitts. Dann folgen die Beine. Beim rechten Bein hatte der Täter offensichtlich die Muskeln noch sauber mit glatter Klinge durchtrennt, bevor er das Sägemesser einsetzte. Beim linken Bein hat er ausschließlich das Sägemesser benutzt."

Die Männer sahen zackenförmig verlaufende Muster in Haut, Muskel und Knochen.

Beim Abtrennen der Arme hatte der Täter dann offensichtlich die Kontrolle über sein Handeln verloren. Es sah so aus, als wären die beiden Arme förmlich vom Körper abgerissen worden. Mancinis Blick fiel auf die Vergrößerung einzelner vollkommen zerfetzter Muskelstränge.

„Den Todeszeitpunkt kann ich somit etwas weiter einengen. Er muss vor Mitternacht liegen, bevor der Regen einsetzte und die Kleidung verbrannt wurde", resümierte Dr. Higgins.

„Paolo", meldete sich Jeff Beck jetzt wieder. *„Wir haben noch etwas gefunden."* Er zeigte auf das letzte Foto der Akte. *„An dem Stoffrest der Hemdmanschette befindet sich ein gesticktes Monogramm."*

Kapitel 4

Tiburon, Sommer 1994

Es war der letzte Schultag in der zweiten Klasse vor den großen Sommerferien. Ich hielt mein erstes Zeugnis in der Hand und war mächtig stolz. Der Unterricht endete am frühen Nachmittag. Mit meinem Rad düste ich die drei Kilometer von der Schule nach Hause zu "Landsend", um es meinen Eltern zu zeigen. Ganz aufgeregt hielt ich es Mum unter die Nase: *„Hier ist es. Wo ist Dad, ich muss es ihm unbedingt zeigen."*

Ich war so stolz.

Mum nahm mich in ihre Arme und drückte mich: *„Das hast du ganz toll gemacht, auch Dad wird glücklich sein. Dein Vater ist mit einigen Kunden im Jagdhaus der Firma. Er hat eine wichtige Besprechung. Er wird erst spät zurück sein. Es geht um ein sehr großes Projekt. Vielleicht kommt er auch erst morgen."*

Ich löste mich aus Mums Umarmung.

Ich war enttäuscht.

Wiedermal war er unterwegs.

Mum hatte den Tisch für das Abendessen gedeckt, doch ich aß nur widerwillig, ohne richtigen Appetit.

21

Da kam mir eine Idee.

Dads Firma besaß ein geräumiges Jagdhaus am Lake Phoenix, keine zwanzig Kilometer von hier. Wenn ich mich beeilen würde, könnte ich die Strecke in ungefähr einer Stunde mit dem Rad zurücklegen, denn ich war ein guter Radfahrer. Ich würde Dad kurz das Zeugnis zeigen. Er könnte mächtig stolz auf mich sein und seine Geschäftspartner beeindrucken. Eine ausgezeichnete Idee, ging es mir durch den Kopf.

Wenn ich es Mum sagen würde, dann könnte sie es mir verbieten. Sie war immer so rücksichtsvoll und störte meinen Dad nie, wenn es um seine Geschäfte ging. Also, entschied ich, das Beste ist, wenn ich ihr nichts sage.

Ich beendete das Abendessen, räumte gemeinsam mit Mary den Tisch ab und wusch mir erneut die Hände.

„Ich will mich noch mit Rick, Bob und Sheng treffen", log ich im Vorbeigehen, denn ins Gesicht schauen konnte ich Mum nicht. *„Ist das ok? Ab morgen sind ja Ferien."*

„Gut, Schatz, aber sei bitte um 22:00 Uhr wieder hier."

22:00 Uhr, das waren zweieinhalb Stunden. Eine Stunde hin, eine halbe Stunde mit Dad und eine Stunde zurück, das müsste klappen.

„OK, bis um 22 Uhr!", rief ich, warf mir den Rucksack mit meinem Zeugnis über die Schulter und trat in die Pedalen.

Ich war vorher noch nie in dem Jagdhaus am Lake Phoenix gewesen. Nur einmal hatte mich Dad mitgenommen, als er eine Kiste mit alkoholischen Getränken in das Haus brachte. Er parkte den Pick-Up vor dem verschlossenen Stahltor. Das Haus war von einer dichten Hecke umgeben, die Fremden den Einblick auf das Grundstück versperrte. Parallel zur Hecke verlief ein fast zwei Meter hoher, verzinkter, eiserner Zaun. Ich musste im Wagen vor dem Tor warten, als mein Vater das Stahltor aufschloss und die Kiste mit den Getränken zum Haus trug. Nach einer viertel Stunde war er wieder am Wagen und steuerte den Pick-Up zurück nach "Landsend".

22

Die Hälfte des Weges, den ich mir leicht hatte merken können, da er mit nur wenigen Abzweigungen quer durch den Wald lief, hatte ich bereits mit dem Fahrrad zurückgelegt, da kam mir ein Gedanke.

„Was, wenn das Stahltor verschlossen war?"

Da tauchte am Wegrand auch schon der riesige Findling auf. Hier musste ich links in den nächsten Waldweg einbiegen. Ich bremste, verließ die asphaltierte Straße und bog in den mit Schlaglöchern und Wurzeln übersäten Waldweg ein. Kurz bevor ich Lake Phoenix erreicht hatte, blieb ich mit dem Hinterrad an einer der Wurzeln hängen und stürzte. Ein Riss in meiner Hose und ein blutendes Knie waren die Folgen. Tränen schossen mir in die Augen. Egal, ich biss die Zähne zusammen und fuhr weiter. Dad würde noch stolzer auf mich sein, wenn er das blutende Knie sah. Verhielt ich mich doch schon wie ein richtiger Mann. Kurz nach der nächsten Biegung konnte ich das stählerne Tor erkennen.

Es war verschlossen.

Ich stieg vom Rad und drückte die Klinke nach unten. Mist, das Tor war abgeschlossen. Unwillkürlich schaute ich auf meine Armbanduhr. Oh, ich hatte doch länger für den Weg gebraucht, als ich dachte. Gute neunzig Minuten waren vergangen. Wohl oder übel musste ich noch über den Zaun klettern. Zwei Meter, wie sollte ich das schaffen? Ich lehnte mein Rad an das Tor und ging nach rechts, immer am Zaun entlang. Nirgendwo entdeckte ich eine Möglichkeit über den Zaun zu kommen. Ich ging zurück zum Tor und dann nach links wieder den Zaun entlang.

Dann sah ich ihn, den großen Baum. Einige seiner Äste reichten bis über den Zaun. Bäume klettern war meine Spezialität. Ruckzuck hatte ich die dicken Äste erreicht. Ich konnte jetzt über den Zaun und die dichte Hecke blicken. Keine zwanzig Meter von hier stand die Jagdhütte auf der anderen Seite. Ihre Türen quer zur Seeseite waren weit geöffnet. Eine Art Veranda, so wie wir sie auf "Landsend" hatten, schloss sich der Hütte an. Ich nahm Stimmen und Gelächter wahr. Ein großer, asiatisch aussehender Mann trat auf die Veranda. Er hatte seine pechschwarzen Haare zu einem Pferdeschwanz zusammengebunden. In seiner rechten Hand hielt er ein Glas. Er hob die Hand, führte das Glas an seinen Mund und rief den anderen, die sich noch in der Hütte befanden, ein lautes, kehliges: *„Gambe!"* zu.

„*Gambe!*", schallte es aus der Hütte zurück. Als die anderen Männer dem Trinkspruch folgend auf die Veranda traten, konnten meine Augen nicht glauben was sie sahen. Und Dad war mitten unter ihnen. Ich konnte es nicht fassen. Unwillkürlich begann ich zu zittern, mir wurde schlecht, ich begann zu würgen, beinahe hätte ich mich übergeben. Plötzlich sah der Asiate in meine Richtung und kam auf den Baum zu auf dem ich saß. Wie zur Eissäule erstarrt blieb ich regungslos auf dem Ast sitzen. Spontan hielt ich meine Hand vor den Mund, um den Brechreiz zu unterdrücken. Der Asiate urinierte an die Hecke direkt unter mir, drehte sich um und ging wieder zurück. Offensichtlich hatte er mich nicht bemerkt. Ich aber würde sein Gesicht mein Leben lang nicht mehr vergessen.

Ich musste hier weg, ging es mir durch den Kopf. Nicht länger wollte, nein konnte ich mitansehen, was auf der Veranda geschah. Vollkommen aufgebracht über das Erlebte taumelte ich mehr als ich lief zu meinem Rad zurück. Die Gedanken überschlugen sich in meinem Kopf. Wem konnte ich erzählen, was ich beobachtet hatte. Mum und meiner Schwester sicher nicht. Meinen Freunden? Konnte ich ihnen das anvertrauen? Ich musste mit jemandem sprechen, sonst würde ich daran kaputtgehen, das wurde mir immer klarer, je weiter ich das Jagdhaus hinter mir lies.

Sheng.

Sheng war der einzige mit dem ich darüber reden konnte. Er war mein bester Freund, mein allerbester und er war Asiate.

Vielleicht konnte er mir alles erklären – hoffentlich!

Kapitel 5

Washington, 2014

Jeff Beck und John Higgins hatten das Büro des Sonderermittlers vor mehr als einer Stunde verlassen. Mancini starrte mit geschlossenen Augen ganz in seine Gedanken vertieft auf die Schreibtischplatte: *„Ein Monogramm, ineinander verwobene Buchstaben und Fasern. Das war ein Anfang. Man hatte doch die ersten Hinweise gefunden. Man findet immer etwas. Irgendetwas, und sei es auf den ersten Blick auch noch so unbedeutend, findet man immer, auch wenn die Täter noch so umsichtig sind."*

24

Seine Gedanken tauchten in die Vergangenheit anderer Fälle. Auch hier war es oft so, dass man zunächst nichts hatte und dann fand man doch etwas. Genau wie bei seinem letzten Fall – James und Gregori Buck. Zwei Satanisten, die einer jungen Frau den Teufel austreiben wollten. Exorzisten, die ihr Opfer verbluten ließen, als sie es zu Ader ließen. Eine einzige Gewebefaser hatte sie letztendlich überführt.

„Faser. Fasern. Außergewöhnliche Fasern", ging es ihm durch den Kopf.

Mancini öffnete schlagartig die Augen.

Auch hier hatte man Fasern gefunden. Fasern aus dem Hemd des Opfers. Seltene Fasern. Mancini schlug erneut den Bericht der Kriminaltechnik auf.

Die Untersuchung der Fasern hatte ergeben, dass es sich um eine ungewöhnliche Seidenfaser handelte, die sogenannte "Fil de Florence". Mancini tippe den Suchbegriff "Fil de Florence" in seinen Computer. Diese Faser wird nicht wie die üblichen Seidenfasern aus den Kokons der Seidenraupen gewonnen, sondern aus der Seidenraupe selbst, genauer gesagt aus den Spinnorganen. Ein teures und nicht sehr ertragreiches Verfahren im Vergleich mit den Fasern aus dem Kokon. Diese Fasern sind vorzüglich fein und extrem teuer. Umgangssprachlich nennt man diese Faser auch Florentiner Garn.

Es gab nur fünf elitäre Geschäfte in den Vereinigten Staaten in denen man Oberhemden aus Florentiner Garn kaufen konnte. In die Manschetten dieser Hemden wurden Monogramme gestickt. Monogramme unterschiedlichster Bedeutung. Oft handelt es sich bei den Kunden solcher Geschäfte um Stammkunden und nicht um Laufkundschaft.

In Mancini breitete sich ein altbekanntes Gefühl aus, er hatte den Faden gefunden, der ihn weiterbringen könnte. Doch kein hoffnungsloser Fall. Die Detailarbeit hatte begonnen. Sie würden jetzt nicht ruhen, ehe sie weitere Ergebnisse finden würden.

Die Geschäfte, die diese Hemden verkaufen, befinden sich in Washington, New York, Chicago, Los Angeles und Dallas. Mancini notierte die Adressen, anschließend loggte er sich aus, fuhr seinen Computer herunter und griff zum Telefonhörer, denn er brauchte Unterstützung, um zügig voran zu kommen.

Die örtlichen Polizeikollegen sollten herausfinden, welche Kunden in diesen Geschäften Oberhemden aus Florentiner Garn gekauft hatten.

Mancinis Blick fiel noch einmal auf das Bild, das eine Vergrößerung des Monogramms zeigte. Tief in Gedanken versunken fuhr er mit seinem Daumen die einzelnen ineinander verschlungenen Linien entlang.

„Welche Bedeutung hatte das Monogramm?"

Noch sagten die Linien ihm nichts.

Er würde es herausfinden, da war er sich sicher.

Kapitel 6

Kalifornien, „Landsend", 2014

Von weit her drangen die Trommelschläge an mein Ohr. Sie wurden lauter, immer lauter, dann schlug ich die Augen auf.

Ich nahm die Stimme unserer Putzfrau Beth wahr: *„Tom, Sie müssen aufstehen, es ist etwas schreckliches passiert."*

„Moment, ich komme", krächzte ich.

Neben mir am Bett stand die Flasche Dalmore 25 Years – mehr als halb leer! Ich merkte, dass ich noch vollkommen angekleidet war. Mein Schädel brummte fürchterlich. Die Stereoanlage war eingeschaltet.

Ich raffte mich auf, ging zur Tür und drückte die Klinke nach unten. Vor mir stand Beth mit tränenüberströmtem Gesicht.

„Beth, was ist los?"

Ich hielt mir den Schädel, der Whiskey hämmerte von innen gegen meine Stirn.

Die kleine Putzfrau konnte sich nicht beruhigen.

„Sie sind tot, sie sind alle tot", stammelte sie immer noch unter Tränen.

Ich wollte nicht begreifen.

„Tot? Wieso tot?"

Mein Magen begann sich zusammenzuziehen.

Langsam kamen sie zurück die Gedanken an gestern. An den Asiaten, der zusammen mit meinem Vater auf der Veranda saß.

Vorbei an Beth lief ich die Treppe hinunter zur Veranda. Da lagen die beiden Männer, wie zwei Betrunkene. So als würden sie ihren Rausch ausschlafen. Mit gespreizten Armen und Beinen. Und, mit offenem Mund. Ich ging zu meinem Vater und rüttelte an seiner Schulter: *„Aufstehen, hey aufstehen!"*, rief ich. Er bewegte sich nicht. Das flaue Gefühl in meinem Magen wurde noch flauer, mir wurde schwindelig. Ich beugte mich hinunter zu seinem Gesicht. Sein Mund stand offen, doch ich konnte keinen Atem wahrnehmen. Ich ergriff seinen schlaffen Arm und suchte seinen Puls. Nichts. Dann hielt ich meinen Finger gegen seine Halsschlagader. Wieder nichts. Ich konnte keinen Puls fühlen. Der Hemdkragen meines Vaters war vollkommen durchnässt. Auf dem Tisch standen eine leere Flasche chinesischer Schnaps und zwei blaue Flaschen ohne Etikett. Eine war komplett leer, in der anderen befand sich noch ungefähr ein Drittel nahezu farbloser Flüssigkeit.

„Beth, rufen Sie einen Notarzt!"

Beth, die mir auf die Veranda gefolgt war, ging ins Haus und griff zum Telefonhörer.

„*Was ist mit Mum und Mary?*", ging es mir durch den Kopf. Der Asiate war mir egal.

Sofort lief ich in Richtung Schlafzimmer meiner Eltern und schrie: „*Mum, wo bist du?*"

Ohne zu klopfen riss ich die Tür zum Schlafzimmer meiner Eltern auf.

Mum lag auf ihrem Bett, schlafend, mit gespreizten Armen und Beinen. Und, mit offenem Mund. Mein Puls raste als ich meinen Kopf zu ihr hinunterbeugte. Kein Atem, kein Puls. Mir wurde heiß. Ich schlug Mum ins Gesicht. Keine Reaktion. Alles um ihr Gesicht herum war total durchnässt. Auf dem Nachttischschrank sah ich dieselbe blaue Flasche wie auf der Veranda. Sie war noch halbvoll.

Ich verließ den Raum, rannte die Treppe nach oben, riss die Tür von Marys Zimmer auf. Da lag meine Schwester, mit gespreizten Armen und Beinen, mit offenem Mund. Tot. Auch sie war tot. Ihr Kopfkissen war nass, vollkommen von Wasser durchtränkt. Auch in ihrem Zimmer stand eine blaue, halbvolle Flasche, gefüllt mit einer farblosen, trüben Flüssigkeit.

Es dauerte keine zehn Minuten und der Notarzt hatte "Landsend" erreicht. Die beiden Ärzte konnten nicht mehr machen, als den Tod der vier Personen festzustellen und die Polizei zu informieren.

Ich stierte auf die Tischplatte vor mich hin und saß vollkommen regungslos einer Stockstarre gleich in einem der schwarzen Ledersessel, als ich endlich die Stimme wahrnahm, die schon seit einiger Zeit zu mir sprach: „*Inspector McLoud. Herr Scott, können Sie mich verstehen? Mein Name ist Inspector McLoud.*"

Ich sah in das rotgeäderte, aufgedunsene Gesicht eines dicken Mannes mit Trenchcoat, während mir einer der Notärzte ein Beruhigungsmittel in die Vene meines linken Arms spritzte.

„*McLoud, ja ich habe Sie verstanden.*"

Der Inspektor sah mich aus wässerigen Augen an, sein Atem roch nach Minze und Alkohol: „*Was ist passiert?*"

„*Keine Ahnung. Sie sind alle tot*", mehr hatte ich nicht zu sagen.

Es wurde dunkel um mich herum.

Kapitel 7

Kalifornien, 2014

Die Tür zum Krankenzimmer öffnete sich und McLoud trat an mein Bett.

„Guten Morgen Herr Scott, erinnern Sie sich an mich?"

„Ja, Sie sind Inspektor McLoud."

Nachdem ich zusammengebrochen war, hatten sie mich ins Krankenhaus gebracht und ich hatte 24 Stunden geschlafen.

McLoud bat mich ihm den letzten Abend aus meiner Erinnerung heraus zu schildern. Ich konnte nichts Entscheidendes dazu beitragen. Mein Vater hatte geschäftlichen Besuch, sie tranken auf unserer Veranda als ich gegen 20 Uhr nach Hause kam. Ich erinnerte mich an den tollen Sonnenuntergang und daran dass Mutter in der Verandatür stand. Ich ging auf mein Zimmer und begann mich zu betrinken.

Warum wollte der Inspektor wissen.

„Warum?"

Es gab keinen Grund, zumindest keinen Grund, den ich ihm nennen wollte. Er war mir unsympathisch mit seinen glasigen Augen.

Dann fasste McLoud zusammen, was die Polizei bislang herausgefunden hatte. Dem Asiaten, meinem Vater, Mum und Mary war ein Schlafmittel verabreicht worden. Anschließend waren sie ertrunken, daher auch die Nässe um sie herum.

„Wie ertrunken? Ich verstehe nicht was Sie meinen?", fragend blickte ich in McLouds glasige Augen.

Der Inspektor zog den Stuhl näher an mein Bett und setzte sich. Ich konnte seinen schlechten Atem riechen.

„Naja, der oder die Täter haben die vier Personen zunächst betäubt, um ihnen anschließend Wasser in die Lungen zu füllen. Daran sind sie dann gestorben. De facto sind sie letztendlich ertrunken. Das Wasser befand sich in den blauen Flaschen, die wir in den Zimmern gefunden haben."

Ich verstand nicht was das sollte.

Bevor ich ihm eine weitere Frage stellen konnte, sagte McLoud: *„Wir stellen uns natürlich die Frage, warum hat der Täter die Flaschen dagelassen und vor allem, warum hat er Sie nicht auch getötet?"*

Stimmt, diese Frage stellte ich mir auch. Warum hat er mich leben lassen? Ich hatte keine Antwort auf McLouds Frage.

Die Kriminaltechnik des San Francisco Police Department hatte Spuren einer fremden Person in unserem Haus gefunden, die weder mir, meiner Schwester, meinen Eltern, Beth noch dem Asiaten zugeordnet werden konnten.

Der Asiate trug chinesische Papiere bei sich, die ihn als Chun Lin auswiesen. Er stammte aus der chinesischen Provinz Henan und lebte offensichtlich in der bezirksfreien Stadt Luoyang, unweit des Unterlaufes des Gelben Flusses.

Mehr Informationen gab mir McLoud nicht.

Viel mehr hegte er den Verdacht, dass ich der mögliche Täter sein könnte, denn ein Motiv für diese Tat hatte McLoud schnell zur Hand.

Geld!

Als einziger Lebender meiner Familie war ich automatisch der Alleinerbe des kompletten Vermögens meines Vaters. Die blauen Flaschen mit den Flüssigkeiten und vor allem der Mord an dem chinesischen Geschäftspartner meines Vaters waren nur ein Ablenkungsmanöver das ich gewählt hatte, um die Polizei auf eine andere Spur zu führen. Die Art wie meine Familie getötet wurde sprachen dafür, dass es sich eher um einen weniger brutalen Täter gehandelt hatte. Die Betäubung und das Einflößen der Flüssigkeit wiesen aus krimanalpsychologischer Sicht daher auf ein Verhalten hin, das McLoud einer Art Sterbehilfe zuordnete. Für ihn war somit klar, dass der Täter aus dem nächsten Bekanntenkreis meines Vaters stammte. Ich war somit der einzige Tatverdächtige mit einem klaren Motiv.

Nach meiner Entlassung aus dem Krankenhaus bestellte McLoud mich umgehend aufs Revier ins San Francisco Police Department. McLouds Büro befand sich in der unteren Etage des Bürogebäudes der Hauptverwaltung, das in der Mission Bay in San Francisco Down Town liegt. Ein hoch modernes Gebäude, das als eine Art Campus gut 430 Mitarbeitern Platz bietet.

Ich betrat die Lobby des Gebäudes und sah auf das von Shimon Attie – einem in New York lebenden Künstler – entworfene Denkmal für die gefallenen Offiziere mit dem Titel "Die Spirale der Dankbarkeit".

Ausgestattet mit den neuesten Errungenschaften im Bereich der Strafverfolgung hinterließ das Gebäude eine Ausstrahlung von höchsten Standards der Moderne, Sauberkeit und Zielstrebigkeit.

McLouds Büro machte eher den Eindruck auf mich, dass dieser Inspector hier gar nicht hingehörte oder eine ziemlich untergeordnete Rolle in dieser Behörde spielte. Wie ich später erfuhr, war er bei den letzten Beförderungen nicht mehr berücksichtigt worden. Was ihm fehlte war der berufliche Erfolg.

Ich klopfte und betrat unaufgefordert sein Büro. McLoud zuckte kurz zusammen, als ich den Raum betrat, so als hätte ich ihn bei irgendetwas Unerlaubtem erwischt. Aus meinem Augenwinkel konnte ich noch erkennen, wie eine Flasche im Container unterhalb seines Schreibtisches verschwand. Offensichtlich hatte er getrunken – es war erst zehn Uhr. McLoud schob sich eine seiner Minztabletten in den Mund. Eine Vielzahl von Fahndungsfotos, jeweils einen frontalen Schuss und ein Seitenprofil unterschiedlicher Personen zeigend, hingen an der Wand gegenüber von McLouds Arbeitsplatz. Alles machte einen unaufgeräumten, chaotischen Eindruck. So, als sei er nicht Herr der Dinge. Ich sah in glasige, mürrisch dreinblickende Augen, als der Inspector mich bat Platz zu nehmen.

In der nächsten Stunde ließ er mich das Geschehene noch einmal wiederholen, so als würde ich es zum ersten Mal erzählen.

Plötzlich wie aus dem Nichts fragte er mit aggressivem Ton in der Stimme: *„Wissen Sie eigentlich wie viel Sie durch den Tod Ihres Vaters erben?"*

Ich wurde wütend, dieser unsympathische Alkoholiker suchte doch nur einen Schuldigen für seine eigene Unfähigkeit in diesem Fall voran zu kommen, und blaffte zurück: *„Was hat das mit den Morden zu tun?"*

Er ignoriert meine Frage jedoch und wiederholte: *„Noch einmal, wissen Sie wie viel Sie erben?"*

„Nein, und es interessiert mich auch nicht!"

Bevor McLoud reagieren konnte sprach ich weiter.

„Falls es Sie interessiert, müssen Sie meinen Anwalt fragen."

„Wieso, haben Sie etwas zu verbergen?", konterte er hartnäckig.

Er wollte offensichtlich nicht locker lassen und war wie besessen von seiner Theorie, ich sei der Mörder meiner Familie und hätte es nur auf das Vermögen meines Vaters abgesehen.

„Wissen Sie McLoud....", ganz bewusst hatte ich den Inspector weggelassen, er sollte meine Geringschätzung spüren *„.... mir wird das hier zu blöd. Wenn Sie weitere Fragen haben, wenden Sie sich direkt an meinen Anwalt, der auch unser Firmennotar ist. Er wird Ihnen gerne alle finanziellen Auskünfte über Scott Civilconstructions geben. Wenn sonst nichts mehr ist, würde ich gerne gehen, denn ich muss mich um die Beerdigung meiner Familie kümmern."*

Ich erhob mich, ohne seine Antwort abzuwarten.

Als ich die Klinke der Bürotür in meiner Hand hielt und sie herunterdrückte, hörte ich McLoud noch sagen: *„So billig kommen Sie mir nicht davon, ich werde ein Auge auf Sie haben."*

„Arschloch", ging es mir durch den Kopf, ich verließ jedoch ohne einen weiteren Kommentar das Büro.

Was folgte, war eine Beerdigung, an der der halbe Ort teilnahm. Der Herbsttag begann unerwartet stürmisch mit einem wolkenverhangenen Himmel und sollte in strömendem Regen enden. Pfarrer Joseph fand einfühlsame aber auch mahnende Worte in der kleinen St. Hillary Kapelle, der Kapelle in der meine Eltern geheiratet hatten und meine Schwester Mary und ich getauft wurden. Mum hatte die Kapelle immer besonders geliebt.

Die Messe sollte nur in einem kleinen Rahmen engster Freunde und Mitarbeiter stattfinden. Pfarrer Joseph sprach von einem unfassbaren Verbrechen, das er zu tiefst verurteilte, hoffte jedoch auch auf Vergebung und Verzeihung der schlimmsten Sünde, des fünften Gebotes nach Martin Luther „Du sollst nicht töten". Als die Prozession den Friedhof erreicht hatte, fiel leichter, unangenehm kühler Regen. Die dunkel uniformierte Armee weiterer Trauergäste folgte Pfarrer Joseph auf dem Weg zum Grab. Unzählige Menschen, die ich vorher noch nie gesehen hatte, schlossen sich uns an und schüttelten mir die Hände. Ich überstand diesen Tag nur mit der Hilfe meiner Freunde und der Einnahme von Psychopharmaka. Bevor der große Regen einsetzte fiel mein Blick kurz auf McLoud, der sich auch unter die Trauergäste gemischt hatte. Seine glasigen Augen schienen mich genau zu mustern, so als wollten sie erkennen ob meine Trauer auch wirklich echt war. So unerwartet wie er aufgetaucht war, war er dann auch wieder verschwunden.

Von McLoud hörte ich eine Zeitlang nichts mehr.

Kapitel 8

Washington, 2014

Die Kollegen hatten in den letzten Tagen ganze Arbeit geleistet. Mancini sah auf die Liste in seinem Computer. Die Befragung der Geschäfte, in denen Hemden aus Florentiner Garn verkauft werden, hatte ergeben, dass in allen Geschäften die Hemden mit Monogrammen versehen wurden. Die Bedeutung der Monogramme war den Angestellten in den Geschäften jedoch nicht bekannt. Häufig ließen sich die Kunden die Anfangsbuchstaben ihres Vor- und Nachnamen als Monogramm sticken. Die gewünschte Buchstabenkombination wurde dann vor der Herstellung der Hemden an eine Weberei in Florence weitergeleitet.

Florence - Mancini klickte mit der Maus auf Google maps. Florence – South Carolina, gute 650 Kilometer südlich von Washington gelegen, hier wurden die Hemden auf Maß gefertigt und das Monogramm gestickt.

Mancini buchte einen Flug, er wollte die Weberei selbst aufsuchen.

Eigentlich sollte das Fabrikgebäude vor dem Mancini stand schon vor über fünfzig Jahren abgerissen werden. Doch Alberto Fresa, ein nach Amerika ausgewanderter, italienischer Webergeselle, war hartnäckig geblieben und hatte den alten Besitzer davon überzeugt ihm das Fabrikgebäude für zehn Jahre gegen einen nicht näher bekannten Mietzins zu überlassen, bevor er es dann käuflich erwerben wollte. Die beiden Männer hatten Wort gehalten und so besaß Alberto Fresa, der mittlerweile fast achtzig Jahre alt war, ein historisches Fabrikgebäude in dem moderne Webstühle auf Maß geschneiderte Textilien herstellten. Die Verwendung von Florentiner Garn zur Fertigung exklusiver Oberhemden gehörte mit zu den Spezialitäten von Fresa & Sons. Während sich Albertos Söhne um die technischen und betriebswirtschaftlichen Aufgaben des Unternehmens kümmerten, war Alberto selbst immer noch für die Stickerei der Monogramme zuständig. Zwei fast genauso alte Stickerinnen, die alle universell entworfenen Monogramme unter Albertos Aufsicht in die Kragen oder Manschetten der Hemden stickten, standen neben Fresa.

„Buongiorno insieme", begrüßte Mancini in einwandfreiem Italienisch den alten Fresa und die Frauen.

„Buongiorno signor Commissario", sagte der Alte und deutete auf eine Tür, die in der hinteren Ecke der Produktionshalle lag. Die beiden Männer bahnten sich ihren Weg vorbei an den riesigen, computergesteuerten, stählernen Webstühlen und großen Trommeln, die mit den unterschiedlichsten Garnen, die aus allen Teilen der Welt stammten, bestückt waren. Fresa öffnete die Tür und die beiden Männer betraten eine weitere Produktionshalle. Mancini fühlte sich schlagartig in eine andere Welt versetzt.

Willkommen im Orient des Mittelalters.

Hölzerne Webrahmen und einfache Webstühle füllten den Raum. Unter der Decke der Halle verliefen breite, bogenförmig gekrümmte Tücher aus Brokatstoffen, die dem ganzen Raum - einem Baldachin gleich - eine gediegene, würdevolle Atmosphäre verliehen.

Mancinis Blick fiel auf die beiden vertikalen Holzwebstühle an der rechten Wand der Halle. Von Hand rollten zwei Frauen die Fäden auf ihre Webschiffchen. An der anderen Seite bediente eine weitere Frau auf einem Hocker sitzend mit ihrem Fuß das Pedal eines Pedalwebstuhls. Mancinis Blick wanderte zur Mitte des Raums indem sich das Prachtstück dieses Teils der Produktionshalle befand. Ein

Jahrhundert alter, hölzerner Flachwebstuhl. Rund um den Webstuhl herrschte emsiges Treiben. Unterschiedlichste Materialien wurden ausschließlich von Frauen durch den Raum getragen, obwohl alle Webstühle offensichtlich auf Hochtouren liefen, hinterließ das Treiben einen geordneten, nicht hektisch wirkenden Eindruck.

Fresas Augen funkelten als er unaufgefordert anfing Mancini die Funktionseise des Flachwebstuhls zu erläutern, als sie direkt vor dem riesigen Holzrahmen standen.

„Commissarrio", begann der Alte und zeigte auf eine der Walzen rechts von ihnen.

„Diese Walze nennt man den Kettbaum. Links davon", der Alte machte eine seitliche Bewegung und zeigte auf eine weitere Walze, *„ist der Warenbaum auf den das fertige Gewebe aufgerollt wird."*

Mancini sah auf einen Wirrwarr von Fäden.

„Die Kettfäden verlaufen waagerecht, sie werden über eine spezielle Mechanik vom Kettbaum abgewickelt und zum Warenbaum transportiert. In der Mitte des Webstuhls - sehen Sie, hier sind die zwei Schäfte quer zu den Kettfäden?"

Mancini nickte beeindruckt.

„Jeder Schaft besteht aus einer oberen und einer unteren waagerechten Tragschiene, die mit Drähten verbunden sind. An jedem Schaft ist eine Reihe von Litzen senkrecht dazu aufgehängt. Die Öffnungen in der Mitte der Litzen nennt man Augen, hierdurch verlaufen die Kettfäden. Durch die Mechanik wird jeweils ein Schaft angehoben und gleichzeitig der andere Schaft gesenkt, dadurch werden zugleich die Litzen und damit auch die Kettfäden auf und ab bewegt. Es bildet sich hierbei ein sogenanntes Fach für das Schiffchen."

Der Alte drehte sich um seine eigene Achse, machte zwei Schritte auf krummen Beinen nach hinten, ergriff eins der auf einem Tisch liegenden Schiffchen und zeigte es Mancini.

„Die Fäden, die die Weberinnen auf die Schiffchen rollen, sind die Schussfäden, die immer quer zu den Kettfäden durch das gebildete Fach von einem Ende zum anderen durch den Webrahmen gleiten. Wie ein Schiff im Meer folgen sie dem Auf und Ab, gleich einem Tanz auf den Wellen".

Fresa vollzog eine wellenförmige Bewegung mit seiner rechten Hand vor Mancinis Augen. Dann legte er das Schiffchen beiseite, wendete sich wieder dem Webstuhl zu und begann erneut mit Begeisterung für sein Handwerk die Funktionsweise zu erläutern.

„Das Weberblatt befindet sich zwischen den Schäften und dem Warenbaum. Jedes Mal wenn das Schiffchen das andere Ufer des Rahmens erreicht hat, wird das Weberblatt in Richtung Warenbaum bewegt. Das Weberblatt drückt dadurch den neu eingetragenen Schussfaden an das schon fertige Gewebe an und presst die Fäden aneinander. Dann beginnt das Schiffchen seine Reise von neuem. Eine faszinierende Technik, Commissario."

Fresas leuchtende Augen blickten den Sonderermittler erwartungsvoll an. Sein kurz geschorenes, schlohweißes Haar schimmerte im Deckenlicht.

„Sehr, sehr faszinierend", antwortete Mancini sichtlich beeindruckt von den schillernden Erläuterungen des Alten.

„Aber Sie sind ja aus einem anderen Grund hier", sagte der Alte plötzlich.

„Lassen Sie uns in mein Büro gehen."

Fresas Büro befand sich in der hinteren Ecke der Produktionshalle. Eine hölzerne Treppe führte die beiden Männer auf eine Art Podest. Das Büro war durch eine Glasscheibe von der Produktionshalle getrennt, so dass man von hieraus den ganzen Bereich überblicken konnte. Fresa hatte die Treppe bereits erreicht und seine knöcherne Hand das Treppengeländer umklammert, als er abrupt stehen blieb und seine rechte Hand in die Luft schnellte.

„Mein Gedächtnis", sagte er und drehte sich nach rechts. *„Sie sind ja wegen der Monogramme hier Commissario. Lassen Sie uns kurz in den Nebenraum gehen, hier werden die Monogramme gestickt."*

Mancini begrüßte die beiden Stickerinnen, die er schon zu Beginn seines Besuches gesehen hatte und die fast so alt wie Fresa selbst aussahen. Die Frauen nickten kurz und wandten sich dann wieder ihrer Arbeit zu. Sämtliche Monogramme wurden von Hand unter der Verwendung speziell gefärbter Florentiner Garnfäden in die Hemden gestickt. Vor den Frauen lag jeweils eine Tuschezeichnung, die das Monogramm, das zu sticken war, enthielt.

Der Alte führte Mancini zurück in sein Büro, hob den Telefonhörer und bestellte zwei Espressi.

„Commissario, nehmen Sie bitte Platz."

Fresa deute auf einen der ledernen Stühle neben dem alten Ohrensessel, die sich um einen runden Tisch gruppierten. Fresa selbst ging an seinen, mit unzähligen Verzierungen geschnitzten, antiken Schreibtisch und holte ein dickes Buch hervor. In einer der Ecken des Büros stand ein großer Zeichentisch, wie Mancini ihn eher in einem Architekturbüro erwartet hätte. Alberto Fresa schlurfte zurück zum Tisch.

„Jedes Monogramm, das ich hier entwerfe ist ein Unikat", begann der Alte und legte das Buch auf den runden Tisch. Es klopfte an der Tür und eine der Frauen brachte die beiden dampfenden Espressi auf deren Untertassen sich jeweils ein kleiner Keks befand.

„Typisch italienisch", dachte Mancini.

Er hatte seinen Besuch bei Fresa & Sons rechtzeitig angemeldet und so war Alberto Fresa darüber informiert, dass man die Identität eines Mannes zu ermitteln versuchte, dessen Hemd mit einem Monogramm, das möglicherweise aus Fresas Feder stammte, bestickt war.

Mancini griff in die Innentasche seiner Jacke und brachte ein Foto zum Vorschein, das er auf den Tisch neben das Buch legte. Es zeigte eine Vergrößerung des gesuchten Monogramms.

Fresa führte die Tasse an seinen Mund, nahm einen Schluck, stand auf und schlurfte erneut zu seinem Schreibtisch. Einer der Schubladen entnahm er eine Lupe. Als er wieder saß, steckte er den Keks in seinen Mund, begann genüsslich zu kauen und leerte die Tasse mit einem weiteren Schluck des heißen Espressos. Anschließend führte er die Lupe an sein Auge und betrachtete das Monogramm eine Weile. Er räusperte sich kurz: *„Ja, das Monogramm ist von mir, so viel steht schon einmal fest. In dem Punkt oben rechts finden sie meine winzigen Initialen, die man nur mit dem Blick durch diese Lupe erkennen kann.“*

Er reichte Mancini die Lupe.

Tatsächlich in dem Punkt am oberen Rand des Fotos konnte man die Initialen AF, Alberto Fresa erkennen.

„Ich setze den Punkt mit meinen Initialen allerdings immer an den unteren rechten Rand“.

Mancini zog die Stirn kraus: *„Das bedeutet es ist doch nicht von Ihnen? Wer hat es dann entworfen?“*

Der Alte hob seine Hand und wiegelte ab: *„Nein, nein. Es ist schon von mir. Es bedeutet nur, dass wir das Foto drehen müssen bis der Punkt nach rechts unten zeigt.“*

Fresa legte das Foto in entsprechend gedrehter Form auf den Tisch.

Mancini starrte auf das Foto.

Er konnte ein N, ein D und ein quer dazu liegendes U oder V erkennen.

Fresas Markenzeichen, der Punkt mit seinen Initialen lag rechts unten.

Der alte Schneidermeister lehnte sich in seinen Ohrensessel zurück, nahm das Buch in seine Hand und fing an zu blättern. Nach einer Weile begann er zu sprechen: *„Die Buchstaben sind eindeutig. Es handelt sich um ein N, ein B und ein quer dazu liegendes A."*

Mancini sah erneut auf das Foto.

Das N war eindeutig.

Bei genauerer Betrachtung konnte das D auch ein B sein, wenn der untere Bauch des B's diagonal zum N verlief.

Ja, und das V konnte ein A sein.

Es wurde ganz deutlich, als der Alte mit einem Stift die einzelnen Buchstaben nachfuhr.

„Commissario, da es sich bei dem Foto um eine zweidimensionale Aufnahme handelt, kann ich leider die Reihenfolge der Buchstaben nicht erkennen", erläuterte der Alte. *„Es sind eindeutig die Initialen für einen Namen. Unten liegt der Nachname, darüber der zweite Vorname oder falls es sich um einen Doppelname handelt der erste Teil des Nachnamen und oben erscheint der erste Vorname."*

Mancini kramte einen Stift und ein Notizbuch aus seiner Jackentasche. Anschließend schrieb er in sein Buch:

ABN – ANB - BAN - BNA – NAB – NBA

Sechs Möglichkeiten.

Zwei Vornamen, ein Nachname oder ein Vorname und ein Doppelname, das macht zwölf Möglichkeiten.

Es gab tausende von Namen die diese Kombinationen erfüllten. Mancini hatte erhofft, es würde einfacher sein.

Alberto Fresa begann erneut in seinem Buch zu blättern. Er schien nach einer Systematik zu suchen. Geistesabwesend starrte er mit gesenktem Kopf und halb geschlossenen Augen in das Buch.

Mancini wollte die Gedanken des Alten eigentlich nicht stören, erst als er den Eindruck nicht los wurde Fresa wäre in einen kurzen Schlaf gefallen, fragte er: *„Ist es möglich eine Liste der Kunden zu bekommen, die sich Hemden mit diesem Monogramm haben sticken lassen?"*

Der Alte öffnete schlagartig seine Augen und hob den Kopf: *„Wir erhalten von den Geschäften, die die Hemden verkaufen, häufig nur die Maße der Hemden und die Initialen die wir einsticken sollen. Wir verkaufen ja nicht direkt an die Endkunden."*

Der Alte fuhr weiter fort, es hatte aber den Anschein als würde er nach einem ganz anderen Schlüssel suchen, um das Rätsel zu lösen.

„Natürlich wird jede Bestellung mit einer Auftragsnummer versehen, um mit den Geschäften abzurechnen. Die Auftragsnummern sind sicherlich in einem unserer Computer gespeichert, ich lasse eine Liste erstellen."

Mancini saß im Taxi auf dem Rückweg zum Flughafen, in seinen Händen hielt er eine Liste mit über fünfhundert Auftragsnummern denen die Initialen ABN in unterschiedlicher Reihenfolge zugeordnet waren. Er musste anfangen das Puzzle in der richtigen Reihenfolg zusammen zulegen. Immer am Rand beginnen hatte seine Mutter ihm beigebracht, wenn er als kleiner Junge anfing die unterschiedlichsten Puzzle – meist Tier- oder Landschaftsbilder – zusammenzulegen. Das Gesicht des Alten Fresa wollte Mancini nicht aus den Gedanken gehen. Irgendetwas hatte der Alte entdeckt, als er gedankenverloren in dem dicken Buch blätterte.

Gab es ein Geheimnis, das der Alte kannte, ihm aber nicht mitteilen wollte?

Kapitel 9

Washington, 2014

Detailarbeit war gefragt.

Die fünfhundert Auftragsnummern ließen sich den einzelnen Geschäften in denen die Hemden gekauft worden waren zuordnen. Sie führten Mancini und dessen Kollegen quer durch die Vereinigten

Staaten. Die Telefondrähte zwischen den zuständigen Polizeibehörden liefen heiß, ehe feststand, dass 40 Hemden in Washington, 160 in New York, 105 in Chicago, 70 in San Francisco und 125 in Dallas gekauft worden waren.

Die Recherchen nach der Person, die sich hinter den unterschiedlichen Kombinationen der Buchstaben A,B und N verbarg, hatten weiterhin ergeben, dass es sich bei 100 Personen um Männer im Alter zwischen 60 und 70 Jahren handelte, dem Alter, in dem sich der Ermordete befunden hatte. Alle einhundert Männer waren Stammkunden.

8 von ihnen hatte ihre Hemden in Washington, 32 in New York, 21 in Chicago, 14 in San Francisco und 25 in Dallas gekauft. Alle dieser 100 Männer wurden von den jeweils zuständigen Polizeibehörden in den unterschiedlichen Städten nach und nach aufgesucht. Lediglich zwei der Männer wurden nicht angetroffen, alle anderen lebten und waren wohl auf.

Einer von ihnen stammte aus Alexandria, nahe Washington – Andrew Nelson Baker - ANB.

Der andere war in San Francisco gemeldet, Benjamin Noah Archer - BNA.

Beide Männer lebten sehr zurückgezogen.

Übereinstimmend sagten die Nachbarn von Andrew Nelson Baker aus, dass der 65-jährige Baker seit kurzem pensioniert sei und gemeinsam mit seiner Frau zu einer längeren Reise nach Europa aufgebrochen wäre. Wann er plante zurück zukommen war ihnen jedoch nicht bekannt. Da Baker die Washington Post regelmäßig als Tageszeitung abonnierte, hatte ein dortiger Anruf ergeben, dass er die Zeitung für drei Monate abgemeldet hatte. Offensichtlich hatte alles seine Richtigkeit und Baker befand sich tatsächlich auf einer Reise nach Europa. Mancini wollte in drei Monaten nachfassen.

Blieb also Benjamin Noah Archer über.

Archer war in San Francisco gemeldet. Ein siebzig Jahre alter Amerikaner, der in Tel Aviv – Israel geboren war. Die Ermittlungen und Befragungen der Nachbarn hatten ergeben, dass vor sechs Monaten Archers Frau gestorben war. Archer ließ seine Frau in Israel beerdigen und kam anschließend zurück in die Vereinigten Staaten. Er hatte oft mit den Nachbarn darüber gesprochen, dass auch er eines Tages zurück in sein Geburtsland wollte. Jedoch rechtzeitig, rechtzeitig vor seinem eigenen Tod. Archers Gesundheitszustand hatte sich in den letzten sechs Monaten nach dem Tod seiner Frau rapide verschlechtert. Offensichtlich war er überstürzt nach Tel Aviv geflogen, ohne sich in San Franciso abzumelden. Die Auswertung diverser Flugdaten hatte ergeben, dass ein Benjamin Noah Archer tatsächlich drei Tage vor dem Mord auf den Flug San Francisco – New York – Tel Aviv gebucht war. Es gab lediglich einen Hinflug. Die gemeldete Person befand sich an Bord der Maschine.

Mancini steckte in einer Sackgasse. Keine der Spuren hatte ihn zu der gesuchten Person geführt. Er schien nicht weiterzukommen. Der Sonderermittler kaute geistesabwesend auf seiner Unterlippe als es an der Tür klopfte.

Jeff Beck, der Leiter der Kriminaltechnik, betrat das Büro.

„Hallo Paolo, ich weiß nicht ob es dir weiterhilft, aber wir haben das Monogramm noch einmal im Detail untersuchen lassen. Die Reihenfolge der eingestickten Buchstaben konnte eindeutig rekonstruiert werden. Log dich bitte mal unter diesem Passwort in die Akte ein."

Beck schob Mancini einen Zettel mit einem 8-stelligen Passwort über den Schreibtisch. Auf dem Computerbildschirm erschien umgehend ein dreidimensionales Bild des Monogramms.

Der unterste Buchstabe war das B, gefolgt von einem N und dem A.

BNA, das bedeutete erster Vorname A, zweiter Vorname N und ein Nachname mir B. Oder ein doppelter Nachname mit den Buchstaben N und B.

Auch diese Erkenntnis führte Mancini zunächst nicht weiter. Es gab nur einen Weg das Rätsel zu lösen. Mit der Erkenntnis der Reihenfolge der Buchstaben musste er erneut nach Florence und Alberto Fresa aufsuchen. Nur der Alte Italiener konnte ihm weiterhelfen, da war Mancini sich sicher.

42

Kapitel 10

Kalifornien, 2013

Shaun Liu

Die Anzeige hatte am „Schwarzen Brett" der juristischen Fakultät in Peking gehangen. Eine kleine Anzeige, die man eigentlich leicht hätte übersehen können, dennoch war sie Shaun Liu direkt ins Auge gefallen, vielleicht weil sie genau unterhalb der Wohnungsanzeigen platziert war und damit in der Nähe der am meisten besuchten Bereiche des "Schwarzen Bretts". Eine Anwaltskanzlei aus den Vereinigten Staaten von Amerika suchte für befristete Zeit einen asiatischen Juristen mit dem Fachgebiet Amerikanisches Recht. Zwölf Monate, Unterkunft wird gestellt. Amerikanisches Recht, genau das hatte Liu studiert. Vor einer Woche hatte er seine letzte Prüfung mit Bravour bestanden. Eigentlich war er heute nur noch einmal zur Universität gekommen, um seinen Vertrag als studentische Hilfskraft, der gegen Ende des Monats auslief, zu beenden und sich von den übrigen Mitarbeitern des Lehrstuhls zu verabschieden.

Auf dem Weg zum Sekretariat schweiften seine mandelförmigen, dunklen Augen mehr im Vorübergehen, als gezielt suchend das "Schwarze Brett" und Shaun erblickte die Stellenanzeige. Bisher war alles was er in Amerikanischem Recht gelernt hatte graue Theorie, jetzt bot sich Shaun die einmalige Chance auch praktische Erfahrung zu machen und zwar vor Ort. Jura mit der Vertiefung in Amerikanischem Recht war für Asiaten aus Shauns Generation eine gar nicht so seltene Kombination, so dass er sich zunächst ohne viel Hoffnung auf die Stelle beworben hatte. Zu seiner Überraschung wurde ihm der Job nach nur zehn Tagen angeboten.

Seine Reise führte ihn im Sommer 2013 nach Grizzly Flats, Kalifornien.

Nur ein einziger, der ansonsten zahllosen Greyhound-Busse führte in die grobe Richtung von Grizzly Flats. Zweimal musste Shaun umsteigen, bevor der einmal täglich verkehrende Zug am Bahnhof einige Kilometer von Grizzly Flats entfernt hielt. Shaun Liu verließ als einziger Fahrgast den Zug und beobachtete die grenzenlose Leere. Kaum mehr als ein schmaler Bahnsteig, irgendwo im Nirgendwo, erwartete ihn.

43

„Das also ist Amerika?", ging es ihm durch den Kopf.

Niemand holte ihn ab. Er hatte sich auch nicht um einen Transport vom Bahnhof gekümmert. Hier gab es kein Taxi, geschweige denn eine Rikscha. Shaun kramte in seiner Tasche und holte einen Zettel mit der Adresse hervor. Er blickte sich um. Es gab keinen Taxistand, keinen Laden, nicht mal eine Telefonzelle. Shaun griff erneut in seine Tasche und zum Vorschein kam sein Smartphone. Er hatte es fast erwartet – kein Netz.

„Das ist Amerika?", schoss es ihm erneut durch den Kopf.

Shaun hatte sich alles ganz anders vorgestellt. Er nahm seinen Koffer und die Tasche und ging zur Straße. Es gab nur zwei Möglichkeiten – rechts oder links. Shaun schaute erneut auf sein Smartphone – kein Empfang. Es war heiß und die Sonne blendete ihn. Er hob seine rechte Hand gegen die Stirn, bildete eine Art Schirm und suchte die Gegend ab. Einen Ort konnte er nirgends entdecken. Einer inneren Eingebung folgend ging er nach links. Er erreichte nach einigen Minuten eine Kreuzung an der ein kleines Holzschild in die Richtung Grizzly Flats wies. Eine Entfernungsangabe fehlte, aber immerhin hatte er instinktiv die richtige Richtung gewählt.

Die gut eintausend Einwohner zählende Gemeinde war mehr eine verstreute Ansammlung einzelner Gehöfte, als eine zusammenhängende Dorfgemeinde.

Die Sonne brannte auf ihn herab, so dass Shaun sich bereits seiner Jacke entledigt und sein Hemd bis zum Bauch aufgeknöpft hatte. Schweißperlen hatten sich auf seiner Stirn gebildet, sein schwarzes Haar glänzte in den Strahlen der Sonne. Die von einzelnen Pinien gesäumte Straße schlängelte sich durch die Gegend. Schatten war nirgends zu finden. Keine Menschenseele weit und breit. Irgendwo am Horizont tauchte die Spitze eines Kirchturms auf, ein Zeichen vorhandener Zivilisation. Nun führte ihn die Straße tendenziell bergab und es zog eine nur wenig spürbare aber immerhin doch vorhandene Brise die leichten Hänge hinauf. Das gab Shaun neuen Antrieb weiterzugehen.

Nach einer Weile tauchten die ersten Häuser auf. Es schien doch eine Art Dorfkern zu geben. Shaun kam an einer Schule, einem Pub und einem Geschäft für Haushaltswaren vorbei. Die Zeit schien hier stehen geblieben zu sein. Ein Surren ließ Shaun auf sein

Smartphone schauen. Tatsächlich, es gab ein Netz. Er hatte jetzt eine Art Dorfplatz vor der Kirche erreicht. Hinter der Kirche lag ein See, eigentlich kaum mehr als ein Tümpel. Die niedrig stehende Sonne durchschnitt die Wasseroberfläche und spiegelte sich in ihrem Glanz wider. Die Straße schlängelte sich um den See und schien schon das Ende von Grizzly Flats erreicht zu haben. Das Sonnenlicht blendete Shaun beim Blick auf den See. Er kniff die Augen zusammen, dann sah er eine Gestalt am gegenüberliegenden Straßenrand auf sich zukommen. Er war überrascht hier überhaupt noch eine Menschenseele anzutreffen. Shaun blickte blinzelnd in das Gesicht eines untersetzen Mannes mit leichtem Doppelkinn.

„Andrew Tegel", stellte er sich vor, lüftete kurz seinen Strohhut vom kurz geschorenem Schädel und reichte Shaun die Hand. *„Sie müssen Shaun sein?"*

„Ja, Shaun Liu".

Shaun begann zu lächeln, er fühlte sich sehr erleichtert endlich angekommen zu sein.

Zwei Straßen weiter, direkt am kleinen See gelegen, erreichten die beiden Männer ein altes, rotes Backsteingebäude. An der Fassade glänzte ein goldenes Schild mit der Aufschrift:

- Tegel & Camp – Kanzlei + Detektei –

in der Sonne.

Shaun saß im Wagen zum Flughafen von San Francisco, die Begegnung der Männer war bereits weit über zwölf Monate her, die Zeit war wie im Flug vergangen und Shauns Aufenthalt war um drei Monate verlängert worden. Shaun befand sich auf dem Weg zurück in seine Heimat. Andrew Tegel hatte zusammen mit seinem Partner Oscar Camp eine Anwaltskanzlei der ganz besonderen Art aufgebaut.

Die beiden Juristen hatten sich auf die Rechte der Hinterbliebenen von Menschen, die im Ausland lebten und dort verschwanden oder starben spezialisiert.

Welche Erbansprüche haben sie? Juristische und detektivische Fähigkeiten waren gefragt. Eine wahrlich spannende Aufgabe. Viele ihrer Klienten kamen aus Amerika und waren hauptsächlich aus beruflichen Gründen häufig für eine begrenzte Zeit nach Asien - vor allem nach China - gegangen, dort zu Vermögen und Besitz gekommen und dann bevor sie zurück in die Vereinigten Staaten kamen verstorben. Oder sie waren verschwunden und nicht auffindbar. Nahe Verwandte wie Eltern, Ehepartner oder Kinder dieser Personen wollten dann wissen wie die Überführung der Leichen in die Staaten und die Besitzansprüche zu klären waren. Oft wurden Andrew Tegel und Oscar Camp auch damit beauftragt vermisste Personen zu suchen. Das Geschäft florierte.

Shaun drückte seinen Rücken in das helle Kalbsleder der Sitzbank des schwarzen Rolls-Royce und schloss die Augen, eine gute Stunde würde er noch benötigen bis der Chauffeur ihn am Flughafen von San Francisco absetzen würde. Er hatte viel gelernt und die ihm anvertrauten Aufgaben in den letzten 15 Monaten zur äußersten Zufriedenheit der Partner Tegel & Camp bearbeitet. Wie ein trockener Schwamm hatte er sämtliche Einzelheiten der von den beiden Juristen entwickelten Methode aufgesaugt. Mit akribischer, ja nahezu besessener Art, hatte er sich teilweise bis in die späte Nacht in den Bergen von Akten vergraben und solange recherchiert bis er mit dem entsprechenden Ergebnis zufrieden war. Tegel & Camp waren begeistert von dem jungen Asiaten. Sie hatten Shaun angeboten mit ihrer Unterstützung eine Partnerkanzlei in China zu gründen. Shaun war mächtig stolz auf dieses Angebot und hatte seine Mitarbeit zugesagt.

Ihm fiel sein erster eigener Fall, der einer reichen Klientin ein. Sie wollte als Witwe eines amerikanischen Ölmagnats anerkannt werden. Der Ölmagnat war in Tianjin, einer wichtigen chinesischen Hafenstadt, spurlos verschwunden, nachdem er dort fünf Jahre sehr erfolgreich als Teilhaber einer Fabrik, die petrochemische Produkte herstellt, gearbeitet hatte. Die Klientin wollte nach der Feststellung seines Todes und ihrer damit gleichzeitig verbundenen Anerkennung als Witwe die konkreten Besitzansprüche an der Fabrik klären und den Anteilswert von immerhin 25 Millionen USD in die Staaten transferieren. Ohne Totenschein gab es jedoch keine Anerkennung als Witwe und damit keinerlei Besitzansprüche. Die Chinesen behaupteten ihr Partner hätte sich mit Firmengeld aus dem Staub macht, um vor drohenden Kapitalengpässen zu flüchten.

Vor seinem inneren Auge sah Shaun, wie die Witwe gekleidet in einen teuren, weißen Pelzmantel, gefolgt von einem männlichen, jugendlichen Begleiter mit zwei Schoßhündchen auf seinen Armen, das rote Backsteingebäude der Kanzlei betrat....

Das Handy klingelte und riss Shaun aus seinen Gedanken.

Kapitel 11

Florence, South Carolina, 2014

Sonderermittler Paolo Mancini war klar, dass er Alberto Fresa, den alten Weber, erneut aufsuchen musste. Er hatte der Familie mitgeteilt, dass man die Reihenfolge der Buchstaben des Monogramms eindeutig ermittelt hatte und dass man somit die Namen der möglichen Käufer erneut einengen konnte. Der Alte war jedoch nach Mancinis letztem Besuch erkrankt und lag im Mc Leod Helth Center in Florence. Fresas Familie war von einer weiteren Befragung durch Mancini nicht begeistert und wollte dieser auch nicht zustimmen. Das alte Familienoberhaupt war nach der letzten Befragung in einen fiebrigen Zustand gefallen, für den die Ärzte keine körperliche Ursache finden konnten. Die Familie sah einen unmittelbaren Zusammenhang zu Mancinis Befragung, die den Alten offenbar stark mitgenommen hatte. Da er in keinem direkten Zusammenhang mit dem Mord stand, konnte die Befragung nur bei freiwilliger Zustimmung durch Fresa selbst oder seine nächsten Verwandten erfolgen. Sein Zustand hatte sich weiter verschlechtert und Fresa lag offensichtlich im Sterben.

Mancini rannte die Zeit davon. Obwohl der Sonderermittler sich nicht sicher war, dass Alberto Fresa ihm bei seiner Suche nach der Identität des Ermordeten überhaupt behilflich sein konnte, hatte er das Gefühl, dass den Alten etwas bedrückte. Schließlich äußerte Alberto Fresa selbst den Wunsch vor seinem Tod noch einmal mit dem Sonderermittler sprechen zu wollen.

Mancini klopfte leise an die Tür des Krankenzimmers und trat ein.

Alberto Fresa lag verbunden mit einem Tropf, dessen Nadel in seinem rechten Unterarm steckte, und eingefallenen Wangen in einem weißen Bett. Umgeben von weißen Möbeln und weißen Wänden waren seine Augen halb geöffnet. Durch die halbgeschlossenen Jalousien drang nur etwas Tageslicht in das Krankenzimmer.

Als Alberto Fresa Mancini erblickte, schloss er die Augen noch ein wenig mehr zu einem winzigen Schlitz und begann mit leiser, gebrochener Stimme zu sprechen: *„Commissario, die Zeit ist gekommen Ihnen alles zu sagen was ich weiß. Es tut mir leid, ich bereue es sehr. Nachdem Sie uns mitteilten, dass die Reihenfolge der Buchstaben des*

Monogramms eindeutig ANB ist, da war mir sofort klar, um wen es sich handelt."

Die Stimme des Alten war kaum mehr als ein Flüstern. Mancini bückte sich und drehte sein Ohr in Richtung von Fresas Mund. Er spürte warmen Atem, ein leichter Hauch, der Tod schien nicht mehr weit zu sein. Stockend und immer wieder Pausen einlegend sprach der Alte davon, dass er eines Tages von einem Kunden besucht wurde, der bereits gefertigte Hemden von sich und drei weiteren Männern bei sich trug. Fresa selbst hatte die Monogramme entworfen und in die Hemden sticken lassen. Die vier Monogramme bestanden alle samt aus den Buchstaben der jeweiligen Vor- und Nachnamen. Der Mann verlangte von Fresa einen weiteren Buchstaben quer über die bereits gestickten Buchstaben in das Monogramm einzusticken, ein horizontal liegendes A.

Fresa kam mit dem Mann näher ins Gespräch und beklagte sich eher beiläufig über die vielen Schwarzen, die sich nachts häufig in der Nähe des Fabrikgeländes aufhielten, sich um brennende Ölfässer scharrten und die Frauen, die in der Weberei arbeiteten, auf ihren Heimwegen belästigten. Fresa hatte es der Polizei gemeldet, doch die schien machtlos und eher desinteressiert zu sein. Der Mann versprach Fresa ihm zu helfen.

In kürzester Zeit fand man Schwarze mit aufgeschlitzten Kehlen – es dauerte nicht lange, da waren sie aus dem Umfeld der Fabrik verschwunden. Fresa war zunächst nicht klar, dass er dem Mann offenbar einen Auftrag zur Säuberung der Gegend erteilt hatte. Als er den Mann wiedertraf, hatte dieser weitere Hemden mitgebracht. Er ließ auch Fahnen und weiße Kapuzen mit dem querliegenden A von Alberto Fresa weben. Fresa machte diese Arbeiten ohne Geld zu verlangen – sozusagen als stillschweigende Gegenleistung für die Säuberung – ohne die Fresa nicht zu Reichtum gekommen wäre.

Alberto Fresa war einen Deal eingegangen und mitverantwortlich für die Morde an den Schwarzen. Er hatte einen Deal mit dem Klan geschlossen, den er offenbar kurz vor seinem Tode zu bereuen schien.

Ein querliegedes A für Avalanche – Lawine.

Mancini fragte sich, welche Lawine er hier lostreten würde, als er das Krankenhaus verließ. Bei der Leiche handelte es sich um einen Mann mit den Initialen N.B. – Norman Brooks.

Kapitel 12

Kalifornien, 2015

Bob Miller

Das alles war mittlerweile zwölf Monate her. Ich konnte nicht ahnen was es mit den Morden an meiner Familie zu tun hatte.

Noch nicht.

Zwölf Monate, die für mich die Hölle bedeuteten. Die ersten sechs Monate nach dem meine Familie von jetzt auf gleich ausgelöscht worden war, konnte ich keinen klaren Gedanken fassen. Ohne die ständigen Besuche meiner Freunde wäre ich nicht in der Lage gewesen weiterzuleben. Meine Eltern waren beide Einzelkinder, Grandpa und Grandma waren bereits vor meiner Geburt gestorben, so dass ich keine weiteren Verwandten hatte mit denen ich meinen Schmerz hätte teilen können. Psychologische Hilfe hatte ich abgelehnt. Ich litt unter dem Verlust meiner geliebten Schwester und Mums Tod. Der Tod meines Vaters war zu verkraften. Irgendwie wurde ich den Gedanken nicht los, dass er in die ganze Sache verstrickt war.

Der Mord an meiner Familie hatte McLoud und dem San Francisco Police Department Rätsel aufgegeben. Es konnte kein Täter ausfindig gemacht werden. Die Tötungsart – Mord durch erzwungenes Ertrinken – blieb mysteriös. Auch die Untersuchung in Richtung eines Ritualmordes blieb ohne jedes Ergebnis. Die Leiche des Asiaten hatten die Behörden zurück nach China geschickt. Die Untersuchungen gegen mich waren eingestellt worden, da sich McLouds Theorie - ich sei der Mörder meiner Familie - nicht beweisen ließ. McLoud resignierte, sah er doch die einzige Möglichkeit durch mich als Mörder und eine schnelle Lösung des Falls doch noch unerwartet Karriere zu machen mit meiner Unschuld schwinden. Ich konnte den Eindruck nicht loswerden, dass McLoud den ganzen Fall komplett zu den Akten gelegt hatte.

So langsam schien der Alltag wieder zu kommen und in mir formte sich der Gedanke, dass ich selbst aktiv werden müsste, um Licht ins Dunkel zu bringen. Dieser Gedanke ließ mich nicht mehr los und beschäftigte mich Tag ein und Tag aus. Ich redete mir ein, sollte es mir gelingen den oder die Mörder zu finden, könnte ich auch den Schmerz in mir besiegen. Es stand fest, dass ich aktiv werden müsste. Nur das wie war mir noch nicht klar. Finanziell hatte ich keine Probleme, das Erbe meines Vaters war ausreichend, so dass ich einige Jahre davon leben konnte. Wie groß es tatsächlich war, sollte ich erst viel später erfahren.

Je mehr ich mich mit dem Gedanken beschäftigte, umso klarer wurde mir, dass ich diese Aufgabe nicht alleine schaffen konnte. Ich brauchte Hilfe. Zunächst überlegte ich mir professionelle Hilfe zu holen und einen Privatdetektiv einzuschalten. Ich verwarf diesen Gedanken jedoch so schnell, wie er mir gekommen war wieder. Das würde nur Zeit und Geld kosten. Geld, an dem es mir zwar nicht mangelte, was ich aber sinnvoller einsetzten konnte.

Ich brauchte einfach mehr Informationen über die Todesursache.

Warum hatte man meine Familie ertränkt, was hatte das zu bedeuten?

Um was für eine Flüssigkeit handelte es sich?

Die Polizei hatte nur von Wasser gesprochen. Was für ein Wasser war es?

Warum hatte der Täter die blauen Flaschen dagelassen und nicht mitgenommen?

Welche Beziehung gab es zwischen meinem Vater und dem Asiaten, dessen Gesicht ich bereits vor 20 Jahren gesehen hatte?

Hatte meine damalige Entdeckung vielleicht mit dem Mord zu tun?

Und vor allem, warum hatte der Täter mich verschont?

Eine Menge Fragen, die sich mir stellten.

Wie ich es als Jurastudent gelernt hatte, legte ich mir eine Akte an und eröffnete meinen ersten - meinen eigenen Fall.

Die Sonne hatte mich heute Morgen sanft aus dem Schlaf geweckt, nachdem ich gestern Abend beschlossen hatte, heute mit den Untersuchungen zu beginnen. Es war eine der wenigen Nächte gewesen, in denen ich wieder einmal durchschlafen konnte. Nach einem ausgiebigen Frühstück rief ich anschießend unseren Makler an. Ich hatte beschlossen "Landsend" zu verkaufen, zu viel erinnerte mich hier an die Vergangenheit, außerdem war es viel zu groß für mich und das Geld könnte ich eines Tages vielleicht auch noch brauchen.

Anschließend rief ich in unserer Firma Scott Civilconstructions – oder genauer gesagt in meiner Firma, denn ich war nach dem Tod meines Vaters der einzige Anteilseigner – an. Ich ließ mich mit Joe Cunnings, der die Geschäfte in den letzten zwölf Monaten führte, verbinden. Joe sollte für morgen einen Termin mit unserem Notar vereinbaren, denn ich beabsichtigte meine Firmenanteile an einen unserer Wettbewerber zu veräußern. Wichtig war mir, dass Joe Geschäftsführer in der neuen Company blieb und alle unsere Mitarbeiter für mindestens zwei Jahre übernommen wurden.

Stella, die Sekretärin meines Vaters, bat ich, mir alle Unterlagen über das große Projekt in China, an dem Scott Civilconstructions in den Jahren 1994 bis 2005 beteiligt war, nach "Landsend" bringen zu lassen.

Es musste irgendeine Verbindung nach China geben. Chun Lin und mein Vater waren Geschäftsfreude.

Anschließend rief ich meinen Freund Bob Miller an. "Hightower", wie wir ihn nannten, hatte Medizin studiert und arbeitete seit sechs Monaten am Institut für Pathologie an der Universität von Kalifornien in San Francisco. Dieses Institut bietet diagnostisch pathologische Dienstleistungen an und ist unter anderem auch für das San Francisco Police Department tätig. "Hightower", dessen Büro sich im Forschungscampus in Mission Bay befindet, hatte sich auf Lungen-Magen-Darm-Pathologie spezialisiert.

„Miller", meldete sich die mir vertraute Stimme am anderen Ende der Leitung.

„Hallo Hightower, Tom hier. Ich brauche deine Hilfe und wollte fragen, ob wir heute gemeinsam zu Mittag essen können?"

51

Wir verabredeten uns für 13 Uhr im Mission Rock Resort nur unweit von Bobs Büro auf ein paar Meeresfrüchte.

Ich parkte den Pick-Up auf einem der Parkplätze gegenüber vom Mission Resort einem rechteckigen, hölzernen Flachdachgebäude mit Außenterrasse und Blick auf den Hafen. Als ich aus dem Wagen stieg, konnte ich die lange Bohnenstange, dessen schmales Gesicht immer noch eine überdimensionale Brille zierte, schon von weitem erkennen. Trotz seiner Größe von fast zwei Metern kam er aufrecht mit zackigem Stechschritt auf mich zu. Im Gegensatz zu vielen seiner Artgenossen vermied er es seine Schultern hängen zu lassen. Seine Größe, der Gang und die Haltung verschafften ihm trotz des geringen Gewichts den nötigen Respekt. Wir umarmten uns herzlich, wobei ich mich mit meinen 1,80 Metern Körpergröße doch ordentlich recken musste. Die Sonne hatte ihren höchsten Stand erreicht und wir entschieden uns für einen Tisch im Eckbereich der Außenterrasse.

Ich erzählte Bob von meiner Absicht selbst nach dem Mörder meiner Familie zu suchen, da ich das Gefühl nicht loswurde, dass der Fall im San Francisco Police Department bereits zu den Akten gelegt worden war. Bob verstand nur allzu gut, dass ich mit der Arbeit der Polizei unzufrieden und eine Aufklärung für mich enorm wichtig war. Er sicherte mir all seine Hilfe zu. Nur war ihm noch nicht klar was er tun könnte.

Mit hochgezogenen Augenbrauen sah er mich an und fragte: *„Wie kann ich dir behilflich sein?"*

„Bob, euer Institut arbeitet doch für das San Francisco Police Department?"

Bob nickte.

„Eine eurer Pathologinnen, eine gewisse Dr. Ruth Collins, hat damals vor zwölf Monaten die pathologischen Untersuchungen an den...", ich hielt kurz inne und verspürte den leichten Stich in meiner Herzgegend bevor ich weitersprach... *„an den Leichen meiner Familie durchgeführt. Ich habe die Ergebnisse nie zu Gesicht bekommen. Ich muss wissen, um was für eine Flüssigkeit es sich handelt, die sich in ihren Lungen und Mägen befunden hatte."*

Bob versprach mir, diese Akte zu besorgen.

Wir aßen unsere Meeresfrüchte und verabredeten, dass wir in zwei Tagen wieder miteinander sprechen wollten.

Als ich wieder auf "Landsend" war, öffnete Beth mir die Tür und zeigte auf einen einzelnen Ordner, der hier abgegeben worden war. Stella, die Sekretärin meines Vaters, hatte einen Zettel an dem Ordner befestigt.

„Tom, ich habe nur diesen einen Ordner im Büro finden können. Auch in der Registratur befanden sich keine Unterlagen mehr. Das Projekt wurde vor über zehn Jahren abgeschlossen und nach der Aufbewahrungsfrist sind sämtliche Unterlagen vernichtet worden. Liebe Grüße Stella."

Ich stellte den Ordner auf den Schreibtisch ins Arbeitszimmer meines Vaters.

Der Ordner trug die Aufschrift:

小浪底水利枢纽

Xiaolangdi-Talsperre

Beth hatte mir eine Kanne Kaffee gekocht und schloss die Tür des Arbeitszimmers, als ich den Deckel des Ordners aufschlug.

Kapitel 13

Das Projekt

Ich blätterte mich durch die Seiten der Projektbeschreibung sowie einiger Zeitungsartikel amerikanischer und europäischer Journalisten.

Der Gelbe Fluss sollte im Gebiet von Mengjin und Jiyuan, 40 km nördlich von Luoyang in der Provinz Henan, durch den Bau einer 1,4 km langen und 154 Meter hohen Staumauer zu einer Talsperre mit

Namen Xiaolangdi-Talsperre aufgestaut werden. Die Talsperre sollte mehreren Zwecken dienen:

der Bewässerung,

der Wasserversorgung,

dem Hochwasserschutz und

der Kontrolle der Sedimente.

Mit dem Bau der Talsperre sollte ein Speichervolumen von 12.650 Millionen Kubikmetern Wasser geschaffen werden. Das zu erbauende Kraftwerk war auf eine Leistung von 1.800 MW ausgelegt. Die Baukosten waren mit 4,2 Milliarden US-Dollar veranschlagt.

Ich fand weitere Angaben zur Bewässerung und zum Hochwasserschutz, die ich nur überflog, da ich nicht glaubte hier entscheidende Hinweise für "meinen Fall" zu finden.

Die Angaben über die Sedimente, die der Gelbe Fluss mit sich führte und die die Talsperre 20 Jahre lang aufnehmen sollte, schienen mir zu diesem Zeitpunkt auch von untergeordneter Bedeutung zu sein.

Das Projekt sollte teilweise von der Weltbank finanziert werden.

Eine nicht ungewöhnliche Finanzierung, ging es mir durch den Kopf. Soviel ich wusste, war es eine der Kernaufgaben der Weltbank die wirtschaftliche Entwicklung von weniger entwickelten Mitgliedstaaten durch finanzielle Hilfen, Beratung sowie technische Hilfe zu fördern, um so zur Umsetzung der internationalen Entwicklungsziele beizutragen. Der Bau einer Talsperre würde sicherlich dazu gehören, und China war Mitgliedsland. Was interessanter war, das fand ich in einem Schreiben des Sekretariats von Lewis T. Preston, dem damaligen Präsidenten der Weltbank, an, und jetzt stockte mir der Atem, an Chun Lin einen chinesischen Privatinvestor.

Hierin bestätigte Norman Brooks, einer der Exekutivdirektoren, dass Darlehen oder Kredite auch an Privatinvestoren vergeben werden konnten.

Chun Lin, dröhnte es in meinem Kopf, der Chinese, der auf unserer Veranda ermordet worden war und den ich vor zwanzig Jahren im Jagdhaus von Scott Civilconstructions gesehen hatte.

Ich blätterte weiter. Kredite konnten zinslos bei Vorhandensein von Reformprogrammen und technischer Hilfe sowie durch die Beteiligung an Firmen vergeben werden.

Auf den neben mir liegenden Zettel notierte ich mir die Namen Chun Lin, Lewis T. Preston und Norman Brooks. Anschließend tippte ich sie in meinen Computer.

Lewis Thompson Preston war im August 1926 in New York geboren und im Mai 1995 in Washington, D.C. verstorben. Er war US-Banker und von 1980–1989 CEO von JP Morgan. Von 1991 bis zu seinem Tod war er Präsident der Weltbank.

1993 erlitt er unter ominösen Umständen einen Herzinfarkt. Bis zu seinem Tod musste er sich durch seinen Stellvertreter bei wichtigen Entscheidungen vertreten lassen. Sein Stellvertreter war der Exekutivdirektor Norman Brooks.

Lewis T. Preston folgte am 01. Juni 1995 James David Wolfensohn ins Amt des Weltbank Präsidenten. Wolfensohn war ein in Sydney geborener Australier deutsch-jüdischer Abstammung. Sein Stellvertreter blieb Norman Brooks.

Unter dem Namen Norman Brooks konnte ich lediglich Einträge über einen australischen Tennisspieler, der von 1877 bis 1968 lebte, finden.

Der Name Chun Lin brachte mich auch nicht weiter und ich landete letztendlich bei einem taiwanesischen Schlagersänger.

Mir wurde klar, dass ich hier professionelle Hilfe benötigte. Mir fiel dann auch ein, wer mir hier helfen konnte, aber manchmal sieht man den Wald ja vor lauter Bäumen nicht. Für heute würde ich Schluss machen. Morgen früh würde ich Joe Cunnings und unseren Notar treffen. Für den späten Nachmittag hatte ich noch einen Termin mit dem Makler. Danach konnte ich mich intensiv um "meinen Fall" kümmern, vielleicht hatte "Hightower" dann auch schon Nachrichten für mich.

Kapitel 14

Kalifornien, 2015

Das Telefon klingelte dreimal und Bob meldete sich am späten Abend: *„Tom, wie war der Termin mit Joe und eurem Notar?"*

„Nimmt alles seinen Gang. Ich denke in den nächsten vier Wochen wird der Verkauf meiner Firmenanteile über die Bühne gehen", antwortete ich kurz angebunden. Viel wichtiger war mir was Bob herausgefunden hatte.

„Was konntest du herausfinden?"

„Also, ich habe die Akte mit den Untersuchungsergebnissen der Flüssigkeit auf meinem Tisch liegen. In der Analyse habe ich keine Besonderheiten finden können. Es handelt sich um Süßwasser, es wird nur auf das Vorhandensein eines nicht näher beschriebenen Sedimentes biogenen Ursprungs hingewiesen."

„Was bedeutet das?", wollte ich wissen.

Keine Besonderheiten, ich war enttäuscht.

„Also ... ", begann Bob erneut. Das war so eine Marotte von ihm. Immer wenn er etwas zu erklären hatte, begann er einen Satz mit also.

„Also, Sedimente entstehen durch Ablagerungen von Materialien an Land oder im Wasser. Die hier gefundenen Sedimente sind unverfestigte Sedimente. Es handelt sich um sogenannte biogene Sedimente, also Ablagerungen die aus toten Pflanzenteilen, Einzellern oder Tierskeletten entstanden sind."

„Was kannst du mir damit sagen?", unterbrach ich ihn ungeduldig.

„Also, eigentlich nichts, man müsste die Flüssigkeit erneut untersuchen."

„Scheiße, hat deine Kollegin vor 12 Monaten geschlampt! Und jetzt?"

„Naja, laut Vermerk in der Akte gibt es offensichtlich ein Gefäß mit Flüssigkeit, das sie aufbewahrt hat, weiß der Geier warum?"

„Mensch Hightower, das ist doch Klasse", freute ich mich und ballte meine Faust, natürlich ohne dass Bob es sehen konnte.

„Ich werde versuchen an die Flüssigkeit zu kommen, um dann eine eigene Analyse zu machen."

Bevor ich antworten konnte, sprach Bob erneut: „Es gibt noch etwas, das ich dir mitteilen muss."

Gespannt und erwartungsvoll hob ich die Augenbrauen.

„Interessant ist, dass sich unter den Spuren auch die Spuren einer fremden Person befanden. Die Person hielt sich in eurem Haus auf, man konnte die Spuren damals jedoch niemandem zuordnen. Also, bei den Spuren handelt es sich dunkle Haare, die eindeutig asiatischer Herkunft sind, jedoch hat ein DNA Abgleich ergeben, dass sie nicht zu diesem Chun Lin gehörten."

„Ist das sicher?"

„Ja, absolut. Asiatisches Haar ist im Querschnitt kreisrund, relativ dick, glatt und reisfester als europäisches, amerikanisches oder afrikanisches Haar. Also, grundsätzlich findet man in diesen Haaren immer das Pigment Eumelanin und es gibt Unterschiede im Quellverhalten und der Wasseraufnahme."

„Danke Bob, vielleicht ist das eine Spur. Wir sprechen uns, wenn du weitere Ergebnisse aus der Wasseranalyse hast."

Ich legte auf.

Asiatische Haare, die nicht Chun Lin gehörten. Das bedeutete, dass sich ein weiterer Asiate neben Chun Lin in unserem Haus befunden hatte.

War er der Mörder?

Sheng war oft auf "Landsend", ich musste mir Haare von Shengs Familie besorgen, um auszuschließen, dass es sich um ihre Haare handelte. Sonst würde ich einer komplett falschen Spur hinterherlaufen.

Ich öffnete den Ordner, an der Stelle, an der ich ihn gestern Abend geschlossen hatte. Konnte mich jedoch schlecht konzentrieren, da ich hoffte, dass Bob die Flüssigkeit schnell finden und analysieren würde.

Dann stieß ich auf einen Zeitungsartikel in chinesischen Schriftzeichen an dessen unterem Ende ich ein Bild sah. Das Bild zeigte drei Männer. Einen Amerikaner und zwei Asiaten, die lachten und sich die Hände gaben, nachdem sie irgendetwas unterschrieben hatten. Das Bild war mit chinesischen Schriftzeichen untertitelt. Ein Name war jedoch in englischer Schrift geschrieben. Er lautete Norman Brooks. Das Bild war schon etwas verblasst.

Mich traf der Schlag. Der rechte Mann auf dem Bild war eindeutig Chun Lin. Ich kramte eine Lupe aus der Schublade des Schreibtisches hervor, um mir die beiden anderen Gesichter genauer anzusehen. Norman Brooks. Hitze stieg in mir empor. Auch dieses Gesicht hatte ich schon gesehen. Norman Brooks gehörte zu den Männern, die sich mit meinem Vater und Chun Lin vor zwanzig Jahren in dem Jagdhaus aufhielten.

Ich konzentrierte mich jetzt auf das dritte Gesicht und bewegte die Lupe hin und her, um mehr Schärfe zu erzeugen.

Anschließend schloss ich meine Augen, um mir die Gesichter der Männer im Jagdhaus in Erinnerung zu rufen. Zunächst erschien Chun Lin vor meinem geistigen Auge. Schwarze, straff zurück gekämmte Haare, die zu einem Pferdeschwanz zusammen gebunden waren. Ein rundes Gesicht mit mandelförmigen, dunklen, nahezu schwarzen Augen. Ich schätzte ihn auf ungefähr 1,70 Meter Größe, was mir leicht fiel, denn er stand noch vor gut einem Jahr auf unserer Veranda vor mir und war knapp einen halben Kopf kleiner als ich. Damals im Jagdhaus kam er mir viel größer vor, was mir heute klar war, denn ich war damals erst acht Jahre alt. Lin war leicht untersetzt, aber nicht fett. Seine Figur war schwer zu definieren. Er war damals schon alt, mindestens 20 Jahre älter als mein Vater, also musste er um die 60 Jahre gewesen sein.

Ich öffnete meine Augen kurz, das Bild von Chun Lin verschwand.

Als ich die Augen wieder schloss, erschien das Gesicht von Norman Brooks. Helles, blondes, volles Haar umrahmte eine schlanke

Gesichtsform, die mittig eine große Nase zierte. Eine Nase, so wie der Schnabel eines Greifvogels. Und schmale Lippen, Brooks hatte schmale, blutarme Lippen. Ich erinnerte mich an einen schlanken, fast hageren Mann, gut einen bis anderthalb Köpfe größer als dieser Lin. Er musste jünger als Lin, ungefähr so alt wie mein Vater oder etwas älter gewesen sein. Vater war damals 40 Jahre. Ich schätzte diesen Brooks auf 45 oder 50 Jahre.

Ich öffnete meine Augen wieder, Brooks Bild verschwand.

Als ich meine Augen erneut schloss und mich wieder zu konzentrieren begann, erschien das Bild eines weiteren Asiaten, der aus dem Jagdhaus auf die Veranda trat. Schwarze, kurze Haare und ein rundes Doppelkinn formten sich vor mir. Die mandelförmigen, dunklen Augen, waren zu schmalen Sehschlitzen verengt. Der Chinese, ich glaubte, dass er auch Chinese war, er war fett und höchstens 1,60 Meter groß. Es könnte der Mann auf dem Zeitungsausschnitt gewesen sein, aber ich war mir nicht sicher, die Körnung war nicht scharf genug. Sein Alter konnte ich nicht schätzen, er war auf jeden Fall älter als mein Vater und jünger als Lin.

Ich versuchte mich wieder zu konzentrieren, als Beth an der Tür klopfte.

Sie wollte sich bis morgen verabschieden, es war bereits 20 Uhr. Sie hatte mir ein paar Brote geschmiert und einen bunten, gemischten Salat angerichtet. Sie stellte die Sachen auf den kleinen Holztisch neben dem Fenster, fragte ob ich sonst noch etwas benötigte, ansonsten würde sie gehen. Ich bedankte mich und verabschiedete Beth. Nach dem Mord an meinen Eltern hatte ich Beth gebeten nicht nur für mich zu putzen, sondern mir den Haushalt zu führen. Sie hatte sofort eingewilligt. Ich war ihr äußerst dankbar und das nicht nur wegen ihrer hervorragenden Kochkünste, die sie bei allen Gelegenheiten immer wieder unter Beweis stellte.

Erschöpft vom heutigen Tag ging ich früh zu Bett und fiel schnell in einen tiefen, erholsamen Schlaf.

Kapitel 15

Kalifornien, 2015

Rick Sanders

Mein Freund Rick Sanders war ganz im Gegenteil zu seinen drei älteren Brüdern nicht in das Geschäft des alten Dick Sanders eingestiegen.

Sanders & Sons hatten ihr Geschäft mittlerweile stark ausgebaut. Neben der alten Reparaturwerkstatt für LKW's und Baumaschinen "Sanders Garage" betrieben Sanders und seine drei Söhne einen florierenden Autohandel mit je einer Filiale in San Francisco und San Diego.

Rick hatte Informatik studiert, nachdem er gemeinsam mit Bob, Sheng und mir das Abitur an der Redwood Highschool bestanden hatte. Durch die Abiturprüfung kam er nur mit unserer Hilfe und einer List. Schon zur Schulzeit hatte er seinen programmierbaren Taschenrechner derart frisiert, dass er Unmengen von Daten hinterlegen konnte, die er gezielt für die einzelnen Prüfungen abrief.

Im Studium blühte er dann regelrecht auf. Bits und Bytes das war im Gegenteil zu mir genau seine Welt. Er schloss sein Studium in Rekordzeit ab und hatte schon mit fünfundzwanzig Jahren seine erste eigene Computerfirma gegründet. Rick hatte sich auf das Programmieren von Abrechnungsprogrammen für kleinere und mittelgroße Firmen spezialisiert und somit ein Konkurrenzprogramm zu SAP geschaffen.

Seinen ersten Auftrag erhielt er von Sanders & Sons. Da sowohl sein Vater als auch seine Brüder so viel von EDV verstanden wie eine Kuh vom Tanzen, war es eine Art Dauerauftrag für Rick. Auch Scott Civilconstructions hatte ihre EDV von Rick überarbeiten lassen. Rick war genau der Richtige, den ich brauchte. Aber wie gesagt, manchmal sieht man den Wald vor lauter Bäumen nicht.

Wir verabredeten uns auf ein, zwei Bier in Smitty's Bar.

Ich hatte schon mein erstes Bud getrunken und Springsteen sang *„I'm on fire"*, als Rick die Bar betrat. Pünktlichkeit war nie seine Stärke gewesen. Er sah dem alten Dick Sanders immer ähnlicher. Noch hatte er nicht ganz dessen Fülle erreicht, aber mit nicht einmal 30

Jahren spannte sich schon eine ganz ordentliche Pezzikugel unter seinem weißen Hemd. Die bereits lichter werdenden blonden Haare hatte er sich von links nach rechts über seinen pausbackigen Schädel gekämmt.

Es war nicht sein Äußeres, das ihn sympathisch machte, es war seine Art.

Rick hob entschuldigend beide Hände in die Luft als er mich sah.

„Sorry, ich habe noch Sport gemacht."

Er grinste.

Sport hatte Rick Sanders zum letzten Mal vor genau 28 Jahren gemacht und zwar an dem Tag, als er das Licht der Welt erblickte und durch den Geburtskanal seiner Mutter gepresst wurde.

„Naja, du weißt schon, Lisa braucht jetzt meine volle Unterstützung", war die nächste Ausrede für sein Zuspätkommen.

Rick hatte direkt nach seinem Studienabschluss Lisa geheiratet. Er hatte die füllige, rothaarige Studentin auf irgendeiner der vielen Partys am Campus aufgegabelt, die Nacht mit ihr verbracht und sie nicht mehr losgelassen. Die beiden passten nicht nur äußerlich wie der Deckel auf den berühmten Topf. Lisa war mittlerweile im sechsten Monat schwanger und hatte bereits Ricks Formen angenommen.

Rick ließ die rechte Hand kreisen und orderte zwei Bud. Wir umarmten uns. Ich zeigte auf einen der Tische in der Ecke und wir verzogen uns nach hinten.

In kurzen Sätzen erläuterte ich ihm was ich vorhatte und wozu ich seine Hilfe brauchte. Er stimmte sofort zu, zog ein überdimensionales Smartphone aus der Hosentasche seiner blauen Jeans und tippte die Namen Chun Lin und Norman Brooks auf den Bildschirm.

„Schicke mir eine Mail mit dem Bild der drei Männer auf mein Smartphone, mal sehen, was ich damit anfangen kann."

Automatisch hob sich sein rechter Arm, der begann zu kreisen und die Finger seiner Hand formten ein V. Rick hatte zwei weitere Bud geordert.

„Was willst du essen? Ich habe mächtig Hunger."

Wir bestellten zwei große Burger mit ordentlich Käse und Kartoffelecken.

Rick war Mitglied in den unterschiedlichsten Computerclubs und hatte weltweite Partner im Netz. Einige von ihnen surften sicherlich auch in den Grauzonen der Legalität in den unterschiedlichsten Datenbanken, da war ich mir sicher. Mein Freund würde sie alle anzapfen, um das herauszufinden, was ich wissen musste.

Als wir uns verabschiedeten fragte Rick noch: *„Wer macht noch mit bei den Untersuchungen?"*

„Hightower und Sheng. Mit Sheng muss ich aber noch sprechen", antwortete ich.

„Dann wären wir ja mal wieder komplett. Das fühlt sich gut an. Ich schicke jedem von euch dann eine Verschlüsselungs-App, die ihr auf eure Smartphones laden müsst, man weiß ja nie wer von der NSA sonst alles zuhört."

Wir gaben uns die fünf und jeder machte sich auf den Weg nach Hause.

Kapitel 16

Kalifornien, 2015

Sheng Xu

Mit Sheng würde ich erst in einer Woche sprechen können, da er sich zurzeit auf einer Studienreise in Europa befand. Sheng hatte nach dem Abitur Sprachwissenschaften studiert. Er hatte das unglaubliche Talent mehrere Sprachen gleichzeitig erlernen zu können. Vielleicht hatte es damit zu tun, dass er bereits als kleines Kind Hochchinesisch - also Mandarin - und sieben weitere chinesische

Dialekte erlernt hatte. Als seine Familie in die USA auswanderte, hatte Sheng mit fünf Jahren auch noch die englische Sprache erlernen müssen, was ihm in kürzester Zeit gelang. Mittlerweile sprach Sheng noch vier weitere Sprachen: Spanisch, Portugiesisch, Französisch und Deutsch. Er war einer der wenigen Chinesen, der das harte R der Deutschen nahezu perfekt aussprach. Sheng arbeitete als freiberuflicher Übersetzer und Dolmetscher für die unterschiedlichsten Firmen.

Aus Europa hatte er mir eine Mail geschickt. Im Anhang befand sich ein Bild, das ihn mit drei hübschen, weißblonden, jungen Frauen zeigte. Offensichtlich weilte er zurzeit irgendwo in Skandinavien und schien dort nicht nur die Sprache zu erforschen.

Kapitel 17

Kalifornien, 2015

"Hightower" meldete sich wie üblich am späten Abend.

„Also, ich habe die Flasche mit der Flüssigkeit gefunden und konnte in einem unbeobachteten Augenblick einen Teil der Flüssigkeit entnehmen. Bei den einzelnen Untersuchungen, die ich dann vorgenommen habe, konnte ich in den Sedimenten winzige, rund 0,1mm lange Trichome oder sagen wir besser Haare finden. Die Haare gehören zur Blattunterseite der Blätter des Panax Ginseng."

„Ginseng, das ist doch ein asiatisches Heilmittel", ging es mir durch den Kopf.

„Es handelt sich eindeutig um chinesischen Ginseng. Es ist eine seltene Art von wildem Ginseng, den ich durch die Analyse des Wurzelstocks identifizieren konnte", erläuterte Bob nicht ohne Stolz.

„Also, wild bedeutet, es handelt sich um eine Naturpflanze, die nicht kultiviert angebaut wird, sondern wild in bestimmten chinesischen Regionen wächst. Und jetzt halt dich fest ... ", Bob legte eine kurze Pause ein, bevor er weitersprach, *„bei den hier gefundenen Bestandteilen handelt es sich um den äußerst seltenen gelben Ginseng. Und der wächst ausschließlich in bestimmten Regionen am Gelben Fluss."*

Wasser aus dem Fluss, an dem mein Vater einen Staudamm bauen ließ.

„Was hatte das zu bedeuten?"

Kapitel 18

Tiburon, Kalifornien, 2015

Wir trafen uns an der alten Ruine, dort wo wir uns auch als Kinder immer getroffen hatten. Die alte Ruine, hierbei handelt es sich um die Mauerreste eines alten Wachturms, der zu einer ehemaligen Festungsanlage gehörte und von dem aus man die Schiffe in der Bucht von San Francisco beobachten konnte. Im hinteren Bereich der Mauern befand sich ein mittlerweile verschlossener Treppenabgang.

Sheng war gestern von seiner Studienreise aus Europa zurückgekehrt. Der Jetlag war ihm noch anzusehen. Er umarmte mich und sagte: *„Bin ich froh wieder hier zu sein mein Freund. War ganz schön anstrengend mit den hübschen schwedischen Blondinen."*

Ein Grinsen huschte über sein Gesicht.

„Sag schon", forderte ich ihn neugierig auf, *„du hast dich verliebt?"*

Sheng schüttelte den Kopf. *„Du weißt doch, für mich kommt nur eine Asiatin infrage, der Sex mit ihnen ist einfach der beste. Aber du, du müsstest mal nach Europa, dir würden die Mädels dort gefallen."*

Wir foppten uns gegenseitig eine Weile, bevor wir das Thema wechselten. Wie früher saßen wir auf den Mauerresten und ich berichtete Sheng was ich vorhatte und mit Hilfe von Bob bereits erfahren hatte.

„Alles deutet darauf hin, dass die Ermordung meiner Eltern und meiner Schwester mit den Geschäften meines Vaters in China zu tun hat."

Ich zog eine Kopie des Zeitungsartikels aus der Tasche und reichte sie Sheng.

„Du musst mir das übersetzen", bat ich ihn. *„Die Männer auf dem Bild sind von rechts nach links Chun Lin, … Erinnerst du dich noch an Lin?"*

Sheng sah mich überrascht aus seinen mandelförmigen, dunklen Augen an. Natürlich erinnerte er sich noch an die Geschichte, die ich ihm vor über zwanzig Jahren genau hier an dieser Stelle erzählte hatte.

Kapitel 19

Tiburon, Kalifornien, 1994

Noch in jener Nacht, in der ich die drei Männer und meinen Vater beobachtet hatte, bin ich zurück nach "Landsend" geradelt. Mum war sauer, dass ich, ohne mich zu melden, erst gegen Mittenacht wieder zu Hause war. Als sie mein lädiertes Knie und das zerrissene Hosenbein sah, war sie jedoch froh, dass mir nicht mehr passiert war. Über das, was mir tatsächlich widerfahren war, haben wir nie gesprochen. Ich hatte Albträume und konnte die ganze Nacht über nicht schlafen. Am nächsten Morgen verschwand ich direkt nach dem Frühstück – es waren Sommerferien. Meinen Vater hatte ich nicht gesehen, er war die ganze Nacht über nicht nach Hause gekommen.

Ich fuhr mit dem Rad zur alten Ruine – unserem Treffpunkt – und hing meinen Gedanken nach, als Sheng auftauchte. Er sah mir sofort an, dass mit mir etwas nicht stimmte. Unter Tränen schilderte ich ihm was ich beobachtet hatte.

„Und bist du sicher, dass sie so jung waren?", fragte er unglaubwürdig.

„Ja, absolut. Sie waren älter als wir, vielleicht doppelt so alt, aber auf keinen Fall älter."

Sheng sah zu Boden und schüttelte den Kopf.

Er war sprachlos.

Wir beschlossen das alles für uns zu behalten und schworen uns ewige Freundschaft. Wir wollten nicht nur Freunde sein, wir wollten auf ewig für einander da sein, egal was auch passierte.

sich. Sheng hatte immer ein kleines, scharfes Taschenmesser bei

Wir ritzten uns zweimal in die Unterarme. Zwei kurze Schnitte, nicht tief, es tat kurz weh, dann blutete das Kreuz. Wir legten die blutenden Stellen unserer Unterarme übereinander. Unter dem Kreuz der Freundschaft vermischte sich unser Blut. Das alles ist über zwanzig Jahre her.

Kapitel 20

Tiburon, Kalifornien, 2015

Ich sah Sheng in die Augen: *„Der in der Mitte heißt Norman Brooks und ist Exekutivdirektor der Weltbank. Rick ist dabei weitere Einzelheiten über ihn aus dem Netz zu fischen. Links der Asiate ist mir bislang nicht bekannt, aber er könnte mit zu den Männern gehören, die im Jagdhaus waren."*

Sheng las den Text. In dem Zeitungsartikel wurde über den geplanten Bau der Xiaolangdi-Talsperre berichtet. Es hatte eine Art Vortreffen der Firmen, die beabsichtigten sich um den Bau der Talsperre zu bewerben, mit Vertretern der Weltbank stattgefunden. Offensichtlich wurden Einzelheiten der Ausschreibung in einer Art Fragestunde geklärt.

„Der dicke Chinese links im Bild heißt Wie Pan und ist der Inhaber eines chinesischen Bauunternehmens das so viel heißt wie starke Baumaschinen. Von deinem Vater oder Scott Civilconstructions ist nicht die Rede."

Wir hatten den dritten Namen.

Shengs Augen wanderten über den Text: *„Hier wird jedoch erwähnt, dass zu der Bietergemeinschaft noch ein weiteres ausländisches Bauunternehmen gehört, das das technische Knowhow gewährleistet."*

Ich kratzte mir das Kinn. Das könnte das Bauunternehmen meines Vaters gewesen sein.

„Ich muss herausfinden, wie mein Vater Kontakt zu den Männern aufgenommen hat."

Aus der Akte, die mir Stella gegeben hatte, ging nicht mehr hervor.

„Da muss es doch noch mehr geben", sprach ich aus was auch Sheng dachte.

Plötzlich klingelte mein Handy. Rick.

„Hi Tom, ich will dir nur kurz mitteilen was ich herausgefunden habe. Hast du dir meine App aufs Handy geladen?"

„Klar", antwortete ich kurz.

Rick hatte diese App programmiert, die wir uns auf unsere Smartphones laden sollten, er wollte uns abhörsicher machen. Da seine "Freunde" im Darknet anonym beim Fischen sämtlicher Daten unterwegs waren, wollte Rick, dass auch wir keine Spuren hinterließen. Rick hatte mir kurz erläutert, dass das Darknet ihm und den anderen Anwendern im Ergebnis ein hohes Maß an Sicherheit bietet, da ein Angriff auf dieses Netzwerk nicht ohne weiteres möglich ist. Um als User im Darknet akzeptiert zu werden, muss man von anderen Teilnehmern eingeladen werden. Eigentlich ist das nur machbar, wenn man über bestimmte Privilegien verfügt. Welche das waren, wollte ich gar nicht wissen. Offensichtlich verfügte Rick über die notwendigen Privilegien.

„Dieser Norman Brooks ist ein windiger Typ", begann Rick seine Erläuterungen, *„mit einem nahezu perfekten Netzwerk innerhalb und außerhalb der Weltbank. Er wird in Verbindung mit den ominösen Umständen des Herzinfarktes von Lewis Thompson Preston, dem ehemaligen Präsidenten der Weltbank, gebracht. Man konnte ihm jedoch nichts nachweisen.*

Mir ist es gelungen mich in seinen privaten Computer einzuhacken. Es gibt Hinweise, dass Brooks entscheidend dafür verantwortlich war, dass Preston gewollten Stresssituationen mit starken Blutdruckschwankungen ausgesetzt wurde. Brooks schürte in Gesprächen das Gerücht einer Planung eines Komplotts gegen Preston.

Hierzu habe ich vertraulichen Schriftverkehr gefunden. Während Prestons Unterstützer sich immer häufiger von ihm abwandten, wurde Brooks in der gleichen Zeit zum Exekutivdirektor ernannt. Preston erhielt damit praktisch einen internen Wachhund. Dass man hiermit den Bock zum Gärtner gemacht hatte, ahnte damals niemand.

Ich habe Belege gefunden, die aufzeigen, dass Brooks sich Prestons Blutwerte besorgte. Durch gezielte Manipulation seiner Speisen sorgte er dafür, dass sich der niedrige Blutspiegel des Vitamin D3 immer weiter reduzierte, was das Infarktrisiko überproportional erhöhte. Er ließ Rezepte fälschen, was dazu führte, dass sich gleichzeitig Prestons Blutwerte für Homocystein erhöhten, was wiederum eine Schädigung der Blutgefäße zur Folge hatte.

So kam eins zum anderen. Brooks sorgte dann in den frühen Morgenstunden eines unerwartet angesetzten Meetings – eines angeblichen Vertrauensvotums - für den notwendigen Stress, der zum Herzinfarkt führte.

Danach traf Brooks die wichtigen Entscheidungen als Exekutivdirektor nahezu im Alleingang. Das wichtigste Projekt was er zu diesem Zeitpunkt entschied, war das Xiaolangdi-Projekt in China."

„Wie hast du das alles so schnell herausgefunden?", fragte ich unwillkürlich, obwohl ich es eigentlich nicht allzu genau wissen wollte und es im Detail sicherlich auch nicht verstehen würde.

Rick erläuterte mir kurz, dass er an die Rechtskanzlei Tegel & Camp, die Brooks über all die Jahre in rechtlichen Sachen vertreten hatte, eine E-Mail, in deren Anhang sich das Bild von Lin, Brooks und Pan befand, geschickt hatte. Rick hatte sich als freier Journalist ausgegeben und höflich um Informationen zum damals von der Weltbank finanzierten Projekt dem Bau der Xiaolangdi Talsperre in China gebeten. Das Sekretariat der Rechtskanzlei hatte geantwortet, dass man hierzu keine Auskunft geben könnte und er sich offiziell an die Weltbank wenden sollte.

Natürlich hatte die ahnungslose Rechtsanwaltsgehilfin die angehängte Datei geöffnet und das Bild ausgedruckt, um es einem der Anwälte vorzulegen.

Rick hatte das Bild mit einem Trojaner gekoppelt. Sobald das Bild geöffnet worden war, hatte sich der Trojaner auf die Festplatte der Rechtsanwaltsgehilfin geladen und von dort aus Zugriff auf das komplette Netzwerk der Kanzlei. Hier gab es auch einen Link zu

Brooks E-Mail Account und schwupp schon war der Trojaner in Brooks Rechner gelandet.

Ich war erstaunt und sprachlos, was Rick alles herausgefunden hatte.

„Es gibt noch etwas", unterbrach Rick die plötzlich aufgetretene Stille.

„Ja, was?", wollte ich wissen.

„Dieser Norman Brooks ist seit fast einem Jahr verschwunden! Die Kanzlei Tegel & Camp lässt ihn suchen. Man vermutet, wie ich diversem Schriftverkehr entnehmen konnte, dass er möglicherweise bei einem seiner Geschäfte in China ermordet worden sein könnte. Sein Rechner befindet sich immer noch beim Verwalter seines Vermögens. Und der ist die Kanzlei Tegel & Camp. Ich hatte also Glück, dass der Rechner noch online ist und die Kanzlei sich immer noch mit der Verteilung des Vermögens beschäftigt."

Mir fiel die Kinnlade nach unten, Gedanken überschlugen sich in meinem Kopf. Zufall? Oder löschte da jemand gezielt die Partner meines Vaters aus?

„Ist nur er oder auch seine Familie verschwunden?", wollte ich wissen.

„Ich habe noch nicht allzu viele Einzelheiten. Nur so viel, er war nicht verheiratet und hatte keine Familie, deshalb auch die langwierigen Untersuchungen zur Vermögensverteilung. Aber ich bleibe dran."

Kapitel 21

Tiburon, 1994

Sechs Tage später tauchte Sheng auf "Landsend" auf. Warum es genau sechs Tage waren, sollte ich erst später im Laufe des Tages erfahren. Das chinesische Wort für sechs ist liu, was so viel bedeutet wie erfolgsversprechend. Das war jedoch nur eine Bedeutung, wie ich noch erkennen sollte. Für mich waren es sechs mörderisch lange Tage, in denen ich mich mit der Frage quälte, wie konnte ich das Geschehene nur ungeschehen machen?

69

Ich saß mit Mum und Mary auf der Veranda, wir tranken Orangensaft und aßen Mums köstlichen Apfelkuchen. Mary hatte sich eine besonders große Kugel Schlagrahm auf ihr Stück gehäuft. Vater war nach China gereist, um dort, wie Mum uns erklärt hatte, ein großes Bauprojekt zu betreuen.

Nachts lag ich oft wach in meinem Bett und stellte mir vor, dass das Flugzeug in dem mein Vater saß bei der Landung in China Feuer fing und in einem tiefroten Feuerball explodierte. Mit einem Mal wäre das Quälende in mir auch verbrannt, ausgelöscht, so wie ich es mir wünschte. Aber die Nachrichten im Fernsehen meldeten nichts dergleichen. Mir war zu diesem Zeitpunkt auch egal, dass viele Unschuldige bei so einer Explosion sterben mussten. In meinen Träumen konnte ich sein verbranntes Fleisch riechen und erwachte dann schweißgebadet in den frühen Morgenstunden. Es geschah nichts dergleichen und mein Vater erfreute sich offensichtlich weiterhin bester Gesundheit.

Neben diesen mörderischen Gedanken verspürte ich jedoch auch Traurigkeit. Traurigkeit darüber, dass ich meinen Vater nicht mehr so lieben konnte, wie ich es früher getan hatte und wie ich es eigentlich immer noch wollte und auch brauchte.

Sheng erschien und riss mich aus meinen Gedanken.

„Hallo Sheng, möchtest du auch ein leckeres Stück Apfelkuchen?", begrüßte meine Mutter meinen besten Freund.

„Hallo Mrs. Scott, hallo Mary. Gerne."

Er kam zu mir und wir gaben uns die fünf. Mary lachte, da sie dieses Ritual unter Jungen immer ziemlich blöd fand. Sheng und ich aßen jeder zwei Stücke Apfelkuchen, tranken unseren Orangensaft und machten uns anschließend vom Acker. Wir fuhren schweigend bis zur Ruine.

„Tom", sagte Sheng, als wir uns auf die Mauer setzten, *„ich habe mit meinem Vater über das was passiert ist gesprochen."*

Ich musste schlucken, mit weit aufgerissenen Augen sah ich ihn fassungslos an: *„Was hast du?"*

„Nein, nicht was du denkst. Ich habe ihm natürlich nicht gesagt was geschehen ist. Sondern mehr so allgemein. Ich habe ihn gefragt was

man tun muss, um etwas Schreckliches, das geschehen ist, ungeschehen zu machen."

„Und, was hat er gesagt?", fragte ich beruhigt und gespannt.

Diese Frage stellte ich mir auch jede Nacht. Die Chinesen hatten ja angeblich für alles eine Weisheit.

Sheng sah mich mit ernster Miene an: *„Böse Dinge muss man an der Wurzel packen, um sie auszulöschen. Das bedeutet, Orte an denen Böses geschehen ist, sind dem Erdboden gleich zu machen. Schriften, die Böses beinhalten, sind zu verschließen. So, dass sie nicht mehr zugänglich sind, aber, dass man sie hervorholen kann und jederzeit auf das Böse hinweisen kann. Das Böse kann somit nicht in Vergessenheit geraten. Die Menschen, die Böses getan haben, um die wird sich Gott kümmern."*

„Was heißt das, was können wir tun?"

Ich war aufgeregt und voller Tatendrang. Nichts lieber würde ich tun, als das Geschehene ungeschehen zu machen. Vielleicht war das alles nur ein symbolischer Akt, aber ich war mir sicher, es würde mir helfen.

Auf das was Gott tun würde, wollte ich nicht lange warten. Ich entschloss zu handeln und meinen Vater zu bestrafen, indem ich ihm meine Aufmerksamkeit vollkommen entziehen und ihn zukünftig ignorieren würde. In meinen Träumen würde er weiter tausend Tode sterben.

Sheng sagte mir, dass wir unbedingt bis zum 6´ten des Monats warten müssten, dann hätten wir auch Erfolg. Da war sie wieder eine der chinesischen Weisheiten. Daher trafen wir uns erst am 6´ten des Monats wieder. Was Gott sei Dank schon sechs Tage später war. Mein Vater hielt sich seit drei Wochen in China auf und würde zu meinem Glück noch mindestens drei weitere Wochen bleiben. Vielleicht würde ja das Flugzeug auf dem Rückflug Feuer fangen.

Sheng hatte an seinem Fahrrad den Anhänger seines Vaters befestigt, mit dem er häufig Gemüse vom Wochenmarkt holte. Aus dem Schuppen hinter unserem Haus hatte ich einen kleinen Werkzeugkasten besorgt. Wir trafen uns am frühen Nachmittag an der Ruine und radelten zur Jagdhütte hinaus. Unsere Räder stellten wir vor das eiserne Tor.

Im Arbeitszimmer meines Vaters hatte ich einen Schlüsselbund mit verschiedenen Schlüsseln gefunden. Der dritte Schlüssel passte in das Schloss des Tores. Wir betraten das Grundstück. Vor uns stand das Jagdhaus.

Eine große Holzhütte mit zwei Etagen, einer großen Veranda und einem mit Teerschindeln gedeckten Satteldach. Mit einem der anderen Schlüssel öffneten wir die schwere Holztür der Jagdhütte. Unsere Herzen rasten um die Wette als wir das Haus betraten. Unter lautem Knarren ließ sich die Tür öffnen. Das Haus bestand komplett aus Holz. Wände, Decken einfach alles. Dicke, runde quer aufeinanderliegende Hölzer bildeten die Außenwände. Eine hölzerne Treppe führte in das Obergeschoss. Die Treppen knarrten, als wir nach oben gingen. In der oberen Etage befanden sich zwei Schlafzimmer mit je einem großen Bett. Nachdem wir die obere Etage inspiziert hatten, gingen wir zurück in das Erdgeschoss. In einem kleinen, separaten Raum befand sich ein verschlossener Schrank. Keiner der Schlüssel am Schlüsselbund passte in das Schloss.

„Was befindet sich wohl in dem Schrank?", sprach ich mehr vor mich hin, als Sheng diese Frage zu stellen.

Dennoch antwortete Sheng mehr hoffend als wissend: *„Vielleicht die Schriften, von denen mein Vater mir erzählt hat?"*

„Wir müssen den Schrank aufbrechen."

Im Werkzeugkasten befanden sich auch ein Hammer und ein großer Schraubenzieher mit dem wir den Schrank aufhebeln konnten. Wir mussten schon all unsere Kräfte aufbringen, um den Schrank aufzuhebeln. Der Hammer war uns eine große Hilfe und nach einiger Zeit gab das Schloss nach und die Tür sprang auf.

In dem Schrank befanden sich vier Ordner mit chinesischen Schriftzeichen.

Sheng las vor.

機密

小浪底水利枢纽

Vertraulich

Xiaolangdi-Talsperre

„Sind das die Schriften, die wir suchen?"

Ich sah Sheng fragend an.

„Ganz sicher, davon kannst du ausgehen."

Wir trugen die Ordner, die wir zumindest symbolisch für die Schriften des Bösen hielten und somit unzugänglich machen mussten, zu unseren Fahrrädern. Wir packten sie in große Plastiktüten, die wir mit Klebeband verschnürten. Anschließend legten wir sie in den Fahrradanhänger.

Das trockene Reisig und das Benzin, das wir besorgt hatten, nahmen wir vom Hänger und gingen zurück in das Haus. Das Reisig verteilten wir in der unteren Etage und begossen es mit Benzin. Wir öffneten alle Fenster und stellten sie schräg, so dass ein leichter Windzug durch das Haus zog. Das restliche Benzin gossen wir auf die Möbel und zogen eine Spur bis zur Veranda. Dann verließen wir das Jagdhaus und verschlossen die große Eingangstür. Draußen auf der Veranda steckten wir einige Reisigstäbe in Brand und warfen sie durch den Spalt der Verandafenster in die Hütte. Die Benzinspur fing sofort Feuer. Wir sahen wie sich die Flammen entlang der Spur zum Reisig schlängelten und dieses umgehend entzündeten. Schnell ging das Feuer auch auf die Möbel über. Eine Zeitlang beobachteten wir sprachlos wie sich das Feuer in der Hütte ausbreitete. Als das Feuer die Treppe zur ersten Etage erfasste, liefen wir zu unseren Rädern, verschlossen das eiserne Tor und fuhren zurück zur Ruine.

Wir hatten noch den zweiten Teil der Weisheit zu erfüllen. Der Ort des Bösen war vernichtet worden.

Als wir die Ruine erreichten, hatte die Dämmerung bereits eingesetzt. Wir trugen die vier in Plastik eingewickelten Ordner zum Treppenabgang im hinteren Bereich der Ruine. Im Licht unserer Taschenlampen stiegen wir hinab in das Dunkel des großen Raums, der in früherer Zeit wohl eine Art Verlies unterhalb des Turmes war.

Die Legende sagte, dass hier unten die Skelette von zwei Mördern lagen, denen die Flucht von Alcatraz gelungen war und die sich hier vor der Polizei versteckt hielten. Die große Stahltür, die zu dieser Zeit noch den Treppenabgang sicherte, sei von außen in ihr Schloss gefallen und die beiden Mörder seien verhungert.

Die Stahltür gab es nicht mehr. Was war mit den Skeletten der Mörder? Uns wurde Angst und Bange.

Ich sah Sheng ins Gesicht.

„Tom, ich habe auch Schiss, aber wir müssen unbedingt den zweiten Teil der Weisheit erfüllen.“

Kess hob ich meinen Kopf. Es hatte den Anschein, als sei meine Angst verflogen. Fühlte jedoch, dass es nicht so war. Ich ging voran. Zuvor schickte ich jedoch ein Stoßgebot Richtung Decke und machte mir selbst Mut. Der Raum, der uns empfing, war muffig und kalt. Unsere Lampen warfen Schatten an Wände und Decke. Mein Magen krampfte, aber ich ging weiter. In der hintersten Ecke gab es einen weiteren Abgang, der noch tiefer in das Verlies führte.

Sheng blieb urplötzlich stehen, als er in das klebrige Netz einer Spinne lief. Panik kam auf.

„Iii…,“ rief er und wischte sich die Fäden mit seinem rechten Arm von den Augen. Unter seinem linken hatte er die Plastiktüten mit zwei Ordnern geklemmt.

„Müssen wir hier noch runter?“, fragte ich, obwohl ich Shengs Antwort schon ahnte.

„Ja“, antwortete er kurz.

Der tiefergelegene Raum erschien uns so kalt, dass uns das Blut in unseren Adern zu frieren begann. War das die Kälte oder war es die Angst?

Vorsichtig folgten wir dem Schein unserer Lampen bis wir nach unendlich langer Zeit eine Wand erreichten, die aus purem Stein bestand. Offensichtlich war dieser Raum in den nackten Fels geschlagen worden. Wir legten die Plastiktüten mit den Ordnern auf den Boden.

Während Sheng unsere Lampen hielt, hatte ich mich auf den Boden gekniet und begann den Dreck mit meinen Händen zusammenzuschieben. Anschließend häufte ich den Dreck über die Ordner. Ich ignorierte die Dunkelheit, die muffige Feuchte und die Kälte. Wie ein Wahnsinniger, so als könnte ich das Geschehene tatsächlich unter all dem Dreck verschwinden lassen, buddelte und schob ich, türmte den Dreck zu einem großen Haufen auf. Die Ordner waren bereits komplett verschwunden.

„Das reicht", sagte Sheng. *„Komm lass uns wieder nach oben gehen."*

Ich nahm seine Worte gar nicht war, sondern buddelte wie in Trance. Erst als Sheng an meiner Schulter rüttelte, hörte ich auf zu buddeln.

Schweigend radelten wir nach Hause. An diesem Abend hatten Sheng und ich unsere Kindheit mit all den Akten unter dem Dreck des Verlieses begraben.

Kapitel 22

Tiburon, 2015

Wir hatten uns für heute Abend auf "Landsend" verabredet.

Sheng, Bob und selbst Rick erschienen pünktlich um 20 Uhr.

Beth hatte für uns italienisch gekocht und die drei hatten ihr einen riesigen Blumenstrauß mitgebracht. Beth blickte zunächst ein wenig verlegen, strahlte dann aber über ihr ganzes Gesicht, als sie den Duft der herrlichen Blumen einatmete.

Es gab leckere, selbstgemachte Antipasti. Beth servierte uns zunächst die kalten Antipasti und knusprige Bruschetta mit Tomaten.

75

Als zweiter Gang folgte ein Rindercarpaccio mit feiner Viniagrette, dazu tranken wir einen eiskalten Grauburgunder, dessen delikate Frucht und die verführerisch blumigen Anklänge in perfekter Harmonie zum hauchdünn geschnittenen Carpaccio passten.

Im Anschluss folgte der erste Hauptgang, die primi patti, er bestand aus selbstgemachten Gnocchi.

Als secondi patti, dem zweiten Hauptgang, hatte Beth einen Schweinerollbraten mit Basilikumfüllung, Salsiccia mit Mangold und Senfzwiebeln sowie geschmorte Lammhüfte kredenzt.

Der passende Rotwein stammte aus Umbrien. Ich hatte ihn schon zwei Stunden vorher dekantiert. Entsprechend dicht und durchdringend gestaltete sich seine enorme Tiefe und Kraft.

Zum Nachtisch folgte eine unbeschreibliche Panna cotta – gekochte Sahne – mit feinen, natürlichen Aromen.

Die Stimmung war gelöst und wir unterhielten uns über Gott und die Welt.

Als Beth sich verabschiedete, um "Landsend" zu verlassen, da umarmten die Jungs Beth voller Begeisterung über das was sie heute Abend für uns gezaubert hatte.

Die erforderlichen Grappe nahmen wir im Wohnzimmer zu uns. Der Plattenteller des Pro-Ject Signature drehte sich und Great White spielten ihr famoses "Old rose motel".

Ich drehte den Lautstärkeregler etwas herunter und ergriff das Wort: *„Ein wirklich toller Abend, es tut gut, dass wir mal alle wieder zusammen sind. Wie ihr wisst, ist aber nicht das Essen der Grund meiner Einladung, sondern ich möchte mit euch über den Stand der Dinge in unserem Fall sprechen. Und…",* ich machte eine Pause, denn ich musste wieder an den Tod meiner Eltern und meiner Schwester denken: *„und mit euch besprechen wie es weitergeht."*

Sheng und "Hightower" hatten auf der geräumigen Ledercouch Platz genommen, während sich Rick in einem der Sessel gerade eine weitere Grappa eingoss. Ich stand am Fenster und begann mich langsam durch den Raum zu bewegen während ich weitersprach: *„Wie Ihr wisst, ist vor mehr als einem Jahr meine komplette Familie hier auf "Landsend" ermordet worden. Ebenfalls wurde in dieser Nacht ein* *chinesischer Geschäftsfreund meines Vaters mit Namen Chun Lin ermordet. Wie wir herausgefunden haben, war er ein Privatinvestor, der gemeinsam mit meinem Vater und einem weiteren Chinesen namens Wie Pan vor über zwanzig Jahren die Xiaolangdi-Talsperre in China gebaut hatte. Finanziert wurde dieses Bauvorhaben von der Weltbank. Die Genehmigung hierzu erteilte ein gewisser Norman Brooks, einer der Exekutivdirektoren der Weltbank."*

Ich sah zu Rick hinüber und fuhr fort: *„Wie Rick herausgefunden hat, ist dieser Norman Brooks ungefähr zur gleichen Zeit als meine Eltern getötet worden sind verschwunden. Meine Familie sowie dieser Chun Lin wurden auf dieselbe Art und Weise getötet indem man sie betäubte und anschließend ihre Lungen mit einem aus China stammenden Wasser füllte, so dass sie de facto hieran ertranken. Ob dieser Brooks noch lebt wissen wir nicht."*

Rick hob seine rechte Hand und unterbrach mich kurz: *„Ich habe hierzu etwas Neues herausgefunden, aber mach erstmal weiter Tom".*

Ich sah zu Bob: *„Hightower konnte feststellen, dass das Wasser in den Lungen der Ermordeten aus einer Region am Gelben Fluss stammt in der diese Talsperre gebaut wurde."*

Bob sah in die Runde und nickte: *„Ich habe auch Neuigkeiten."*

„Okay, zuerst Rick", entschied ich.

Ich setzte mich in den anderen Sessel und goss mir noch ein Glas Weißwein ein.

Rick räusperte sich kurz: *„Dieser Norman Brooks lebte in Alexandria nicht weit von Washington DC, dem Sitz der Weltbank. Das sind gute 4500 Kilometer entfernt von hier. Es ist ein anderer Bundesstaat mit anderen Verantwortlichkeiten. Ich habe herausgefunden, dass man in einem Sonderdezernat des FBI in Washington seit einem Jahr an einem Mordfall arbeitet, bei dem man auch eine blaue Flasche mit einer Flüssigkeit gefunden hatte. Es handelt sich um einen brutalen Ritualmord in Bath County, Virginia, die Zeitungen berichteten in Washington einige Tage hierüber.*

Der leitende Sonderermittler ist ein gewisser Paolo Mancini – ein Spezialist für Ritualmorde. Offensichtlich tappt er noch im Dunkeln. Man hat die Morde hier und den in Virginia nicht in einen

Zusammenhang gebracht und das wohl auch gar nicht untersucht. Naja, ich habe das jetzt mal gemacht und die Computer der beiden Polizeibehörden angezapft."

Rick grinste über beide Wangen hinaus.

„Warum hatte die Polizei die Fälle nicht in Zusammenhang gebracht?", der Gedanke wollte nicht aus meinem Kopf.

Wir mussten unweigerlich schmunzeln. Rick war ein echtes Genie, auch wenn das was er tat nicht immer ganz legal war.

„Lange Rede, kurzer Sinn. Dieser Mancini hat wohl herausgefunden, dass die Leiche zu einer Person mit den Initialen N.B. gehört. Könnte Norman Brooks bedeuten. Weiter sind sie in Washington jedoch nicht gekommen. Der Fall scheint kalt zu sein."

Rick griff in die Tasche seines Jacketts und zog ein bedrucktes Blatt Papier heraus, das er Bob reichte: *„Hier ist die chemische Analyse der Flüssigkeit, vielleicht kannst du uns sagen, ob es sich auch hierbei um Wasser aus dem Gelben Fluss handelt."*

Bob hob überrascht seine Augenbrauen und nahm das Blatt neugierig entgegen. Was folgte war ein kurzes Schweigen, als er die Daten studierte. *„Also, tatsächlich, es sieht so aus … also man hat die gleichen Trichome…. "*, er fuhr weiter mit seinem Finger über das Blatt, *„ja eindeutig, es ist das Wasser aus dem Gelben Fluss"*, beendete er seinen Satz.

„Das bedeutet doch", schlussfolgerte Sheng, *„dass man davon ausgehen kann, dass es sich hier um den oder dieselben Täter handeln muss."*

„Zeitlich passt das auch. Die gesuchte Person – möglicherweise Norman Brooks - wurde zwei Tage nach deiner Familie getötet", schaltete sich Rick dazu.

Ich sah in die Runde meiner Freunde: *„Bob hat doch herausgefunden, dass es sich bei den schwarzen Haaren, die man auf "Landsend" gefunden hatte um asiatische Haare handelt. Männlich oder weiblich?"*, ich sah zu "Hightower".

„Männlich".

78

„Nehmen wir einmal an dieser Asiate ist der Mörder, das bedeutet er ist nach dem Mord hier in Tiburon nach Virginia geflogen und hat dort diesen Brooks ermordet."

„Korrekt", stimmten alle zu.

Rick knetete sein Kinn und grübelte. Er tippte irgendetwas in sein Smartphone.

„Ich werde mir sämtliche Passagierdaten aller Flüge an diesen Tagen von Frisco nach Washington besorgen. Von dort aus müsste er dann mit einem Fahrzeug nach Bath County gefahren sein. Mal sehen wie viele Asiaten auf den Flügen gemeldet waren. Und wieviel davon Chinesen waren."

Ich sah zu Bob: „Was hast du noch Neues herausgefunden?"

„Also, Tom als du nach der Ermordung deiner Familie zusammengebrochen bist und man dich ins Krankenhaus brachte, hat man dir dort auch Blut abgenommen. Die Blutanalyse…".

Jetzt unterbrach ich Bob und fragte erstaunt mit halb geöffnetem Mund: „Wie bist du denn an die Daten meiner Blutanalyse gekommen…?"

Bob, der sich die Brille abgenommen hatte und die Gläser putzte, nickte in Richtung Rick.

Der hob entschuldigend die Schultern: „Ja Tom, dein Team arbeitet schon jetzt sehr intensiv zusammen."

Sheng musste lachen. Wir hoben unsere Gläser und prosteten uns zu.

„Also, in deinem Blut hat man auch das Betäubungsmittel nachgewiesen."

„Das bedeutet, dass der Mörder auch in deinem Zimmer war, um dich zu betäuben. Er hätte dich mit Leichtigkeit töten können." Sheng war geschockt.

„Was er aber nicht getan hat. Und damit komme ich wieder zu der Frage, die mir keine Ruhe lässt. Warum hat er mich leben lassen?"

Erneutes Schweigen machte sich breit. Jeder hing seinen Gedanken nach. Jeder fragte sich dasselbe. Woher bekamen wir weitere Informationen?

Dann meldete sich Rick: *„Ich habe noch nicht herausfinden können, ob dieser Wie Pan noch lebt. Gib mir noch ein paar Tage, ich werde meine Kontakte in China nochmal anzapfen. Wir haben alle uns vorliegenden Daten angesehen und sie analysiert. Ein Ordner über ein zwanzig Jahre altes Projekt, da muss es doch noch mehr geben das die Geschäftsfreunde deines Vaters miteinander verbindet."*

Ich sah zu Sheng, der mir lange in die Augen schaute und dann nickte.

„Okay", begann ich etwas verlegen und sah zu Bob und Rick. *„Ihr seid meine besten Freunde, wir kennen uns seit wir sieben oder acht Jahre alt gewesen sind. Da gibt es noch etwas, dass ich euch nie erzählt habe."*

Ich stand aus dem Sessel auf und ging zum Fenster. Rick und Bob hatte ich meinen Rücken zugekehrt: *„Es ist an der Zeit, dass ihr das jetzt erfahrt. Sheng weiß schon seit damals Bescheid."*

Ich konnte den beiden nicht in die Augen schauen, ich wollte ihre Enttäuschung nicht sehen, darüber das Sheng alles wusste und sie nicht.

Ich erzählte ihnen die Geschichte der Jagdhütte, dem Treffen meines Vaters mit seinen Geschäftsfreunden Chun Lin, Norman Brooks und Wie Pan. Und all das was ich beobachtet hatte.

„Ihr müsst verstehen, ich war damals acht Jahre alt und total verstört. Ich wollte es niemandem sagen, ich schämte mich so. Mir war aber klar, dass ich mit jemandem reden musste. Also habe ich Sheng gewählt."

Als ich endete war ich total erleichtert. Jetzt war es heraus. Bob und Rick standen auf und kamen auf mich zu. Sie klopften mir auf die Schulter und nahmen mich in den Arm. Sie schienen nicht enttäuscht zu sein. Sie zeigten Verständnis.

„Wow, dann habt ihr die Jagdhütte abgebrannt. Ich erinnere mich noch wie mein Vater mir und meinen Brüdern aus der Zeitung über

den Brand vorlas. Man sprach von Brandstiftung, konnte aber nie einen Täter finden", erinnerte sich Rick.

Zwei Tage nach dem Brand hatte der San Francisco Chronicle darüber berichtet. Meine Mutter hatte mir und Mary den Artikel aus der Zeitung vorgelesen. Mein Vater weilte zu dieser Zeit noch in China. Alles war versichert und Scott Civilconstructions wurde der Schaden ersetzt.

„Das Jagdhaus wurde nie wieder aufgebaut", ging ich meinen Gedanken nach.

„Mensch Tom", spuckte Sheng plötzlich heraus. *„Wir haben doch die Ordner in der alten Ruine versteckt."*

Wie Schuppen fiel es mir plötzlich von den Augen. Das hatte ich total vergessen. Dann fiel sie mir wieder ein die chinesische Weisheit, die uns Shengs Vater mit auf den Weg gegeben hatte: *„Schriften, die Böses beinhalten, sind zu verschließen. So, dass sie nicht mehr zugänglich sind, aber, dass man sie hervorholen kann und jederzeit auf das Böse hinweisen kann. Das Böse kann somit nicht in Vergessenheit geraten."*

Wir mussten zur Ruine und nachsehen ob sie noch dort waren. Es war bereits kurz nach Mitternacht und wir hatten schon ordentlich getankt. Allen war klar, wir wollten die Ordner und zwar jetzt. Jetzt sofort. Wir zogen wie früher Pinnchen. Rick zog das kürzeste und verlor. Er musste fahren. Aber um diese Zeit war hier eh niemand mehr auf den Straßen.

Ich hatte einen großen Seitenschneider, zwei Taschenlampen und zwei Schaufeln in den Kofferraum gepackt. Rick stoppte seinen schwarzen Chevrolet am Ende des kleinen Hügels. Wir gingen die letzten Meter im Schein der Taschenlampen zu Fuß zur Ruine.

Vor einigen Jahren hatte die Stadtverwaltung die Kellerabgänge durch eine Stahlplatte gesichert, ein Vorhängeschloss sorgte dafür, dass die tieferliegenden Kellerbereiche nicht mehr von außen betreten werden konnten. Daher benötigten wir den Seitenschneider. Ein kurzes, lautes Knacken signalisierte uns, dass Rick den Bügel des Schlosses durchtrennt hatte. Bob und Sheng hoben die Stahlplatte an den äußeren Enden an und gemeinsam drehten wir sie in Richtung der beiden Scharniere.

81

Wir blickten in den dunklen Schlund eines Monsters. Ich fühlte mich zwanzig Jahre in die Vergangenheit zurück versetzt, als ich als erster dem Lichtstrahl der Taschenlampe folgend den Treppenabgang in die Tiefe hinabstieg. Meine Erinnerung sprach zu mir und ich konnte mich wieder genau daran erinnern, dass es noch einen zweiten Abhang weiter hinten im Raum gab. Meine Freunde folgten in kurzem Abstand.

Der muffige, fensterlose Raum stand vor Dreck. Sheng, der die zweite Taschenlampe in der Hand hielt, begann den Raum zu durchleuchten. Surreale Schatten spiegelten sich im Licht der beiden Lampen. Schließlich konnte ich im Strahl meiner Lampe den zweiten Abgang erkennen, der wie ein schwarzes Loch in der hinteren Ecke auftauchte. Die düstere Atmosphäre wirkte auf mich fast so wie vor zwanzig Jahren.

Vorsichtig stieg ich weiter in die Tiefe. Kälte kletterte die felsigen Wände entlang, eisige Kälte. Der Alkohol hatte meinen Körper bereits verlassen. Meinen Gedanken schienen in der Vergangenheit festgefroren. Die Freunde folgten mir, als ich von hinten ein *„Aah, verfluchte Scheiße"*, hörte.

"Hightower" hatte sich an der niedrigen Decke seinen Kopf gestoßen. Wir waren zurück in der Realität als Bob sich das Blut aus der Wunde von der Stirn wischte. Ungeachtet der blutenden Wunde folgte er mir. Automatisch gingen wir alle in gebückter Haltung weiter.

Shengs Taschenlampe traf ihn zuerst, den großen aus allem möglichen Dreck bestehenden Haufen in der hintersten Ecke. Ich gab Bob meine Lampe und fing gemeinsam mit Rick an den Haufen abzutragen. Nach kurzer Zeit fanden wir was wir suchten, eine erste, unversehrte Plastiktüte kam zum Vorschein, gefolgt von weiteren. Ich nahm die Tüten an mich und wir machten uns auf den Rückweg.

Kapitel 23

Washington, 2015

Der Wind blies mir ins Gesicht als ich das Taxi verließ. Mit der ersten Maschine war ich heute Morgen nach Washington geflogen. Ich hatte den Kopf in den Nacken geworfen und mein Blick suchte die Gebäudefassade des eckigen Flachdachkomplexes ab, in dem sich die Sonderabteilung des FBI befand. Stella, die Sekretärin meines Vaters, hatte einen Termin für heute mit dem verantwortlichen Sonderermittler Paolo Mancini vereinbart. Mancinis Büro befand sich in der fünften Etage. Nachdem ich den Pförtner passiert hatte, brachte mich ein Aufzug nach oben. Mancini, ein schon leicht ergrauter, schlanker Mitvierziger nahm mich an der Aufzugtür in Empfang. Ich folgte ihm in sein Büro.

„Bitte setzen Sie sich Herr Scott. Kaffee?", er deute auf den Stuhl vor seinem Schreibtisch.

„Danke, gerne. Schwarz mit etwas Milch", war meine Antwort.

Mancini wählte die gewünschte Sorte an dem auf dem Flur stehenden Kaffeautomat. Er nahm Espresso und kam zurück ins Büro. Hellwache Augen, umgeben von winzigen Falten, blickten mich aus einem kantigen Gesicht an. Der Sonderermittler machte einen unzufriedenen Eindruck.

„Gut dass Sie sich an mich gewandt haben", begann Mancini. *„Sie haben Recht, wir haben die beiden Fälle nicht miteinander in Verbindung gebracht."* Er hob entschuldigend seine Hand. *„Das ist sicherlich noch in einzelnen Fällen ein Manko bei der Arbeit des FBI, wenn es um staatenübergreifende Straftaten geht. Wir sind zwar über eine gemeinsame Datenbank miteinander verbunden, aber gelegentlich machen wir Fehler, das muss ich hier unumwunden zugeben."*

Ich sah ihn erwartungsvoll an.

„Unabhängig davon habe ich die Fakten der beiden Fälle jetzt miteinander abgeglichen und eigentlich hätten Sie sich den weiten Weg sparen können", resümierte Mancini. *„Bis auf die blaue Flasche, die wir bei dem Mord in Virgina gefunden haben, gibt es eigentlich keine weiteren Gemeinsamkeiten. Der Täter in Virginia ist äußerst brutal vorgegangen."*

Mancini hatte einige Fotos des zerstückelten Leichnams auf den Schreibtisch vor mich gelegt und sah mir ins Gesicht, machte eine kurze Pause und ließ die Fotos auf mich wirken. Ich war geschockt über das was ich sah. Mancini schien zu überlegen wie er fortfahren sollte, ohne mir zu nahe zu treten.

„Der Täter in Kalifornien", er vermied es von der Ermordung meiner Familie zu sprechen, *„hat ein vollkommen anderes Vorgehen gewählt. Alle Ermordeten wurden vorab betäubt, bevor sie durch Zufuhr*

83

der Flüssigkeit aus den blauen Flaschen quasi ertrunken sind. Als Tötungsart hatten der leitende Ermittler McLoud und das San Francisco Police Department Mord durch erzwungenes Ertrinken in der Akte festgehalten. Wir sind davon überzeugt, dass es sich um zwei verschiedene Täter handeln muss."

„Die Flüssigkeit und die blauen Flaschen spielen bei dem Fall in Kalifornien eine zentrale Rolle", fuhr er fort. *„Während sie in Virginia eigentlich keine Rolle spielen. Sie sind eher als schmückendes Beiwerk zu betrachten. Es tut mir wirklich leid, dass wir hier nicht weiter helfen können."*

Was sollte ich tun, ich war hin- und hergerissen ihm zu sagen was "Hightower" über die Flüssigkeit herausgefunden hatte.

„Was, wenn er Einzelheiten wissen wollte? Was, wenn wir uns strafbar gemacht hatten?" Meine Gedanken begannen sich zu überschlagen.

„Ich arbeite seit über einem Jahr an diesem Fall. Ein DNA-Abgleich hat eindeutig ergeben, dass es sich bei der Leiche um Norman Brooks handelt. Dennoch hat uns das nicht weitergeholfen den Mörder zu finden. Es gibt einfach keine weiteren Spuren."

„Aber", unterbrach ich Mancini, *„es gibt doch Parallelen in den Fällen, auch wenn der Mörder, wie Sie sicherlich zu Recht sagen, ganz unterschiedlich vorgegangen ist, handelt es sich bei zwei Leichen um Geschäftspartner meines Vaters."*

Mancini hörte mir aufmerksam zu, ich schien sein Interesse geweckt zu haben.

„Somit stehen drei von fünf ermordeten Personen in engem Zusammenhang. Mein Vater, der Chinese Chun Lin und dieser Norman Brooks. Sie alle haben an einem großen Projekt in China gearbeitet. Irgendetwas muss dort passiert sein."

Dann unterbrach Mancini mich: *„Selbst wenn Sie Recht haben sollten, und es eine Verbindung zwischen diesen Männern gegeben hat, dann müssten wir in China ermitteln. Ein Amsthilfeersuchen bei den Chinesischen Behörden durch das amerikanische FBI, bei vorliegenden Vermutungen. Undenkbar. Außerdem stellt sich immer noch die Frage warum wurden ihre Mutter und ihre Schwester ermordet?"*

Mancini machte eine Pause und sah mich an.

„Warum hat der Mörder Sie leben lassen, obwohl Sie sich zur selben Zeit auch im Haus befanden?"

„Diese Frage stelle ich mir selbst seit über einem Jahr. Sie haben Recht es wäre ein leichtes gewesen auch mich zu töten, zumal man das Betäubungsmittel auch in meinem Blut gefunden hatte. Der Täter war also in meinem Zimmer. Er hat mich leben lassen, das muss einen Grund haben."

Mancini zog die Stirn kraus, als würde er sich fragen woher ich das wusste.

„Inspektor Mancini, es gibt noch eine weitere Parallele."

Dann berichtete ich darüber dass die Flüssigkeit in allen Fällen sowohl in Kalifornien als auch in Virginia aus einer Region am Gelben Fluss stammte und in dieser Gegend hatte mein Vater zusammen mit den ermordeten Geschäftspartnern eine Talsperre gebaut. Ich berichtete über die asiatischen Haare, die man gefunden hatte. Auch den vierten Partner einen Chinesen namens Wie Pan erwähnte ich.

„Vielleicht wurde er auch ermordet?", beendete ich meine Erläuterungen.

Mancini hatte während meiner Ausführungen geschwiegen, mich aus wachen Augen beobachtet, während ich förmlich spürte, dass er sich fragte woher ich das alles wissen konnte. Aber er wollte nichts hierüber wissen. Sondern er fragte mich vollkommen unerwartet: *„Und was gedenken Sie jetzt zu tun?"*

„Ich bin Jurist und kein Psychologe oder Fallanalytiker, aber ich finde, dass der Täter in beiden Fällen einige", jetzt machte ich eine kurze Pause bevor ich weitersprach, *„vielleicht nicht sofort sichtbare Hinweise hinterlassen hat."*

Ich begann mit meiner rechten Hand aufzuzählen.

„Die blauen Flaschen, die Flüssigkeit aus dem Gelben Fluss, das gemeinsame Projekt, die Haare und auch dass er mich hat leben lassen, muss etwas bedeuten. Vielleicht hat er meine Schwester und meine Mutter getötet, weil mein Vater der Hauptverantwortliche für das war, was in China passiert ist. Vielleicht haben die anderen Ermordeten auch

keine Familien die er hätte töten können", mutmaßte ich. *„Zumindest bei Norman Brooks scheint es ja so zu sein".*

„Da haben Sie Recht. Brooks hatte weder Frau noch Kinder".

„Aber Sie haben meine Frage nicht beantwortet. Was gedenken Sie jetzt zu tun?"

„Da ich glaube, dass der Fall in Kalifornien nicht weiter bearbeitet wird und ich heute den Eindruck erhalten habe, dass auch Sie nicht weiterkommen, werde ich einen Privatdetektiv einschalten sich darum zu kümmern", log ich.

Ich sah Mancini an, dass ihn meine Unterstellung ärgerte. Er wirkte auf mich als wäre er mit dem Stillstand unzufrieden und ein Amtshilfeersuchen in China war offensichtlich nicht möglich. Ich dankte ihm dennoch für das Gespräch sowie seine Einschätzungen auch wenn sie mich nicht weitergebracht hatten.

Auf dem Weg zum Flughafen kamen mir dann doch Zweifel ob ich den Mörder wirklich nur mit Hilfe meiner Freunde finden konnte. Ich musste einfach mehr über die Partner meines Vaters erfahren. Hoffentlich brachten mich die Inhalte der Ordner weiter.

Kapitel 24

Chun Lin

Die vier Ordner, die ich als groß und schwer in Erinnerung hatte, waren eher schmal. Sie waren unversehrt als ich sie aus den Plastiktüten holte und vor mich auf den Tisch im Arbeitszimmer legte.

Nacheinander schlug ich die erste Seite jedes einzelnen Ordners auf.

In dreien der Ordner hatte mein Vater alle möglichen Unterlagen über die drei Geschäftsleute gesammelt. Im vierten Ordner befanden sich Details über das Projekt.

Ich wollte mich zuerst mit Chun Lin beschäftigen.

Chun Lin war als Sohn eines Bauern 1934 in Fancunxiang nur unweit von Luoyang, einer bezirksfreien Stadt in der chinesischen Provinz Henan, geboren. Er war das älteste von zehn Kindern und wuchs in ärmlichen Verhältnissen auf. Schon in jungen Jahren begann er zu stehlen und andere Kinder für sich arbeiten zu lassen. Er hasste die schwere Feldarbeit und seinen Vater, der ihn für alles was schiefging verantwortlich machte.

Schläge waren an der Tagesordnung. Chun war kräftiger als seine Geschwister und viele Kinder der anderen Bauern. Er ließ für die Schläge seines Vaters die anderen Kinder und seine Geschwister büßen. Im Sommer 1955, Chun war damals einundzwanzig Jahre, da schwängerte er die erst dreizehnjährige Tochter eines Nachbarbauern. Als Chuns Vater davon erfuhr, floh Chun vor Angst, dass ihn sein Vater dafür totschlagen würde, Hals über Kopf nach Luoyang.

Luoyang ist eine der vier großen alten Hauptstädte Chinas, die sich im Laufe der Zeit zu einer wichtigen Industriestadt entwickelte. Chun hatte das früh erkannt und tauchte nach seiner Flucht zunächst im Dickicht der Altstadt unter. Da er so gut wie kein Geld besaß, ehrliche Arbeit aber verabscheute, zog es ihn jeden Tag an die unterschiedlichsten Stellen der Sehenswürdigkeiten von Luoyang. Hier bestahl er die Pilger und Touristen der unzähligen Reisegruppen.

Die Volksrepublik China war noch jung und erst vor sechs Jahren durch den "Großen Vorsitzenden" Mao Zedong in Peking auf dem Platz des Himmlischen Friedens proklamiert worden. Mao, der es vom einfachen Bauernsohn bis ganz nach oben in das Zentrum der Macht geschafft hatte und zunehmend dem Volk sein wahres Gesicht, das eines kommunistischen Diktators, zeigte, wurde für Chun zum großen Vorbild.

Nicht nur dass sie beide Bauernsöhne waren, sie teilten auch die gleiche Leidenschaft für junge Mädchen, da auch Chun fest an die lebensverlängernden Praktiken der taoistischen Tradition glaubte. Auch Chun wollte ganz nach oben. Er war schlau, gerissen und war mit einem untrügbaren Instinkt ausgestattet.

Chun vermied es mehrmals an einem Tag an ein und dergleichen Sehenswürdigkeit aufzutauchen. Schnell war er ein Meister der Tarnung geworden. So besuchte er morgens das Dingdingmen, ein altes Stadttor, das um die Jahrtausendwende samt einem Teilstück der ehemaligen Stadtmauer äußerlich rekonstruiert wurde. Den Mittag verbrachte er im Schatten der Gänge des Gräber-Museums, um gegen Abend die hier auftauchenden Reisegruppen zu bestehlen.

Einmal im Monat legte er die dreizehn Kilometer zur Longmen Grotte mit dem Eselkarren, den er bei seiner Flucht einem der Nachbarsbauern samt Esel gestohlen hatte, zurück. Die Longmen Grotte, die auch Drachentor Grotte genannt wird, ist eine der vier berühmtesten buddhistischen Grotten Chinas und befindet sich am Yi Fluss. Hier wimmelt es nur so von Pilgern und Touristen. In den über zweitausend Nischen und um die über hunderttausend Buddhastatuen herum, war es ein leichtes deren Geldbörsen zu stehlen.

Luoyang zählte über vier Millionen Einwohner, ein Dickicht in dem Chun hervorragend untertauchen konnte. Gekonnt wechselte er die Plätze seiner Aktivitäten. War er einmal in Guanlin, einer Ansammlung aus Tempeln, die zu Ehren Guan Yu, eines Helden aus der Zeit der drei Reiche, erbaut wurden, auf Beutezug, ließ er sich dort einige Wochen nicht mehr blicken.

Chun wechselte einfach zum Tempel des Weißen Pferdes, dem ältesten Buddhistischen Tempel Chinas. Er ist dem weißen Pferd gewidmet, welches der Sage nach zwei indische Mönche und die Buddhistischen Schriften nach China trug.

Nach gut einem Jahr, es war 1956, da hatte er so viel Geld gestohlen, dass er sich eine kleine Behausung in der Altstadt von Luoyang leisten konnte. Er begann Kindern das Stehlen beizubringen, ohne erwischt zu werden. Chun ließ die Jungen für sich arbeiten, während er ihnen den Schutz vor anderen Dieben bot. Achtzig Prozent des gestohlenen Geldes oder des Schmucks behielt Chun, den Rest ließ er den Jungen.

Den Mädchen, die für ihn arbeiteten, ließ er dreißig Prozent, dafür mussten sie seine perversen Sexphantasien erfüllen. Einzige Voraussetzung war, dass die Mädchen nicht älter als zwölf Jahre alt waren. Sobald die Mädchen das dreizehnte Lebensjahr erreicht hatten, vertrieb Chun sie und überließ sie sich selbst. Er drohte ihnen mit dem Tod, würde er sie jemals wieder in einem seiner Bezirke sehen.

Innerhalb von fünf Jahren arbeiteten zehn Aufpasser, das waren ehemalige Diebe, die mittlerweile im Alter von achtzehn und zwanzig Jahren waren, für ihn. Sie wachten über einhundert minderjährige Diebe.

Während Mao den "Großen Sprung nach vorn" initiierte und in China eine schwerwiegende Hungersnot, begleitet von schweren Überschwemmungen und Dürren, ausbrach, kassierte Chun mit seinen Dieben gut eine halbe Millionen Renminbi, das sogenannte Volksgeld, pro Jahr. Während die hungernden Menschen an ihre physischen und psychischen Grenzen gerieten, viele dem Wahnsinn verfielen und es zu Kannibalismus unter ihnen kam, lebten Chun und seine Schergen in Saus und Braus.

Im Frühjahr 1965, ein Jahr vor der Kulturrevolution, einer weiteren Kampagne Maos, zog es Chun, er war mittlerweile über dreißig Jahre alt, in die nördliche Hauptstadt nach Peking. Ins Zentrum der Macht. Er interessierte sich nicht für Politik, aber er hatte den untäuschbaren Instinkt, dass er im Dunstkreis der Politik weit mehr Geld und vor allem mehr Macht erhalten würde. Chun wollte in Maos Nähe, die Frage die sich ihm stellte war nur wie. Er war auf der Suche nach den richtigen Kontakten.

Es zog ihn in den Osten der Stadt, hier gab es ein nicht offizielles Rotlichtviertel. Geduldet und besucht von Mitgliedern der Kommunistischen Partei, obwohl die Prostitution offiziell verboten ist. Ein entsprechendes Nachtleben gab es nicht, früh gingen überall die Lichter aus. Lediglich einige, wenige staatliche Bars blieben bis spät in die Nacht auf.

Eines Abends, es war kurz nach Mitternacht, betrat Chun die Sanlitun Bar. Dem bulligen Türsteher hatte er unaufgefordert 100 Yuan zugesteckt. Ein schmaler Gang führte ihn über eine Treppe in das erste Stockwerk. Durch eine Tür betrat er einen großen offenen Raum in dessen Mitte sich mehrere Tische befanden. In großer Runde saßen einige Männer mit vielen Frauen.

Chun ging bis zum Ende des Raums und bog hier um die Ecke in einen weiteren Gang. Rechts und links des Ganges befanden sich abgetrennte durch Vorhänge verdunkelte Zimmer. Musik und Gesang drangen an Chuns Ohr, wenn er an einem der Zimmer vorbei ging. Bevor er den nächsten Treppenaufgang erreichte, blieb er an der Tür des letzten Raumes stehen. Er stand allein in dem Flur und lauschte den Stimmen, die aus dem Zimmer drangen.

„*Ich brauche jetzt wirklich etwas ganz Junges, Unschuldiges*", hörte er die männliche Stimme flüstern. „*Es sind schreckliche Dinge passiert und ich muss mich reinwaschen von meiner Schuld. Verstehst du was ich meine?*"

Dann hörte er die raspelnde Stimme einer weiblichen Person: „*Ich werde dir eine unschuldiges Mädchen besorgen. Aber sag mir, was hast du getan? Ich will mir sicher sein, dass ich auch das richtige Mädchen für dich auswähle.*" Es musste die von jahrelangem Alkohol und Rauch geprägte Stimme der Bordellmutter sein, da war Chun sich sicher, sie witterte hier das große Geld.

Der Mann begann zu wimmern: „*Kann ich dir auch vertrauen, dass du es niemandem erzählst.*"

„*Natürlich. Du kannst dir sicher sein. Absolutes Schweigen gehört zu meinem Geschäft*", log die Alte.

Der Mann begann zu erzählen: „*Ich arbeitete in Ostchinas Provinz Anhui. Dort allein verhungerten bislang vier Millionen Menschen. Sie haben nichts, wirklich gar nichts zu essen. In über eintausend Fällen haben sie sich von Menschenfleisch ernährt. Verstehst Du? Aus lauter Verzweiflung fressen sie sich selbst.*"

Chun hörte wie die Bordellmutter schluckte.

Der Mann begann zu flüstern: „*Die Regierung wird das abstreiten, aber ich habe es mit eigenen Augen gesehen. Und jetzt, jetzt habe ich den Auftrag die Leichen und Skelette zu entsorgen. So, als sei nichts geschehen.*"

„*Du hast Angst, dass man dich für dein Wissen und das Entsorgen der Leichen bestrafen wird*", schlussfolgerte die Alte.

Chun war näher an den Türspalt gerückt und hatte ihn vorsichtig und vollkommen geräuschlos ein wenig weiter geöffnet, so dass er das Gesicht des Mannes sehen konnte. Was er sah erschreckte ihn, gab ihm aber gleichzeitig das Gefühl, die Situation für sich nutzen zu können. Der Mann hatte Angst. In seinen schwarzen Augen spiegelte sich Todesangst.

Das hatte auch die Alte erkannt und begann wieder zu sprechen: „*Jetzt können dir nur Meditation und die magischen Praktiken des Taoismus helfen dein Leben zu schützen. Lass uns nach oben gehen, dort kann dir geholfen werden."*

Chun hatte genug gehört. Mit einigen großen Schritten erreichte er den Treppenaufgang, der ihn in das nächste Stockwerk brachte. Er öffnete die schwere, schallschluckende Tür zur dahinterliegenden Bar. Die Bar war voll. Laute Musik und ein Gewirr von Stimmen sorgte dafür, dass die Frauen die Köpfe der Männer zu sich ziehen mussten, wenn sie mit ihnen redeten. Eine Bauchtänzerin tanzte über den Tresen. Die Männer grölten. Chun mischte sich unter die Männer. Kurz danach betrat die Alte den Raum, im Schlepptau hatte sie den Mann.

Chun, der selbst ein Anhänger der taoistischen Praktiken war, wusste was den Mann jetzt erwarten würde. Neben der stillen Meditation und der Kultivierung des Geistes waren rituelle, geheime Sexpraktiken der Kern zur Lebensverlängerung. Letztendlich sollte die Ausübung dieser Praktiken auf der Suche nach Unsterblichkeit zum Ziel führen.

Die Alte und der Mann hatten den Raum durchquert und verschwanden durch eine der hinteren Türen. Chun folgte ihnen zur Tür, die jedoch verschlossen war. Er ging zurück nach unten und verließ die Sanlitun Bar.

Seinem inneren Instinkt folgend ging er um das Gebäude herum. Seine Gedanken versuchten den Weg, den er in der Bar zurückgelegt hatte, zu rekonstruieren. Er war sich sicher, dass der Mann das Gebäude durch einen Hinterausgang verlassen würde. Verschachtelte, schlecht beleuchtete Gassen führten ihn um den Gebäudekomplex. Von Zeit zu Zeit kreuzte der Schatten einer Ratte seinen Weg.

Nach einer Weile hatte er die Rückseite des Gebäudekomplexes erreicht. Eine Mauer versperrte den Zugang zum Gebäude. Chun legte seinen Kopf in den Nacken und blickte nach oben. Sechs Etagen mit kleinen Fenstern, aus denen gedämpftes Licht nach außen drang. Kein Laut war zu hören, kein Mensch war zu sehen. Er senkte seinen Blick wieder nach unten. Dann sah er zwei in der Dunkelheit leuchtende Augen. Eine Katze presste ihren Körper gegen die Mauer und schlich dort entlang. Chuns Blick folgte der Katze, die plötzlich in der Mauer verschwand.

Die Mauer hatte an dieser Stelle eine schmale nicht einmal fünfzig Zentimeter breite Öffnung, die durch einen Busch verdeckt war. Chun schob die Äste des Busches zur Seite und zwängte seinen Körper, indem er sich querstellte, durch die Öffnung. Auf der anderen Seite betrat er einen gepflasterten Weg, der sich in endlosen Kurven durch einen parkähnlichen Hinterhof zu schlängeln schien. Er folgte dem Weg, bis er das Gebäude wieder erreichte. Der Weg hatte ihn bis an die Fassade des Gebäudes geführt und endete abrupt vor einer schweren hölzernen Tür. Chun ging wieder zurück und versteckte sich im Schatten eines großen Busches. Er begann zu warten.

Von Zeit zu Zeit warf er seinen Kopf in den Nacken und suchte die sechs Etagen hohe Fassade nach Veränderungen ab, als er in der Stille ein Geräusch vernahm. Das Drehen eines Schlüssels im Schloss einer Tür. Die Tür öffnete sich.

Da war er, der Mann auf den er wartete. Begleitet von der Bordellmutter verließ er das Gebäude. Die beiden gingen schweigend an Chun, der sich ganz hinter den Busch geduckt hatte, vorbei, ohne ihn zu bemerken. Leisen Schrittes folgte er den beiden in sicherem Abstand bis sie die Mauer erreicht hatten. Die Alte hatte irgendeine Art Kästchen in der Hand auf das sie drückte. Wie von Geisterhand öffnete sich eine Art Tür in der Mauer, die von außen nicht sichtbar war. Die Alte drückte erneut auf das Kästchen und die Tür schloss sich wieder. Der Mann hatte den Park verlassen.

Die Alte drehte sich um und ging zurück. Chun huschte hinter einen der Büsche. Seine rechte Hand glitt in die Seitentasche seiner Jacke und erfasste den kalten Stahl seines Messers. Die Alte war auf Höhe des Busches angekommen, als Chun hinter sie trat. Er griff in ihr dunkles Haar, zog ihren Kopf nach hinten und ehe sie einen Laut von sich geben konnte, schnitt er ihr die Kehle durch. Er machte sich keine Mühe ihre Leiche zu verstecken, sondern rannte direkt zurück zur Mauer, stellte sich quer und huschte durch den schmalen Spalt auf die andere Seite.

Er konnte gerade noch sehen wie der Mann in die nächste Gasse bog. Schnellen Schrittes folgte er ihm. Direkt hinter dem Mann erreichte er das Taxi, öffnete die hintere Tür, stieg unaufgefordert ein und setzte sich neben den verblüfft blickenden Mann. *„Zum Regent",* wies er den Fahrer an.

Die beiden Männer saßen sich in einer Ecke der Hotellobby des Regent gegenüber. Chun Lin hatte sich dem Mann vorgestellt und ihm angeboten seine Probleme zu lösen. Er würde die Männer besorgen, die unauffällig und diskret die Leichen und Skelette in Anhui entsorgen würden. Er hatte bereits sein erstes Problem gelöste, indem er die Alte tötete. Nur so war sichergestellt, dass das Geheimnis jetzt nur noch er und der Mann teilen würden. Mao würde nichts von dem Verrat erfahren.

Das war der erste Kontakt vor fast 50 Jahren zwischen Chun Lin und Wie Pan, dem Mann aus dem Bordell. Chun Lin war ein Mörder. Die Männer teilten ein grausames Geheimnis und wurden Freunde.

Ich schlug den Ordner zu und war entsetzt über das was ich erfahren hatte. Über Maos Kampagne "Der große Sprung nach vorn" hatte ich schon gehört und auch etwas gelesen. Mit ihr sollte der Rückstand zu den westlichen Industrieländern aufgeholt und die Übergangsperiode zum Kommunismus verkürzt werden. Die landwirtschaftliche Bevölkerung wurde zwangskollektiviert und musste Zusatzleistungen in Industriebetrieben erbringen. Durch diese Doppelbelastung verursacht sanken die landwirtschaftlichen Erträge. Die Zwangsmaßnahmen wurden vom Regime mit grausamer Härte umgesetzt. Die Zahl der Menschen, die der Hungersnot zum Opfer fielen, wurde auf über 40 Millionen geschätzt. Eine Verantwortlichkeit Maos für die größte Hungersnot Chinas wurde stets bestritten. Chun Lin und Wie Pan hatten offensichtlich Beweise gesammelt und teilten dieses grausames Geheimnis. Es sollte nicht das einzige bleiben, dass sie miteinander verbinden würde.

Aber was hatten mein Vater und meine Familie damit zu tun?

Noch war mir nicht klar um was es hier ging. Ich hatte mich nahezu den ganzen Tag mit den Informationen, die ich in dem Ordner fand, beschäftig und kaum gegessen. Mein Magen fing an zu knurren und ich bekam Hunger. Beth hatte ich die ganze Woche frei gegeben, so dass ich beschloss in Don Antonios Trattoria zu Abend zu essen.

Kapitel 25

Wie Pan

Ich sprühte nur so vor Tatendrang und konnte es kaum erwarten, nachdem ich zunächst ausgiebig gefrühstückt hatte, endlich weiterzumachen. Ich ging ins Arbeitszimmer und sah die vier Ordner auf dem Schreibtisch.

Wie Pan, hiermit wollte ich mich als nächstes beschäftigen.

1939 lief die Schlacht um Changsha auf ihren Höhepunkt zu. In einer konzentrierten Offensive gelang es zwei japanischen Divisionen den Xiangiang Fluss zu überqueren. Die Truppen hatten die Außenbezirke der Stadt erreicht und die ersten Bomben schlugen in die Häuser ein.

Mi Pan lag in den Wehen unter dem Dach ihres Hauses, als die Fenster im Nebenraum unter dem Druck der Explosionen zerbarsten. Zeitgleich platzte ihre Fruchtblase, der Muttermund hatte sich bereits geöffnet und unter einem reflektorischen Pressdrang gebar Mi ihr erstes Kind.

Ihr Schrei wurde vom Lärm der detonierenden Bomben geschluckt. Die Wände des Hauses wackelten von den Fundamenten bis in die Dachspitze. Ein schwerer Dachbalken löste sich aus der Verankerung und erschlug ihren neben ihr knienden Ehemann. Blut spritzte in Mis Gesicht, Blut lief ihre Schenkel hinunter. Überall Blut.

Irgendetwas schmerzte zwischen ihren Beinen. War sie von herumfliegenden Splittern getroffen worden? Mi schien einer Ohnmacht nahe, sie presste erneut. Ein weiteres Kind, der Mutterkuchen und die Fruchtblase verließen nahezu zeitgleich den Geburtskanal. Die Babys lagen regungslos in einer mit Putz und Dreck vermengten Blutlache. Der Schmerz ließ nicht nach. Sollte noch ein Kind in ihrem Unterleib stecken? Erschöpft versuchte Mi ihren Oberkörper anzuheben. Sie war zu schwach. Vorsichtig tastet ihre rechte Hand den zusammengefallenen Bauch ab. Sie fühlte etwas Hartes. Es waren nicht die Babys, die den Schmerz verursachten. Sie fühlte Metall. Ein riesiger Splitter hatte sich in ihre Bauchdecke gebohrt. Blut sickerte unaufhörlich auf die Dielen des Holzbodens.

Die Tür zum Dachzimmer flog auf, schwere Lederstiefel kamen auf Mi zu. Durch das Flimmern ihrer Augenlider erkannte Mi die Uniform eines chinesischen Soldaten.

Was war geschehen?

Die Japaner waren in die Außenbezirke von Changsha eingedrungen, konnten die Stadt aber nicht erobern. Drei neuformierte chinesische Divisionen hatten Changsha ebenfalls erreicht und die Nachschubwege im Rücken der Japaner abgeschnitten. Ihnen war ein Gegenangriff gelungen, der die Japaner zum Rückzug zwang.

Ein letztes Flackern in ihren Augen ließ Mi das Gesicht des Soldaten erkennen. Es gehörte ihrem Halbbruder Deng, dem stellvertretenen politischen Direktor der neu formierten Armee. Erleichtert schloss Mi ihre Augen bevor sie starb.

Deng legte seine Hand an Mis Halsschlagader, ihr Herz hatte aufgehört zu schlagen. Dann sah er die Babys in dem ganzen Dreck und Blut. Ein Mädchen. Tot. Und einen Jungen. Der Junge lebte. Deng durchschnitt die Nabelschnur, wickelte den Jungen in ein Laken und verließ das Haus. Sollte der Junge das überleben, würde Deng ihn großziehen. Er nannte seinen Halbneffen Wie, nach dem Namen seines toten Vaters.

Wie Pan hatte die Strapazen des Krieges gut überstanden, schnell hatte er an Gewicht zugelegt. Halbonkel Deng Xiaoping, der bereits zum dritten Mal geheiratet hatte, machte große politische Karriere im Dunstkreis Mao Zedongs. Wie wuchs bei seiner Halbtante Zhuo, die zwölf Jahre jünger war als Deng, auf. Groß geworden in Chinas Oberschicht, legte er ständig an Gewicht zu. Er war ein hässliches, fettes, ängstliches Kind. Wie hatte das Glück zur Schule gehen zu können. Er wurde viel gehänselt, ihm fehlte jegliches Selbstvertrauen. Ständig litt er unter der Angst früh sterben zu müssen. Ein Trauma, das ihn seit seiner Geburt während der Schlacht um Changsha immer wieder heimsuchte.

Halbonkel Deng hatte er es zu verdanken, dass ihm nach Vollendung seines einundzwanzigsten Lebensjahres die Leitung einer kleinen Baufirma anvertraut wurde. Obwohl Wie keine Ahnung vom Baugeschäft hatte, wuchs die Firma stetig, da sie von Deng Xiaopong regelmäßig mit staatlichen Aufträgen versorgt wurde. Wies Halbonkel hatte es mit seiner Ernennung auf dem 8. Parteikongress der

Kommunistischen Partei Chinas geschafft in die erste Front des Zentralkomitees aufzusteigen.

Im Verlaufe der großen Hungersnot, die ganz China heimsuchte, war es Wie, der verantwortlich dafür sorgen sollte, dass ein Großteil der Leichen in der Provinz Anhui für immer unerkannt verschwinden sollte.

Wie sah sich dieser Aufgabe nicht gewachsen und war froh, dass er eines Abends in der Sanlitun Bar einen Mann kennenlernte, der sich seiner Probleme annahm. Wie, dessen ständige Angst früh zu sterben ungeahnte Ausmaße angenommen hatte, war bereits seit seinem achtzehnten Lebensjahr ein glühender Anhänger der Taoismus. Neben der stillen Meditation waren es vor allem die streng geheimen Sexualpraktiken zur Lebensverlängerung die Wie begeisterten.

Er war hocherfreut, dass Chun Lin, der Mann, den er in der Sanlitun Bar in Peking kennengelernt hatte, ebenfalls ein Anhänger des Taoismus war. Gemeinsam räumten sie für Deng den politischen Dreck zur Seite, gemeinsam hingen sie den Praktiken des Taoismus nach. So wurden sie Freunde.

Wie und Chun sogen den süßlichen Duft durch ihre Nasen tief in ihre Lungen. Die Aromen der Räucherstäbchen breiteten sich in ihren Körpern aus und beseelten Geist und Seele. Sie saßen bereits in den beiden marmornen Wannen, als vier junge Gespielinnen den Raum betraten. Das heiße Wasser der milchigen mit Ölen durchzogenen Flüssigkeit breitete sich auf ihren Körpern aus, als die Mädchen zu ihnen in die Wannen stiegen und begannen Chun und Wie zu waschen.

Der Prozess der körperlichen Reinheit hatte begonnen. Wie durch einen Schleier nahmen sie die vier jungen Mädchen wahr. Die sexuellen Handlungen, die sie nun gemeinsam begangen, hatten sie während ihrer Findung zu ewigem Leben bereits auf eine hohe Stufe gebracht. Beiden war klar, auch wenn sie die Anzahl der Gespielinnen erhöhen würden, es würde sie nicht weiterbringen in ihrem Wunsch auf ewiges Leben.

Was jetzt nur noch half war totale Reinheit, Unversehrtheit und absolute Unschuld. Die jedoch konnten sie hier nicht finden. Chun öffnete seine Augen, machte eine abfällige Bewegung und wies die Gespielinnen an den Raum umgehend zu verlassen.

„Wie, dir ist klar, dass uns diese Praktiken nicht zu unserem Ziel bringen werden?", er sah Wie durch die dunstigen Nebelschwaden, die durch den Raum schwebten, in die Augen. Wie hatte die Wanne bereits verlassen und hockte, so als wäre er ein leibhaftiger Buddha, nackt und mit verschränkten Beinen auf der hinteren Matratze.

„Ja, mein Freund, du hast Recht. Aber du weißt auch, dass es verboten ist diese Praktiken an unschuldigen, absolut keuschen Mädchen auszuführen. Würde das herauskommen, dann würden wir mit dem Tod bestraft."

Wie begann vor Angst leicht zu zittern, als Chun mit gedämpfter Stimme weitersprach. Er hatte die Wanne jetzt auch verlassen und rückte näher an Wie heran, damit er das Flüstern noch wahrnehmen konnte.

„Sicher, wir müssen vorsichtig sein, aber denke an den Lohn den wir erhalten. Wir werden auf den rechten Weg gewiesen und unseren Platz im Universum erhalten. Wir müssen unsere sexuelle Energie nutzen und vor allem unseren Samen beibehalten. Wir brauchen die Jungfrauen."

Chun senkte seine Stimme erneut und ergriff Wies Arm: *„Wir beide wissen, dass wir dafür viel Geld benötigen, um unser Ziel zu erreichen. Aber was gibt es höheres als unseren Platz im Universum?"*

Wieder legte Chun eine Pause ein bevor er weitersprach.

„Dann endlich werden auch deine Angstschübe beendet und dein Leben ewig sein."

Wie überlegte bereits fieberhaft woher sie das Geld bekommen könnten.

Chun war schon seit langer Zeit klar, dass ihn ein ewiges Leben nicht zu erwarten hatte. Doch die perversen Praktiken an jungen Mädchen unter dem Deckmantel des Taoismus hatten es ihm angetan. Sie würden sie finden, die richtige Jungfrau, die Auserwählte.

Die Jagd hatte begonnen!

Auf was war ich da bloß gestoßen? Widerliche Machenschaften perverser Geschäftspartner meines Vaters. Ich musste unwillkürlich wieder an das Jagdhaus denken. Was würde im nächsten Ordner auf mich warten?

Kapitel 26

Norman Brooks

Ich öffnete den dritten Ordner.

Als das "Eckstein" eröffnet wurde, war Norman Brooks 25 Jahre alt. Hugo Falk, der Besitzer der Bar, dachte, dass seine Kundschaft hauptsächlich aus Gästen bestehen würde, die das eine oder andere Getränk im Vorübergehen trinken würden, da sich das "Eckstein" in der Nähe des Central Business Distrikts von New Orleans nur unweit des Mississippi befand. Die hier arbeitenden Menschen müssten doch nach ihren eher trockenen Arbeitstagen besonders geeignet für ein erfrischendes Getränk sein. Doch Falk hatte sich in den Vorlieben der hier arbeitenden Menschen offensichtlich getäuscht. Nur selten kamen sie in sein Lokal und dann wirkte es eher so, als hätten sie sich verirrt, als dass sie es bewusst aufgesucht hätten.

Als Hugo Falk diese Situation drei Jahre später an einem der trostlosen Novemberabende erkannte, war es schon zu spät und er steckte bis zum Hals in Schulden. Eigentlich wollte er schon aufgeben, die Bar schließen und mit seinen wenigen Habseligkeiten einen der Greyhound Busse, die am nicht weit entfernten Bahnhof regelmäßig hielten, besteigen, um dann woanders seine Zelte aufzuschlagen. An jenem besagten Novemberabend regnete es draußen in Strömen. Wolkenbruchartige Niederschläge ergossen sich über die ganze Stadt. Ein Wetter an dem man nicht einmal seinen Hund vor die Tür ließ.

Gelangweilt polierte Falk hinter der Theke die unbenutzten Gläser, als sich die Tür zum Lokal öffnete und ein Gast das "Eckstein" betrat. Durchnässt, mit zerzaustem Haar vom draußen tobenden Wind, schlug der elegant gekleidete Mann den Kragen seines Mantels zurück und strich sich den Regen von den Schultern. Der junge Mann wirkte nicht so als hätte er sich verirrt oder als würde er Schutz vor dem Unwetter suchen. Nein, es hatte den Anschein, als hätte er das "Eckstein" gezielt aufgesucht. Der Fremde ging auf Falk zu, zeigte auf die im hinteren Teil der Bar in der rechten Ecke befindliche Tür.

Ohne dass er gefragt wurde, brummte Falk: *„Nein, nicht die rechte Tür, die Toiletten befinden sich links."*

Falks rechter Arm bewegte sich nach links zur hinteren Wand. Offensichtlich wollte der Mann doch nur pinkeln.

Ohne auf Falks Hinweis einzugehen, sagte der Fremde: *„Den Raum hinter der rechten Tür, unten im Keller, vermieten Sie diesen Raum an geschlossene Gesellschaften?"*

Falk zog die Stirn kraus und fragte sich: *„Woher wusste der Kerl von dem Raum? Die Tür war doch immer verschlossen."*

Ohne weiter darüber nachzudenken antwortete er kurz angebunden: *„Nein, es ist nur ein Kellerraum, ohne Fenster."*

Der Fremde machte einen Schritt auf die Theke zu, beugte sich zu Falk herüber und begann leise zu sprechen: ....

Falk hatte im Anschluss an dieses Gespräch nicht einen der Greyhound Busse bestiegen. Er war geblieben, denn von diesem Tag an brauchte er keine weiteren Gäste. Ganz im Gegenteil, er war froh wenn sich nur selten jemand in seine Bar verirrte.

Einen Tag nach der ersten Begegnung mit Hugo Falk betrat Brooks erneut das "Eckstein". Es war später Nachmittag und es regnete noch immer. Brooks setzte sich in die hintere Ecke der Bar an einen der Tische und bestelle einen Kaffee.

Kurz darauf öffnete sich die Tür des Lokals erneut und ein weiterer Gast betrat den Raum. Der Mann nickte in Richtung Brooks, bestellte ebenfalls Kaffee und nahm an dessen Tisch Platz. Die beiden Männer saßen zunächst schweigend an dem Tisch und tranken ihren Kaffee. Im Laufe der nächsten halben Stunde steckten sie jedoch ihre Köpfe zusammen und begannen ein ausführliches Gespräch. Falk, der eher aus Langeweile als das es nötig gewesen wäre eine der Tischplatten in der Nähe der Männer abwischte, fing so von Zeit zu Zeit das ein oder andere Wort ihrer Unterhaltung auf. Es hatte für Falk den Anschein, als wären sich zwei Männer begegnet, die sich nicht gesucht aber doch gefunden hätten. Zu diesem Zeitpunkt konnte er noch nicht wissen wie Recht er hatte.

Unerwartet erhoben sie sich. Brooks kam auf Falk zu und bat um den Schlüssel der immer verschlossenen Tür in der hinteren Wand.

Gemeinsam mit dem Fremden stieg er die Treppe in den dunklen, muffigen Kellerraum hinab.

Sturm und Regen hatten nachgelassen als die beiden Männer nach fast drei Stunden den Keller wieder verließen, die Tür verschlossen und zurück in das Lokal kamen. Ohne weitere Worte verließen sie das Lokal. Den einzigen Schlüssel hatten sie mitgenommen.

Hugo Falk machte große Augen als die beiden Männer nach drei Tagen an einem Dienstag erneut erschienen. Diesmal jedoch in Begleitung weiterer Männer. Von diesem Tag an konnte Falk jeden Dienstagabend gepflegte und offenbar gut situierte Männer im "Eckstein" begrüßen.

Er servierte seine Getränke in der Bar, bevor Brooks ihnen ein Zeichen gab und sie allesamt für mindestens zwei Stunden im Keller verschwanden. Wenn sie dann wieder in der Bar erschienen, tranken sie erneut, oft bis spät in die Nacht. Zu Falks Überraschung begann die Bar doch noch zu florieren, was Falk zu geschäftlichem Aufschwung verhalf. Die Idee, mit dem Greyhound Bus die Stadt zu verlassen, hatte sich in Wohlgefallen aufgelöst, zumal Brooks ihm eine stattliche Miete für den Kellerraum bezahlte. Falks Kundschaft war höflich, sofern er das beurteilen konnte, denn im Keller war er nie dabei. Er hatte keinen Schimmer was dort ablief. Die Kundschaft bestand fast ausschließlich aus Männern. Nur gelegentlich so schien es, verirrte sich auch eine Frau ins "Eckstein". Es hatte den Anschein, als handelte es sich um einen Treffpunkt homosexueller Männer.

Hugo Falk begriff das erst spät, aber es war ihm auch egal, denn das Eckstein florierte und es schien Falk doch noch ein erträgliches Einkommen zu sichern. Innerlich hasste er jedoch jede Art von Homosexualität und seine Wut steigerte sich ins unermessliche, wenn er die Kerle an den Tischen sah, wie sie die Köpfe zusammensteckten und tuschelten. Von Zeit zu Zeit schoben sie sich kleine Zettel zu, bevor sie dann gemeinsam die Treppe hinunter in den Keller gingen.

Hugo Falk führte tief in seinem Inneren einen Kampf mit sich selbst, denn einerseits verachtete er Homosexuelle zu tiefst, andererseits bescherten diese Männer ihm endlich ein auskömmliches Leben. Mit zunehmender Zeit wurde er jedoch immer neugieriger und wollte mehr über die Männer wissen. Vielleicht war hier noch mehr zu holen. Diese Idee ließ ihn nicht mehr los. Er musste in den Keller, um zu erfahren, was die Männer dort trieben.

Der Regen peitsche gegen die Tür, als die letzten Männer an diesem Dienstabend die Bar verließen. Falk wollte es wissen, er hatte sich einen Nachschlüssel angefertigt und ging auf die Tür zum Kellerabgang zu. Zu seinem Erstaunen war sie unverschlossen.

Er rief in den dunklen Abgang: *„Hallo, ist noch jemand da. Ich möchte die Bar jetzt schließen".*

Es blieb ruhig und dunkel. Falk knipste das Licht an und stieg in den Keller hinab. Vor dem eigentlichen Kellerraum gab es eine weitere Tür. Sie war mit einem Vorhängeschloss gesichert.

„Mist", murmelte Falk und stieg die Stufen erneut nach oben, ging hinter die Theke und begann zu kramen, konnte das immer unter der Theke liegende Brecheisen jedoch nicht finden. Er griff nach dem großen Schraubenzieher, der musste ausreichend sein, das Schloss hatte nicht besonders stark ausgesehen. Er ging zurück. Es reichten zwei feste Hebelbewegungen und das Schloss sprang auf.

Plötzlich jagte ein Gedanke durch Falks Kopf: *„Wie sollte er das aufgebrochene Schloss den Männern erklären?"*

Egal, die Neugier hatte gesiegt und er hatte noch eine Woche Zeit bevor die Schwulen wiederkamen. Langsam öffnete er die Tür, schaltete das Licht ein und konnte seinen Augen nicht trauen was er sah. Ein riesiges, querliegendes A war an eine der Wände gemalt. Ein Geräusch ließ ihn zusammenfahren. Er drehte sich um die eigene Achse, konnte jedoch nur einen Schatten wahrnehmen, als das Brecheisen seinen Schädel zertrümmerte.

„Es bleibt unser Geheimnis", schwor Brooks an seinen Freund gewandt.

„Es war richtig dass ich ihn getötet habe. Richtig für die gemeinsame Sache. Wichtig für die Lawine, die wir ins Rollen gebracht haben. Komm lass uns die Leiche entsorgen und danach die Bar in Brand setzen."

Frank Scott nickte stumm, als er das Brecheisen in Brooks Hand sah.

An einem ebenso nassen und stürmischen Novembertag vor fast dreißig Jahren erblickte Norman Brooks zu früh das Licht der Welt. Als Frühchen in New Orleans geboren, wanderte er zunächst in einen Inkubator, einen sogenannten Brutkasten.

Fast acht Wochen lag er in dieser klimatisierten Kammer, nur durch zwei kreisrunde Löcher, an denen sich zwei Gummihandschuhe befanden, war er mit der Außenwelt verbunden. Getrennt von seiner Mutter, spürte er nur das raue Gummi der Handschuhe auf seiner Haut, wenn er mehrmals am Tag von einer der Schwestern, die für die richtige Lage seines Kopfes in Rücken- oder Seitenlage sorgte – um so möglichen Hirnblutungen vorzubeugen - umgelagert wurde.

Sein Leben begann wie es bis an sein Ende bleiben sollte. Ohne Liebe, ohne echten körperlichen Kontakt. Im Kopf des Frühchens hatte sich eine Ansammlung von kleinen Gefäßen gebildet. Während einer dieser Umlagerungen durch den skandinavischen Arzt Dr. Sven Andersson rissen einige dieser Gefäße. Die Folge war eine leichte, lokal begrenzte Blutung. Zudem war die noch unreife Leber des Neugeborenen mit dem Umbau des Bilirubin, eines Stoffes, der beim Abbau der roten Blutkörperchen gebildet wird und im Normalfall von der Leber in eine wasserlösliche Form umgewandelt wird, überfordert.

Der kleine Norman, der zu diesem Zeitpunkt natürlich noch keinen Namen hatte, bekam die Gelbsucht. Er wurde, nachdem er den Brutkasten verlassen hatte, einer speziellen Lichttherapie unterzogen.

Als das Kind endlich nach fast sechs Monaten zum ersten Mal in seinem Leben das Krankenhaus verließ und in den Armen seiner Mutter lag, die ihn aus Dankbarkeit, in Erinnerung an den behandelnden Arzt, auf den Namen Norman – Mann der aus dem Norden kam – taufen ließ, war es um Norman bereits geschehen. Er war und würde nie in der Lage sein die Fähigkeit und die Bereitschaft aufzubringen, Empfindungen, Gedanken, Emotionen und Persönlichkeitsmerkmale einer anderen Person zu erkennen und zu verstehen.

Empathie und somit auch die Fähigkeit zu angemessenen Reaktionen auf Gefühle anderer Menschen, wie zum Beispiel Mitleid, Trauer, Schmerz und Hilfsbereitschaft würden ihm ein Leben lang fremd bleiben.

Den Geruch von Gummi, sowie das Berühren seines Körpers, verabscheute er bis heute. Körperlich und geistig entwickelte er sich im Laufe der Zeit zu einem gesunden jungen Mann. Freunde konnte er keine finden.

Was er jedoch fand waren Artgenossen – Menschen gleicher Denk- und Handlungsweise. Schnell wurde er einer ihrer skrupellosen Anführer. Während seiner Studienzeit trat er einer Splittergruppe des bereits am 24. Dezember 1865 in Pulaski, Tennessee, gegründeten Klux-Klux Klans bei. Der Klan hinderte die Schwarzen an der Wahrnehmung und Ausübung ihrer damals neu erworbenen Bürgerrechte, hauptsächlich durch Einschüchterung, Brandstiftung, körperliche Gewalt, Entführung und Mord. Zudem beinhalteten die Übergriffe des Klans oft sexuelle Gewalt gegen Frauen.

1871 wurde der Klan offiziell verboten und löste sich wieder auf. 1915 wurde der Klan wieder neu gegründet, an seinen Zielen und Absichten hatte sich nichts geändert. 1944 ein Jahr vor dem Ende des Zweiten Weltkrieges wurde der Klan erneut verboten. Immer wieder kam es im Laufe der Zeit zu Wiederbelebungen des Klans.

Norman Brooks wurde Anfang der Siebziger Jahre aktiv, als sich die strikte Rassentrennung nicht mehr durchsetzen ließ und der Klan unter 2000 Mitglieder zählte. Bereits während seines Studiums gründete Brooks eine rassistische Studentenverbindung – einen in der Öffentlichkeit nicht auftretenden Geheimbund.

Die Mannen um Brooks nannten sich Avalanche – Lawine.

Brooks war der unbekannte Organisator und das Gehirn hinter dem neuen Anführer David Duke, der eine Organisation namens White Youth Alliance gegründet hatte. Durch das offizielle Verbot und die weiterhin schwindende Mitgliederzahl fehlte es dem Klan und seinen Splittergruppen an Geld. Brooks hatte sein betriebswirtschaftliches Studium an der privaten Tulane Universität von New Orleans zügig abgeschlossen und arbeitete in der Finanzabteilung von Capital One. Schnell wurde ihm klar, dass er auf unauffällige Weise das nötige Geld und die richtigen Leute für den Klan akquirieren musste.

Doch nach dem Mord an Hugo Falk musste er New Orleans verlassen.

Er ging nach Alexandria, nicht weit von Washington DC, dem Sitz der Weltbank. Hier fand er einen neuen Job.

Frank Scott zog es an die Westküste nach San Francisco. Die Männer teilten ein grausames Geheimnis, es sollte nicht ihr letztes sein.

Ich schlug den Aktendeckel zu.

Ich konnte es nicht glauben, mein Vater gehörte dem Klux-Klux Klan an und er deckte einen Mörder. Sichtlich geschockt von dieser Erkenntnis keimte die Befürchtung in mir auf in ein Wespennest gestochen zu haben.

Ich begann zu grübeln, ob ich tatsächlich weitermachen sollte. Doch ich war es meiner Mutter und Schwester schuldig. Und schließlich wolle ich auch wissen warum sie für die möglichen Taten meines Vaters mit dem Leben büßen mussten.

Kapitel 27

Frank Scott

Seine Schritte führten ihn weg vom Ufer des Mississippi direkt ins Blue Velvet. Nachdem Frank Scott gemeinsam mit Norman Brooks die Leiche entsorgt hatte, fuhr er zurück nach Down Town.

Einerseits musste er klare Gedanken fassen.

Wie sollte sein Leben weitergehen?

Er stand kurz vor dem Abschluss seines Ingenieurstudiums.

Andererseits wollte er sich einfach nur betrinken, um zu vergessen was heute geschehen war. Er entschied sich für andererseits.

Brooks und er hatten Falks Leichnam in einen Sack gepackt, mit Steinen beschwert und in den aufgrund des anhaltenden Regens mächtig angeschwollenen Mississippi geworfen. Die Strömung würde Falk über den Flussboden Richtung Meer schleifen.

Scott öffnete die Tür zum Blue Velvet und betrat die Bar. Rauchschwaden traten ihm entgegen, Musik drang in seine Gehörgänge. Irgendwie war er dann nach durchzechter Nacht in den

104

frühen Morgenstunden in seinem Ein-Zimmer-Appartement gelandet, das er zur Untermiete bewohnte. Wilde Träume - ihr helles Gesicht untermalt von ihrer zarten Stimme - benebelten seine Gedanken. Ihre langen, rot lackierten Fingernägel strichen über das Piano. Die Beine übereinander geschlagen hatte sie später auf einem Barhocker gesessen und den Text ihres souligen Songs ins Mikro gehaucht. Es war mehr ein Flüstern, als ein aufdringlicher Gesang. Sie hatte etwas unschuldiges, etwas Reines an sich, obwohl das Rot ihrer Nägel auf eine andere Seite in ihr hinwies.

Plötzlich lief Blut aus ihren Augen.

Eine klaffende Wunde öffnete sich in Höhe ihrer Schläfe. Ihr Gesicht verschmolz zu einer verzerrten, blutenden Fratze – Falk stand plötzlich vor ihm.

Schweißgebadet fuhr Scott hoch, als er aus seinem Albtraum erwachte. Sein Schädel hämmerte vor Schmerz. Es war bereits später Nachmittag. Nacht für Nacht kehrte der gleiche Traum zurück, ließ ihn nicht mehr los, ließ ihn nicht mehr schlafen, ließ ihn an nichts anderes mehr denken. Scott musste New Orleans verlassen, koste es was es wolle. Er musste Falk und den Mord vergessen, hörte er eine innere Stimme sagen.

Würde ihm eine Flucht ein neues Leben ermöglichen?

Seine Augen waren weit geöffnet, er hatte in dieser Nacht wieder von ihrer zarten Stimme geträumt. Auch der Mann im Mond würde flüchten, hatte sie im Blue Velvet ins Mikro gehaucht. Manchmal ist eine Flucht wie eine zweite Chance. Sie hatte so Recht. Frank Scott floh, vor sich, vor New Orleans, vor seinen Träumen. Seine Flucht führte ihn nach San Francisco.

Ohne sein Studium zu beenden, hatte er sich zunächst als Bauarbeiter bei den unterschiedlichsten Baufirmen durchgeschlagen, bevor er sein eigenes Unternehmen Scott Civilconstructions gegründet hatte. Gut zehn Jahre dauerte es, bis er mit seinem Unternehmen Fuß fassen konnte.

Bei einem der Richtfeste für den Bau eines Wasserkraftwerkes hatte er Hilda kennengelernt. Außer ihrer gegenseitigen Zuneigung hatten sie viele Gemeinsamkeiten, die sie eng miteinander verbanden. Beide waren sie als Einzelkinder aufgewachsen und hatten ihre Eltern schon früh verloren. Beide sehnten sich nach einer Familie. Nach nur einem Jahr heirateten die Beiden.

Es begann die glücklichste Zeit in Frank Scotts Leben. Im Jahr nach ihrer Hochzeit verließen Hilda und er San Francisco und zogen auf die andere Seite der San Francisco Bay nach Tiburon. Frank hatte durch seine Beziehungen ein prächtiges Grundstück erworben und begann mit dem Bau von "Landsend".

Hilda wurde schwanger. Innerhalb von zwei Jahren waren sie zu einer kleinen Familie geworden – Frank, Hilda und ihre Kinder Tom und Mary. Es folgten Jahre der Zufriedenheit und des Glücks. Alles war wie es sein sollte, die Vergangenheit schien vergessen. Den Mord an Hugo Falk hatte Frank aus seinem Leben gelöscht. Hilda hatte er nie davon erzählt.

In der Woche arbeitete Frank hart und bekam die Kinder kaum zu Gesicht, doch die Wochenenden gehörten ganz seiner Familie. Da wurde gemeinsam gespielt, gerannt, geklettert und geschwommen. Beide Kinder waren gute Schwimmer und das, obwohl sie noch nicht zur Schule gingen.

An den Wochenenden, wenn Vater Zeit hatte, dann erzählte er uns häufig von den riesigen Bauwerken, die er mit den Mitarbeitern von Scott Civilconstructions erbaute. Ich konnte gar nicht genug von seinen Erzählungen bekommen. Je größer die Maschinen waren und je gewaltiger die Lasten, die sie bewegten, umso besser gefiel mir die Geschichte. Mit großen Augen und offenem Mund sah ich meinen Vater dann an. Mum bestand immer darauf, dass wir an den Wochenenden, wenn Dad da war, gemeinsam zu Abend aßen. Während Mum sich nach dem Essen um den Abwasch kümmerte, ging mein Vater mit Mary und mir ins Wohnzimmer. Er setzte sich dann in seinen Ohrensessel, goss sich irgendeine scharf riechende und braun schimmernde Flüssigkeit in ein Glas. Ich kniete vor dem Sessel und Mary saß auf seinem Schoß. Er nippte dann an seinem Glas bevor er anfing zu erzählen. Zu Anfang hörte Mary aufmerksam zu, doch nach einiger Zeit rutschte sie unruhig auf Vaters Schoß hin und her, bevor sie dann verschwand, um Mum zu helfen.

Es dauerte dann meistens zehn bis fünfzehn Minuten bis Mum mit Mary, die dann schon für das Schlafengehen umgezogen war, erschien. Nachdem Mary Vater einen Kuss gegeben hatte und mich kurz umarmte, verschwand sie im Bett.

Ich durfte noch gut eine halbe Stunde länger aufbleiben. Diese Zeit genoss ich besonders, da ich Dad dann ganz für mich hatte. Endlich konnte ich ihm ungestört alle Fragen stellen, die mich brennend interessierten.

„Wie groß sind die Maschinen genau, wieviel Erde passt in eine Schaufel, ...?"

An einen dieser Abende erinnere ich mich besonders gerne. Damals, ich war mittlerweile sieben Jahre, ging zur Schule und fühlte mich schon ein wenig erwachsen. Es war also an der Zeit meinen Vater zu fragen, wann ich endlich einmal gemeinsam mit ihm zur Arbeit gehen könnte. Es war an einem Samstagabend, als Dad mir versprach, mich am nächsten Morgen mit in die Firma zu nehmen und mir endlich einige der Maschinen zu zeigen, die ich aus seinen Geschichten schon bestens kannte. Ganz aufgeregt war ich zu Bett gegangen.

Dad weckte mich am anderen Morgen indem er mir über die Stirn strich und anschließend leicht mit den Händen an meiner Schulter rüttelte.

„Aufwachen, Großer", waren seine Worte, die mich aus dem Schlaf holten.

Heute war mein großer Tag auf den ich sehnsüchtig gewartet hatte. Der Platz auf dem die Maschinen geparkt waren, wenn sie nicht auf irgendeiner Baustelle im Einsatz waren, war von einem hohen Metallzaun umgeben. Jack, eine grausam blickende und angsteinflößende Bulldogge, die William Eye, dem Platzwart, gehörte, bewachte das Gelände Tag und Nacht.

Als wir das Gelände erreichten, stand Jack bereits zähnefletschend hinter dem breiten Tor.

Er sah mir direkt in die Augen und knurrte. Ich suchte sofort Schutz und erfasste Dads Bein.

„Bei Fuß!", ertönte Williams Stimme aus dem Container.

Jack blickte kurz nach hinten und trottete in Richtung Container.

William Eye öffnete das große Tor.

„Hallo Mr. Scott. Und du musst Tom sein", begrüßte uns eine tiefe Stimme.

„Hallo William, wollte Tom heute mal unsere Maschinen zeigen. Hatte es ihm schon lange versprochen."

Ich sah kurz zu William hoch und reichte ihm dann etwas zögernd meine Hand: *„Hallo, ich bin Tom."*

William war ein alter Mann mit schlohweißem Haar, dickem Schnauzbart und tiefen Falten im Gesicht. Ich spürte den festen Druck seiner riesigen Hand.

„William kennt sich hier bestens aus", sagte mein Vater.

Mir war sofort klar, was jetzt folgte. Vater hatte keine Zeit.

„Ich fahre nochmal kurz ins Büro und hole dich in gut zwei Stunden wieder ab. William wird dir alles zeigen". Und schon war mein Vater verschwunden.

Zunächst war ich etwas unsicher, nicht wegen William, sondern wegen Jack. Ich blickte mich von Zeit zu Zeit verstohlen um, konnte ihn aber nirgendwo erblicken.

William hatte lange als Maschinenführer auf den verschiedensten Baustellen gearbeitet. Er kannte sich wirklich gut aus. Und das Beste war, William war ein toller Geschichtenerzähler. Er legte mir seine große Hand auf die Schulter und sagte: *„Tom, du kannst ganz beruhigt sein, Jack ist im Container und er kommt erst wieder raus, wenn wir hier fertig sind."*

Erleichtert atmete ich tief durch, hatte William doch mein ungutes Gefühl bemerkt. Dann ging es endlich los. William zeigte mir zuerst eine der ältesten Maschinen die Dads Firma besaß.

„Ray Ferwerda, ein amerikanischer Ingenieur, hat diese "Abhang-Maschine" in den 40´er Jahren entwickelt. Warner & Swarey haben das Konzept dann übernommen und diese Maschinen hergestellt. Sie werden Gradall genannt."

Vor mir türmte sich ein Teleskopbagger auf, der auf einen LKW montiert war.

„Die Gradall stammt aus dem Jahr 1959 und wir bearbeiten noch heute die Hänge und Zufahrten zu unseren Baustellen mit ihr", folgte Williams Erläuterung und dabei leuchteten seine Augen ebenso wie meine.

Zu jeder Maschine, die er mir zeigte, hatte er eine tolle Geschichte zu erzählen. Er zeigte mir einen von einer Caterpillar D8 gezogenen Bandlader, unterschiedliche LKW, zig meterhohe Kräne und allerlei Bagger.

„Weißt du Tom, bei unseren Arbeiten müssen wir nicht nur große Erdmassen bewegen, sondern wir müssen den Boden auch stark verdichten, damit alle Lasten gut aufgenommen werden können. Dafür haben wir diese modernen, großen Vibrationswalzen."

Ich blickte auf eine Maschine, die vorne eine Art Stahlrohr besaß - die Walze - und hinten von zwei mannshohen, schwarzen, grobstolligen Reifen angetrieben wurde.

„Tom, das ist eine 25 Tonnen Walze. Sie galt jahrelang als die größte Walze der Welt", sagte William stolz und zwirbelte sich den Schnauzbart. *„Vielleicht ist sie das immer noch. Wer weiß das schon?"*

Dann sah er mich an und mir war klar, dass William es genau wusste. In seinen Augen konnte ich erkennen, dass es immer noch die größte Walze der Welt ist. Die zwei Stunden vergingen wie im Flug. Wir hatten mittlerweile einen Holzschuppen erreicht, der gegenüber dem Container stand.

„Hier haben wir noch ein ganz besonderes Schätzchen. Schon etwas alt und in die Jahre gekommen – so wie ich – aber immer noch ganz brauchbar", lachte er in sich hinein und sein Schnauzbart wackelte mächtig.

„Manchmal, immer wenn wir in bestimmten Ecken den Boden verdichten müssen, dort, wo die großen Maschinen nicht hinkommen, dann kommt sie zum Einsatz."

William öffnete die Tür zu dem Holzschuppen.

Vor mir stand eine Maschine, die wie eine überdimensionale Glocke, eine Art Metallhaube aussah. Oben hatte sie einen Kamin und an der Seite eine Leiter. Die Glocke war mannshoch.

William zog an der untersten Sprosse der Leiter und sagte: *„Hiermit kann ein Mann die gesamte Maschine bewegen."*

Die Leiter konnte über zwei Scharniere in einem Winkel so bewegt werden, dass sie William bis zur Hüfte reichte.

„Das ist ein Explosionsstampfer, der von Hand geführt werden kann. Wir nennen ihn Frosch, weil er mit jedem Verdichtungsschlag zu hüpfen beginnt wie ein Frosch."

William ging in die Knie und begann zu hüpfen: *„Puff, puff, ... so bewegt sie sich mit einem Gewicht von zwei Tonnen über den Boden."*

Ich konnte kaum glauben, dass nur ein Mann die riesen Glocke bewegen konnte, obwohl ich nicht genau wusste was zwei Tonnen Gewicht sind.

Dann sah ich meinen Vater, wie er den Schuppen betrat.

„Hi Dad, kannst du dir vorstellen, dass nur ein Mann...."

Was dann geschah war wie ein Wunder.

„Achtung, Ohren zuhalten, junger Mann", rief William und zündete den Dieselmotor der Maschine.

Ich hielt mir die Ohren zu, konnte den Knall aber noch immer laut hören. Unfassbar, der Frosch begann zu hüpfen. William steuerte die Glocke mit seinen beiden Händen und die Erde zitterte bei jedem Sprung. Ein unvergessliches Erlebnis. Ich musste es unbedingt meinen Freunden erzählen.

Frank Scott hätte gerne noch mehr Zeit für seine Familie gehabt, doch all das was er sich aufgebaut hatte, fraß viel Geld, so dass die Wochenenden reichen mussten. Wenn es die Zeit hergab, hatten die Scotts oft Gäste auf "Landsend". Mit Freunden veranstalteten sie gemeinsame Barbecues. Geschäftsfreunde kamen eher selten nach "Landsend". Hierfür besaß die Firma ein geräumiges Jagdhaus am Lake Phoenix, keine zwanzig Kilometer von Tiburon entfernt.

Scott Civilconstructions hatte sich auf den Wasserbau spezialisiert und die Firma war in den letzten fünf Jahren nach der Geburt der Kinder weiter gewachsen. Frank schob einen mächtigen Kostenblock vor sich her. Er musste sich an internationalen

Ausschreibungen beteiligen, um den Umsatz entsprechend zu steigern. Wasserkraftwerke und Staudämme waren immer Großaufträge und es herrschte ein starker Wettbewerbsdruck, ging es bei der Vergabe der Aufträge doch jedes Mal um Millionen von Dollar.

Die Kinder waren mittlerweile dem Babyalltag entwachsen und Tom besuchte bereits die zweite Klasse der Schule. Mary würde nach den Sommerferien eingeschult werden. Die Kinder hatten sich prächtig entwickelt und waren Frank und Hildas ganzer Stolz.

Frank war an diesem Februarmorgen besonders früh aufgestanden, er musste seinen Mitarbeitern erklären, dass sie die letzte Ausschreibung verloren hatten und der große Auftrag an dem sie zur Zeit noch arbeiteten in spätestens drei Monaten beendet sein würde. Was dann folgen würde, wusste er noch nicht, denn sie hatten keinen Auftragsbestand mehr. Obwohl die geografische Lage der Region für ein ganzjährig mildes Klima sorgt, fröstelte es ihn ein wenig, als er das Büro betrat.

Stella, seine Sekretärin, schien das umgehend zu bemerken und begrüßte Frank: *„Morgen Chef, ich glaube ein heißer Kaffee ist jetzt genau das Richtige?"*

Frank nickte, ging gedankenverloren in sein Büro und schloss die Tür hinter sich. Er würde Joe Cunnings, den Prokuristen des Unternehmens, als ersten informieren, als es an der Tür klopfte.

„Ja, bitte", war die kurze Antwort.

Stella betrat mit einer heißen Tasse Kaffee das Büro.

„Stella, danke für den Kaffee und holen Sie mir Cunnings, sobald er ins Büro kommt."

„Gerne, Chef", antwortete Stella.

„Ich habe einen Anruf auf Leitung eins für Sie. Soll ich durchstellen? Der Anrufer hat mir keinen Namen genannt, aber gesagt es sei wichtig."

Normalerweise nahm Scott keine Anrufe entgegen, wenn er nicht wusste wer am anderen Ende der Leitung war. Er zögerte kurz, denn eigentlich hatte er keine Zeit, er musste noch eine kleine Ansprache an die Belegschaft vorbereiten, die er dann gemeinsam mit

Cunnings über den Ernst der Lage informieren wollte. Einer inneren Eingabe folgend entschied er sich anders: *„Stellen Sie durch".*

Er erkannte die Stimme sofort, obwohl er sie Jahre nicht gehört hatte.

Nachdem er das Telefongespräch beendet hatte, fragte er sich, ob das die Lösung seiner Probleme sei. Er entschied sich instinktiv die Belegschaft noch nicht über die Situation zu informieren, sondern beauftragte Stella damit ihm noch für heute einen Mitternachtsflug nach Washington DC zu buchen.

Das Flugzeug landete pünktlich in den frühen Morgenstunden am Ronald Reagan National Airport. Frank hatte während der fünf Flugstunden auf die andere Seite der Staaten ein wenig geschlafen. Der dampfende Kaffee und das kleine Frühstück an Bord der Maschine hatten ihm gut getan. Vom Flughafen aus brachte ihn ein Taxi in das nur wenige Kilometer entfernte Alexandria. Scott betrat das unmittelbar am Potomac River gegenüber dem Rivergate City Park gelegene Haus. Der Aufzug führte ihn in die oberste Etage. Er klopfte an die namenlose Etagentür.

Sie hatten sich lange nicht gesehen, doch als sich die Tür öffnete, erkannte Scott dieses Gesicht, das eine überdimensional große Nase zierte, sofort wieder. Norman Brooks hatte sich kaum verändert.

„Schön dich zu sehen, mein Freund", begrüßte Brooks Frank Scott. Die beiden Männer gaben sich die Hand und Scott betrat das loftartige Appartement.

„Nicht schlecht", staunte Scott, der seinen Blick schweifen ließ und die teuren Luxusmöbel betrachtete. Brooks war an das Waschbecken der offenen Küche getreten, wusch sich kurz die Hände und drückte den Knopf des Kaffeeautomaten. Dem Drang nach Reinigung, nachdem er die Haut anderer Menschen berührt hatte, konnte er auch nach all den Jahren nicht widerstehen. Die Spätfolgen seiner Geburt begleiteten ihn bis heute.

Brooks goss den beiden Männern Kaffee ein und berichtete Frank Scott kurz über seinen Werdegang, nachdem auch er New Orleans verlassen hatte.

Seit fast zwei Jahrzehnten arbeitet er nun für die Weltbank und hatte es bis zum Exekutivdirektor gebracht. Nachdem der

Präsident der Weltbank, Lewis Thompson Preston, im letzten Jahr einen Herzinfarkt erlitt und sich immer häufiger durch Brooks bei wichtigen Entscheidungen vertreten ließ, saß Brooks am Hebel der Macht.

„Frank", begann Brooks und sah Scott direkt in die Augen.

„Frank, ich will nicht lange um den heißen Brei reden. Nachdem ich New Orleans verlassen und hier Fuß gefasst hatte, habe ich weiterhin, wenn auch unbemerkt, Kontakt zu meinen alten Freunden und Sinnesgenossen gehalten. Ich habe mich natürlich auch mit deinem Leben beschäftigt. Es ist ruhig um unseren Klan geworden, aber er existiert weiterhin. Wir dürfen nicht vergessen, dass wir uns geschworen haben eine bessere Welt", er machte eine kurze Pause: *„eine reinere Welt zu schaffen."*

Scott sah Brooks mit hochgezogenen Augenbrauen an. Eigentlich wollte er mit all dem rassistischen Geschwätz und perversen Ideen nichts mehr zu tun haben. Er hatte schließlich eine Familie.

Brooks, der offensichtlich bestens über Scotts Situation nach der Flucht aus New Orleans informiert war, sprach weiter: *„In meiner derzeitigen Situation hat sich für uns – also für den Klan und seine Anhänger - eine einmalige Gelegenheit ergeben an viel Geld zu kommen. Geld, das dem Klan seine ursprüngliche Macht zurückgeben wird und uns helfen wird wieder ernsthaft wahrgenommen zu werden. Geld, das auch dir helfen wird, die..."*, Brooks räusperte sich und schien zu überlegen die richtigen Worte zu formulieren.

„Frank, mein Freund", sprach Brooks mit leiser Stimme weiter: *„frage mich jetzt nicht woher ich das weiß, aber ich kenne deine finanzielle Situation und den fehlenden Auftragsbestand deiner Firma gut. Es gehört zu meinen Aufgaben mich mit der finanziellen Situation wichtiger Klienten zu beschäftigen."*

„Aber", unterbrach ihn Frank: *„Scott Civilconstructions gehört nicht zu den Klienten der Weltbank."*

„Oh doch, du weißt es nur noch nicht. Scott Civilconstructions hat einen ausgezeichneten Ruf in der Branche und weist eine technische hervorragende Expertise im Wasserbau aus. Deine Firma gehört zudem zu den auserlesenen Firmen, die keine Ausländer beschäftigen."

Frank zog die Stirn kraus und begann zu überlegen. Scott Civilconstructions beschäftigte tatsächlich keine Ausländer. Diese Tatsache war Frank gar nicht bewusst gewesen und doch wohl eher Zufall, als das es gesteuert worden war. Brooks hatte aber Recht mit seiner Behauptung.

„Genau diese Firmen benötigen wir für eines unsere nächsten Projekte. Aus diesem Grunde und weil ich noch etwas gut zu machen habe, habe ich an Scott Civilconstructions gedacht", log Brooks. *„Es handelt sich um den Bau eines Staudammes in China. Dieses Projekt heißt Xiaolangdi."*

Norman Brooks erhob sich aus dem Sessel, ging zu einem der massiven Walnussholzschränke und entnahm einen Ordner, den er vor Scott auf den Tisch legte.

„Hier sind die Ausschreibungsunterlagen. Mach dich mit dem Projekt vertraut. In einem Monat ist die Abgabe. Die Unterlagen müssen offiziell bis punkt 12:00 Uhr in Washington bei der Weltbank eingereicht worden sein. Das genaue Datum findest du in den Unterlagen. Anschließend werden die Abgabeunterlagen aller teilnehmenden Firmen geöffnet und wie das bei öffentlichen Aufträgen so üblich ist die Preisspiegel bekannt gegeben. Wir treffen uns einen Tag vor Abgabe wieder hier. Bringe den Firmenstempel von Civilconstructions mit zu unserem Treffen. Du musst mich jetzt entschuldigen, ich habe noch einen wichtigen Termin."

Brooks brachte Frank Scott ohne ein weiteres Wort zum Ausgang.

Noch im Flugzeug begann Frank die Unterlagen zu lesen. Er konnte nichts Ungewöhnliches in den Akten entdecken. Das renommierte Ingenieurbüro CivConTech hatte die Ausschreibungsunterlagen für den Bau des Staudammes entsprechend den gültigen US-Richtlinien und internationaler Normen professionell vorbereitet. Die geplante Bauzeit bis zur vollständigen Errichtung sämtlicher Anlagen war mit neun Jahren angesetzt, die Baukosten mit 4,2 Milliarden US-Dollar veranschlagt.

„Nicht schlecht", ging es Scott durch den Kopf. Referenzen hatte er genügend nachzuweisen, auch wenn er ein Projekt in diesen Dimensionen noch nicht ausgeführt hatte. Das Projekt war riesig. Die erste Hürde, die es zu überwinden gab, war es, geeignete Partner zu

finden. Die zweite, eine Kalkulation der Baukosten aufzustellen, die es ermöglichte, seriös unterhalb der veranschlagten 4,2 Milliarden US-Dollar anzubieten. Wenn es Scott tatsächlich gelingen würde diese beiden Hürden innerhalb der nächsten vier Wochen zu überwinden, dann hätte er seine finanziellen Probleme für die nächsten Jahre auf Eis gelegt.

Frank war jedoch nicht klar was der Klux-Klux Klan damit zu tun hatte, geschweige denn, wie der Klan an das benötigte Geld kommen sollte. Das Projekt schien seriös zu sein und Scott Civilconstructions suchte dringend neue Aufträge, da würde das Projekt Xiaolangdi gerade zur richtigen Zeit kommen. Scott brauchte Brooks, offensichtlich doch ein Freund aus alter Zeit. Auch wenn er dessen radikale Auffassung nicht mehr teilen wollte. Frank hatte jetzt schließlich eine Familie. Was er nicht wissen konnte war, dass Books ihn viel mehr brauchte als umgekehrt.

Bereits am darauffolgenden Tag, Frank Scott war gerade damit beschäftigt eine Liste möglicher Partner für das Projekt zusammenzustellen, als sich ein unbekannter Asiate im Auftrag von Norman Brooks bei ihm meldete und ihn um einen Termin zum gemeinsamen Abendessen bat. Frank wusste nicht was er davon halten sollte, sagte den Termin aber zu.

Die beiden Männer hatten sich für 20 Uhr im Country Club in Frisco an der Ostseite des Union Square mitten im Financial District verabredet. Der Asiate sprach gebrochenes amerikanisch und stellte sich als Chun Lin vor. Lin war privater Investor und der Organisator in einer Bietergemeinschaft zusammen mit dem chinesischen Unternehmen Wie Pan dessen Inhaber so hieß wie das Unternehmen selbst - was so viel bedeutete wie starke Baumaschinen. Wie Pan hatte offensichtlich Beziehungen bis in die höchsten politischen Kreise der Chinesischen Regierung. Und hier wäre man nicht abgeneigt, wenn diese Bietergemeinschaft den Auftrag für das Xiaolangdi-Projekt erhalten würde. Was ihnen noch fehlte war der geeignete internationale Partner mit dem notwendigen Knowhow zum Bau des Staudamms. Nach dem gemeinsamen Essen überreichte Lin Frank Scott einen Ordner, der die bereits vollständig kalkulierten Kosten mit Ausnahme der Kosten des eigentlichen Baus der Staumauer enthielten.

Scott staunte nicht schlecht, als er die Unterlagen überflog.

„Die eigentlichen Kosten für den Bau der Staumauer, die müssten Sie noch kalkulieren", unterbrach Lin Scotts Gedanken.

„Sehen Sie, es ist doch eine einmalige Gelegenheit für ihr Unternehmen sich mit diesem Projekt auch im Ausland eine großartige Referenz zu schaffen."

Lin schaute mit typisch chinesischem, nichtssagendem Lächeln in Franks Augen, bevor er plötzlich laut an zu lachen fing: *„Und Geld, eine Menge Geld können wir auch dabei verdienen."*

In den nächsten vier Wochen bekam Frank Hilda und seine Kinder kaum zu Gesicht, zu beschäftig war er mit der Kalkulation seines Angebotes. Die Zeit verging wie im Flug. Weder von Norman Brooks noch diesem Chun Lin hörte er in dieser Zeit. Und Wie Pan, den Inhaber der chinesischen Baufirma, hatte er auch noch nicht zu Gesicht bekommen. Frank sah der ganzen Sache mit gemischten Gefühlen entgegen. Für eine amerikanische Bietergemeinschaft aus verschiedenen Firmen, wäre es üblich gewesen sich auch zum Zeitpunkt der Kalkulation ein paarmal zusammenzusetzen. Sollten sie tatsächlich den Auftrag bekommen, würde er einen externen Anwalt damit beauftragen den Prozess von der Bietergemeinschaft zur Arbeitsgemeinschaft für Scott Civilconstructions juristisch zu begleiten.

Frank fuhr heute frühzeitig nach "Landsend", um gemeinsam mit Hilda und den Kindern zu Mittag zu essen. Morgen würde er nach Alexandria fliegen und übermorgen war die Submission.

Als Scott den Flughafen verließ, um nach einem Taxi Ausschau zu halten, sprach ihn ein unbekannter Mann fragend an: *„Entschuldigen Sie, Mr. Scott, Frank Scott?"*

„Ja, der bin ich."

„Norman Brooks schickt mich Sie abzuholen."

Der Fahrer steuerte den Cadillac zügig über den Washington Memorial Parkway durch Northeast Alexandria bis sie den Potomac überquerten. Der Cadillac drosselte das Tempo und fuhr auf die geschlossene Schranke des Belle Haven Country Club zu. Wie von Geisterhand bedient öffnete sich die Schranke und der Cadillac rollte auf das parkähnliche Gelände eines 18-Loch Golfplatzes. Ein Golfclub mit großer Geschichte in dem Brooks seit seinem Verschwinden aus

New Orleans ein angesehenes Mitglied ist. Ständig bemüht die Bedürfnisse seiner Mitglieder zu erfüllen, verfügt der Club nicht nur über ein architektonisch bemerkenswertes Clubhaus, sondern steht im Ruf ganz seiner Geschichte entsprechend seinen Mitgliedern in den zahlreichen Separees Treffen von großer Verschwiegenheit zu ermöglichen.

Frank Scott folgte dem Fahrer in das Haupthaus hinauf in die erste Etage. Am Ende eines langen Flurs, dessen weiß getünchte Wände mit historischen Bildern der ehemaligen Besitzer behangen waren, blieben die beiden Männer vor einer verschlossenen Tür stehen. Scotts Blick fiel auf eine kleine Kamera, die in einer Nische in der oberen Ecke des Flurs befestigt war. Hiermit war sichergestellt, dass die Personen innerhalb des Separees immer wussten, wer vor der verschlossenen Tür stand. Der Fahrer des Cadillacs hob den goldenen Ring, der sich mittig an der Tür befand und klopfte zweimal, es dauerte nicht lange und Norman Brooks öffnete. Der Fahrer drehte sich um und verschwand unaufgefordert.

„Frank, schön dass du da bist", wurde Scott begrüßt.

Scott betrat den rund 40 Quadratmeter großen Raum.

Duftendes Leder, hochglanzpoliertes Edelholzoberflächen, platingerahmte Bilder an den schallgedämmten, abhörsicheren Wänden und eine dezent versteckte Hightech-Büroeinrichtung wie in einem Raumschiff empfingen ihn.

Er sah zwei asiatische Männer, die in den gepolsterten Sesseln saßen und Tee tranken. Einen von ihnen erkannte er als Chun Lin.

„Ich denke, Chun Lin kennst du ja bereits. Neben ihm sitzt unser Freund Wie Pan", machte Brooks die Männer miteinander bekannt.

Scott gab Lin kurz die Hand und blickte anschließend in die schlitzartigen Augen von Wie Pan, die zwar mandelförmig, jedoch eher karpfenartig aus einem pausbackigen Gesicht hervorquollen. Pan erhob seinen massigen Körper, der Scott unweigerlich an das Aussehen eines kleinen Buddhas erinnerte, und sah den über einen Kopf größeren Scott von unten nach oben an. Mit piepsiger Stimme begrüßte er Scott in unnachahmlicher chinesischer Artikulierung der amerikanischen Sprache.

Brooks bat Scott Platz zu nehmen und bot ihm Kaffee an.

Innerhalb der nächsten Stunde erläuterte Brooks den Männern wie die Vergabe zum Bau des Staudamms ablaufen würde und wie er sicherstellen wollte, dass die Bietergemeinschaft den Auftrag erhalten würde. Frank Scott und Wie Pan hatten hierfür zwei Angebote der jeweiligen Leistungen mit identischen Preisen vorbereitet. Brooks nahm die USB-Sticks von Scott und Pan entgegen.

Er erhob sich, ging an den in der hinteren Ecke gegenüber dem bodentiefen Fenster mit herrlichem Blick auf den Potomac stehenden Schreibtisch. Ein kurzer Tastendruck auf die Tischplatte genügte und eine versenkte Computereinrichtung fuhr geräuschlos in die Höhe.

Brooks verarbeitete die beiden Angebote zu einem Dokument, dem er ein Anschreiben und einen Preisspiegel, in dem die Einzelpreise der Leistungen sowie ein Gesamtpreis enthalten waren, beifügte. Dieses Dokument schickte er an einen der beiden Drucker. Ein weiterer Tastendruck und das Angebot wurde auf reinweißem Papier mit fälschungssicherem Wasserzeichen ausgedruckt.

Er legte Scott und Pan die einzelnen Seiten des Angebotes vor. Beide stempelten und paraphierten jede Seite, bevor sie den Preisspiegel unterschrieben.

Brooks druckte das Dokument weitere fünfmal aus. Alle waren identisch mit dem ersten, lediglich der Preisspiegel enthielt folgenden Zusatz.

„Bei unanfechtbarer Auftragserteilung am Tag der Angebotsabgabe gewährt die Bietergemeinschaft einen Preisnachlass in Höhe von 5 % bezogen auf den angebotenen Gesamtpreis."

Brooks hatte den Preisspiegel entsprechend ausdrucken lassen und die vier anderen Dokumente mit Nachlässen von 10%, 15%, 20% und 25% festgelegt.

„Es ist alles so geregelt, dass euer Angebot als letztes geöffnet wird. Somit sind die Angebote der Wettbewerber bekannt", erläuterte Brooks weiter.

„Je nachdem welchen Preis der günstigste Anbieter abgibt, wird das zweite Angebot der Bietergemeinschaft mit einem entsprechenden Preisnachlass versehen, wenn ihr eh die Günstigsten seid, wird natürlich kein Nachlass gegeben", lachte Brooks.

Da ich im Vergabekomitee sitze, werde ich die Angebote entsprechend tauschen, bevor sie geöffnet werden.

„Wie soll das genau geschehen?", wollte Lin wissen.

Brooks erhob sich aus seinem Sessel, ging zu dem aus hochglanzpoliertem, amerikanischen Nussbaum gefertigten Sideboard und entnahm eine hölzerne Kiste. Er stellte die Kiste auf die Mitte des Tisches vor die Männer und öffnete sie, indem er den oberen Deckel anhob.

„Alle Angebote werden in der entgegengesetzten Reihenfolge in der sie später entnommen werden in diese Kiste gelegt. Euer Angebot, das als letztes geöffnet wird, liegt also ganz unten. Anschließend wird die Kiste verschlossen und in der Theke, hinter der das Komitee sitzt, versenkt. Jedes Mal wenn ein Angebot entnommen wird, fährt die Kiste durch einen Schacht nach oben und wird geöffnet."

Jeder Preisspiegel wird rund zehn Minuten auf zahlenmäßige Richtigkeit geprüft, das machen die drei anderen Mitglieder des Komitees. Zwischen dem vorletzten Angebot und eurem Angebot liegen also mindestens zehn Minuten. Zehn Minuten in denen mir der bis dahin niedrigste Preis bekannt ist und ich das entsprechende Angebot mit dem notwendigen Preisnachlass auswählen kann.

„Die Angebote liegen doch in der verschlossenen Kiste", merkte Scott an.

Brooks drehte die Kiste um 180 Grad und deutete auf ein winziges Astloch.

„Mein Platz ist direkt hinter der Kiste. Wenn ich mit dieser codierten Stahlnadel", Brooks machte eine Pause, zog eine dünne Nadel aus seiner Krawatte und zeigte sie den Männern. *„Wenn ich mit dieser codierten Stahlnadel in das Astloch steche, dann wird innerhalb der Theke, in der sich die Kiste befindet das untere Fach gegen ein neues ausgetauscht. Und schon befindet sich das Angebot mit dem benötigten Preisnachlass in der Kiste."*

Die Männer drehten ihre Köpfe und schauten sich einander erstaunt an.

„Lasst uns darauf anstoßen", schlug Pan volle Vorfreude auf das Kommende vor.

Brooks hatte vier Gläser mit einem seltenen Dänischen Aquavit gefüllt.

„Gambe!", hallte es kurz darauf durch den Raum, dessen Wände die ausgelassene Stimmung umgehend verschluckten.

Frank Scott hatte sich ein Zimmer im Willard Intercontinental, einem aus dem Jahre 1850 stammenden Luxushotel, nur zwei Blöcke vom Weißen Haus entfernt, reserviert. Er war unruhig, als er das geschichtsträchtige Hotel betrat. Die drei Männer hatten sich nach dem geheimen Treffen mit Brooks und einem gemeinsamen Mittagessen getrennt. Morgen würde er Lin und Pan eine halbe Stunde vor der offiziellen Abgabe des Angebotes vor der Weltbank wiedersehen. Die Weltbank war nur knapp einen Kilometer entfernt und in fünfzehn Minuten zu Fuß zu erreichen. Pan und er hatten jeweils ein Angebot in einem der verschlossenen Umschläge mitgenommen. So war sichergestellt, falls einem etwas passierte der andere das Angebot rechtzeitig abgeben konnte. Die fünf Angebote mit den Preisnachlässen hatte Brooks an sich genommen.

Scott öffnete die Tür zu seinem Zimmer, trat an die Minibar, schenkte sich einen Blanton`s Straigth Whiskey ins Glas und setzte sich in einen der beiden vor dem Fenster platzierten Ledersessel. Er hob das Glas und ließ die dunkle, bernsteinfarbene Flüssigkeit ein wenig kreisen, senkte seinen Kopf, um dem Aroma zu begegnen, bevor er den ersten Schluck des aus Kentucky stammenden Whiskeys zu sich nahm. Es war früher Nachmittag. Er würde versuchen eine Stunde zu schlafen, bevor er sich dem Teil des Deals, den er mit Brooks vereinbart hatte, widmen würde. Ein weiteres Glas des hervorragenden Whiskeys würde seine innere Unruhe sicher besänftigen.

Frank Scott hatte tatsächlich zwei Stunden geschlafen, duschte kurz und verließ gegen 20 Uhr das Hotel. Das Rotlichtviertel war ursprünglich am Potomac River gelegen. Wie so vieles in Washington hatte es sich an den nördlichen Stadtrand verlagert. Die nächtlichen Straßen waren von Neonlicht überzogen, kitschig und zugleich anrüchig.

Scott verschwand in einem der zahlreichen Häuser aus deren Fenstern leichtbekleidete Damen in Reizwäschen blickten. Er klopfte an eine der Wohnungen im vierten Stock. Natasha - lange, dunkelbraune Haare, perfekt gezupfte Augenbrauen, die Augen kindlich jung – öffnete die Tür. Die hübsche Russin war gerade 18 Jahre geworden, ihr Körper mädchenhaft schlank. Ungeschminkt hätte man sie für maximal vierzehn Jahre gehalten. Perfekt für das was es zu organisieren galt.

Scott betrat die Wohnung, gefolgt von einem Mann. Er war eher klein, hatte dicke Muskeln und einen kahlrasierten Schädel. Offensichtlich war er der Zuhälter der Mädchen. Er sprach nur russisch. Auf einer Kommode flackerten Kerzen, an den Wänden hingen Bilder russischer Kirchen und Landschaften. Drei weitere Mitbewohnerinnen – Elena, Tatjana und Ljudmila teilten sich die kleine Wohnung mit Natasha. Allen stand die Unschuld ins Gesicht geschrieben. Tatjana war die Wortführerin der Mädchen, als Scott begann ihnen ihre Aufgabe zu erläutern.

Übermorgen würde er sie in Tiburon im Jagdhaus von Scott Civilconstructions erwarten. Die Flüge waren bereits gebucht.

Pünktlich um 11:30 Uhr trafen sich die drei Männer vor dem Gebäude der Weltbank. Einem Anfang des 20. Jahrhunderts in Kraft getretenen Gesetz folgend, gibt es in Washington keine Wolkenkratzer, so dass auch das Gebäude der Weltbank in seiner Höhe auf zwölf Etagen beschränkt ist. Pan, Lin und Scott betraten das schmucklose Flachdachgebäude. Einer der Aufzüge führte sie in die zehnte Etage.

Unter den Augen des Vergabekomitees und der Wettbewerber reichten sie Punkt 12:00 Uhr ihr Angebot ein. Brooks und die drei Komiteemitglieder begrüßten sie nüchtern, geschäftsmäßig, so als würde man sich nicht näher kennen. Die hölzerne Kiste versenkte sich geräuschlos in der Theke hinter der die Mitglieder des Komitees saßen.

Norman Brooks eröffnete die Vergabesitzung und das offizielle Prozedere begann. Fünf unterschiedliche Bietergemeinschaften nahmen an der Ausschreibung teil. Das Angebot der Bietergemeinschaft um Scott Civilconstructions wurde, so wie es Brooks vorhergesagt hatte, als letztes Angebot geöffnet. Mit einem Nachlass von 10 Prozent wurde der Auftrag an Scott Civilconstructions vergeben.

Nachdem ich diesen Ordner geschlossen hatte, wurde mir schlagartig bewusst, dass der Reichtum meines Vaters und das unbekümmerte Leben, das wir bis zum Mord an meiner Familie hier auf "Landsend" geführt hatten, auf Betrug basierten.

Was würde noch alles aus diesem Sumpf an die Oberfläche gelangen?

Kapitel 28

Tiburon, 2015

Wir hatten uns in Xu's Dynasty, dem Chinesischen Restaurant von Shengs Vater, zum Abendessen verabredet. Yong Xu begrüßte uns freundlich mit einer leichten Verbeugung und grinste übers ganze Gesicht, als er die Freunde seines Sohnes nach langer Zeit wieder einmal gemeinsam zu Gast hatte.

Wir saßen in der hinteren Ecke des Lokals, das wie fast immer gut besucht war. Durch zwei geöffnete Schiebetüren konnte dieser Bereich bei Bedarf von dem übrigen Raum getrennt werden.

Yong Xu schien Berge an Essen aufzutischen, offensichtlich ganz zu Rick Sanders Freude füllte sich die drehbare Glasplatte des runden Tisches mit Frühlingsrollen, Mapo Dofu - einem Tofu Bohnenkäse -, Jiaozi Teigtaschen, Kung-Pao Huhn, gebratenen Nudeln und Peking Ente. Hierzu wurde Shiaoxin-Reiswein und chinesisches Bier gereicht. Wir beendeten das opulente Mal mit einem traditionellen Schnaps, dem Baijiu.

Sheng stand auf und schloss die beiden Schiebetüren, was wir zu besprechen hatten, war nicht für die Ohren der anderen Gäste bestimmt.

Ich fasste zusammen was ich den vier Ordnern über das Projekt, Chun Lin, Norman Brooks, Wie Pan und meinen Vater erfahren hatte.

„Chun Lin und Wie Pan waren beide glühende Anhänger des Taoismus und seiner streng geheimen Sexualpraktiken. Sie hatten tatsächlich darauf bestanden, dass, bei erfolgreicher Auftragserteilung für den Bau des Staudamms in China, Brooks oder mein Vater ihnen zwei Jungfrauen besorgen musste. Ihre Entjungferung sollte die beiden eine Stufe höher auf ihrem Weg zur Lebensverlängerung bringen. Und genau das hatte ich damals als achtjähriger Junge in dem Jagdhaus der Firma meines Vaters beobachtet. Ihr könnt euch vorstellen wie geschockt ich war, als ich die vier jungen Mädchen, die mir kaum älter als vierzehn

Jahre alt vorkamen, in weiße Hemdchen gekleidet, halbnackt und blutbefleckt zu Gesicht bekam. Ich dachte es wäre echtes Blut gewesen und die Kerle hätten die Mädchen tatsächlich verletzt und sexuell missbraucht. Jetzt weiß ich natürlich, dass alles nur inszeniert war und die russischen Nutten für ihre Darstellung als unschuldige, junge Mädchen fürstlich bezahlt worden sind. Chun Lin und insbesondere dieser fette Wie Pan hatten offensichtlich wirklich geglaubt, dass sie hier minderjährige Jungfrauen bumsen würden", schloss ich meine Erläuterungen immer noch mit einer gehörigen Wut in meiner Stimme.

„Unfassbar", stimmte "Hightower" zu.

Nun ergriff Rick Sanders, der die ganze Zeit die Hände über seinem Bauch gefaltet hielt - ein untrügbares Zeichen seiner völligen Sättigung - das Wort: *„Männer, auch ich bin fleißig gewesen."*

Sheng und "Hightower" schlugen ihre Handflächen zusammen und klatschten leise Beifall.

„Ich habe mir sämtliche Passagierdaten aller Flüge an den Tagen nach den Morden von Frisco nach Washington besorgt und eine Liste aller Asiaten zusammengestellt, die diese Route geflogen sind. Diese Daten habe ich mit einer zweiten Liste, welche die Fluggäste auf den Flügen von den Vereinigten Staaten nach China innerhalb von zwei Wochen nach den Morden enthält, abgeglichen. Es sind doch mehr, als ich dachte. Im Darknet haben meine Verbindungsleute alle Namen scannen lassen. Es blieben acht Personen übrig, die kurz vor den Morden die Staaten betreten hatten und nach den Morden zurück nach China geflogen sind."

Rick schaute in die Runde, wir alle blickten ihm erwartungsvoll mit weit geöffneten Augen entgegen.

„Na los, spuck schon aus", forderte Sheng ihn auf.

Die Spannung war zum Greifen nah.

„Nicht so schnell mein Freund", antwortete Rick sich der Spannung durchaus bewusst.

„Zunächst habe ich die acht Namen mit den Namen in den Datenbanken der Autoverleiher abgeglichen. Schließlich musste der Mörder ja noch nach Bath County. Und siehe da, es blieben zwei chinesische Frauen und ein chinesischer Mann übrig."

Rick griff in die Innentasche seines Cordjacketts. Ein gefaltetes Blatt Papier kam zum Vorschein und Rick las die Namen vor.

„Tian Sha, ein 35 Jahre alter Chinese aus Peking,

Mae Zhang, eine 40 jährige Chinesin aus Anshan

Kim Zhu, eine 42 jährige Chinesin, aus Tianjin."

„Also, wenn einer von ihnen der Mörder sein sollte, wie wollen wir ihn finden? Das sind alles Städte mit Millionen von Menschen", sprach "Hightower" aus was sich die anderen auch fragten.

„Und die chinesischen Behörden werden uns keine nutzbaren Auskünfte geben", dämpfte Sheng meine aufkeimende Euphorie über die Namen, die Rick herausgefunden hatte.

Ich grübelte.

„Es führt kein Weg daran vorbei, ich muss wohl oder übel nach China reisen", schlussfolgerte ich.

„Das ist doch Blödsinn", schaltete Bob sich ein, *„du sprichst kein Wort chinesisch. Wie willst du da etwas erfahren?"*

„Sheng muss mit", warf Rick in die Runde.

Ich sah mit fragendem Blick zu Sheng hinüber.

„Klar", gab Sheng mit einem Lächeln zurück. *„Warum eigentlich nicht?"*

Und dann waren wir schon mitten in der Planung. Sheng erläuterte, dass wir zunächst eine offizielle Einladung eines chinesischen Geschäftspartners benötigten, damit wir uns frei in China bewegen konnten.

„Kein Problem", pflichtete Rick bei.

Wo sollten wir anfangen?

In den Städten aus denen Tian Sha, Mae Zhang und Kim Zhu kamen? Oder doch besser im Gebiet von Mengjin und Jiyuan nahe von Luoyang in der Provinz Henan, dort wo die Xiaolangdi-Talsperre gebaut worden war. Hier war doch eher der Grund für die Morde zu suchen.

Rick hatte uns mitgeteilt, dass das Bauunternehmen von Wie Pan nicht mehr existierte. Wie Pan hatte sich aus dem aktiven Berufsleben zurückgezogen. Wohin war unbekannt.

„Also, ich werde mich mal intensiv mit dem Taoismus beschäftigen, vielleicht finde ich einige Hinweise, die uns auf einen möglichen Aufenthaltsort von Pan hinweisen", schlug Bob vor.

„Sehr gute Idee, ich gebe noch ´ne Runde chinesisches Bier aus."

Ich war begeistert wie sehr sich meine Freunde mit "meinem Fall" identifizierten.

Shengs Vater brachte uns Bier und schloss unaufgefordert die Tür hinter sich. Wir stießen an. Als wir die Flaschen wieder auf den Tisch gestellt hatten, musste Rick rülpsen.

„Sorry, ich glaube ich habe zu viel gefuttert. Aber es war einfach zu köstlich. Tom, du erinnerst dich doch an diese Anwaltskanzlei Tegel & Camp, die Brooks über all die Jahre in rechtlichen Sachen vertreten hat?"

„Ja. Du bist doch mit Hilfe eines Trojaners in das Netzwerk der Kanzlei eigedrungen."

„Korrekt. Ich glaube diese Kanzlei könnte uns auch behilflich sein."

„Wieso?"

„Die beiden Juristen haben sich auf die Rechte von Hinterbliebenen deren Familienangehörige im Ausland lebten und dort verschwanden oder starben spezialisiert.", erläuterte uns Rick.

„Sie klären so Sachen wie Erbansprüche, Verwandtschaftsverhältnisse unehelicher Kinder und deren Rechtsansprüche und so weiter. Neben den juristischen Gesichtspunkten nutzen sie auch ihre detektivischen Fähigkeiten, um die vermissten Personen zu finden. Seit letztem Jahr haben sie auch eine Partnerkanzlei in China. Die sind meiner Meinung nach genau die Richtigen, um uns bei der Suche nach Tian Sha, Mae Zhang, Kim Zhu und Wie Pan zu helfen. Ein gewisser Shaun Liu leitet die Kanzlei in Peking, er hat seine

Ausbildung bei Tegel & Camp hier in den Staaten gemacht und er spricht unsere Sprache."

In der folgenden Nacht konnte ich kaum Schlaf finden.

Sollte ich tatsächlich mit Sheng nach China reisen?

In ein mir vollkommen unbekanntes Land, tausende Kilometer entfernt.

Was würde uns erwarten?

Eine fremde Sprache, eine andere Kultur, die sich total von der amerikanischen unterschied.

Menschen, deren Denk- und Gefühlsweise ich überhaupt nicht einschätzen konnte.

Was konnten wir schon in einem riesigen Land wie China herausfinden?

Das, was ich mit Hilfe meiner Freunde bislang entdeckt hatte, schien mich in einen Sumpf aus Korruption und Gewalt zu führen.

Welche Rolle spielte der Klux-Klux Klan hierbei?

Ich bekam Bedenken und wälzte mich die ganze Nacht von rechts nach links, ohne richtigen Schlaf zu finden.

Einerseits ein gefährliches Unterfangen, andererseits quälte mich die Frage warum meine Familie ermordet worden war und was mein Vater damit zu tun hatte.

Ich würde mit dieser Reise nicht nur mich in Gefahr bringen, sondern auch Sheng, meinen Freund.

Und ohne Sheng zu reisen, war unmöglich. Nur er konnte mir helfen überhaupt etwas zu verstehen.

War das Grund genug uns beide möglicherweise dieser Gefahr auszusetzen?

Ich konnte und wollte diese Entscheidung nicht überstürzt treffen.

Zu meiner Überraschung brauchte ich das auch nicht, als Sheng am nächsten Morgen mit den Einladungsdokumenten, die Rick noch über Nacht besorgt hatte, vor meiner Tür stand.

Er war Feuer und Flamme.

In zehn Tagen sollte es losgehen.

Zwei Tage später fuhr ich mit Rick in das 250 Kilometer entfernte am Rande des Eldorado National Forest liegende Grizzly Flats. Rick hatte einen Termin mit Andrew Tegel und Oscar Camp vereinbart. Wir folgten dem Lincoln Highway in nordöstlicher Richtung bis Sacramento und verließen ihn nach zweieinhalb Stunden Fahrt in Höhe Perks Corner. Am späten Vormittag erreichten wir Grizzly Flats.

Kurz nach dem Ortseingangsschild sahen wir einen hinter den zahlreichen Büschen versteckt geparkten Polizeiwagen. Ein Polizist lehnte locker an der geöffneten Seitentür und hielt sich ein Funksprechgerät an seinen Mund. Obwohl wir vorschriftsmäßig fuhren, drosselte ich die Geschwindigkeit ein wenig. Wir fühlten uns um fünfzig, sechzig Jahre in die Vergangenheit zurück versetzt, die Zeit schien hier stehen geblieben zu sein. Das einzige, was auf die moderne Zeit des 21. Jahrhunderts hinwies, war der große rund 40 Meter hohe Funkmast am Ortseingang. Ausgestattet mit acht Antennen und entsprechender Bodenausstattung hatte er mittlerweile das Internet auch nach Grizzly Flats gebracht. Die Kanzlei von Tegel und Camp befand sich in einem roten Backsteingebäude, direkt an einem kleinen See gelegen.

Einer der beiden Teilhaber empfing uns bereits an der Eingangstür, so als hätte er auf uns gewartet. Der untersetzte Mann mit kurz geschorenem Schädel begrüßte uns freundlich.

„Willkommen in Grizzly Flats meine Herren. Ich bin Andrew Tegel."

„Hallo, Rick Sanders, wir hatten telefoniert."

Dann zeigte Rick auf mich: *„Das ist Tom Scott, ich hatte meinen Freund bereits in unserem Gespräch erwähnt."*

Andrew Tegel reichte mir die Hand, nachdem er Rick bereits per Handschlag begrüßt hatte.

„Tom Scott", erwiderte ich und spürte einen festen, ehrlichen Händedruck.

„Bitte treten Sie ein."

Wir betraten das Gebäude, durchquerten ein leeres Vorzimmer, dessen Wände mit zahlreichen, gerahmten schwarz-weiß Fotos geschmückt waren. Im Vorbeigehen erkannte ich auf einem der Fotos Andrew Tegel mit einem Polizisten auf einer Jubiläumsfeier. Vom Vorzimmer aus führten fünf Türen in verschiedene Räume. Tegel öffnete eine der Türen und wir betraten einen Besprechungsraum an dessen Wänden sich hunderte von Büchern in zwei raumhohen Regalen bis zur Decke stapelten. Der Anwalt bat uns an dem langen für drei Personen eingedeckten Tisch Platz zu nehmen und bot uns Kaffee an.

„Unsere Anwaltsgehilfin Margret ist zum Mittagessen bereits ausgeflogen. Meinen Partner Oscar Camp muss ich entschuldigen, er hat heute einen auswertigen Termin. Aber wir werden das schon schaffen", lachte Tegel, dessen leichtes Doppelkinn sich auf- und abbewegte.

„Margret hat uns ja mit den wichtigsten Dingen versorgt", er zeigte auf die Plätzchen und schenkte uns Kaffee ein.

„Es mag Ihnen komisch vorkommen, dass eine Kanzlei wie die unsere nicht in einer der modernen Großstädte ihr Büro hat, sondern in einem Nest wie Grizzly Flats", begann er unser Gespräch.

„Obwohl wir Klienten und Fälle in der ganzen Welt haben, sind wir bodenständig und traditionell veranlagt. Heimat ist wichtig für uns, für Oscar und mich. Und Grizzly Flats ist Heimat. Soviel zu unserem Standort, womit kann ich Ihnen behilflich sein?"

Wir berichteten Andrew Tegel was geschehen war und was wir vorhatten, dass wir einen ehemaligen Geschäftspartner meines Vaters in China suchten. Als wir während unserer Erzählungen auch den Namen Norman Brooks erwähnten, merkte Andrew Tegel beiläufig an, dass die Kanzlei oder genauer gesagt sein Partner Oscar Camp auch für Brooks tätig sei, er uns aber natürlich hierüber keine Einzelheiten nennen konnte, was wir natürlich verstanden. Unerwähnt ließen wir, dass uns durchaus bekannt war, dass sich die Kanzlei um das Vermögen von Norman Brooks kümmerte.

Andrew Tegel nannte uns die Kosten und Spesensätze und wir vereinbarten dass die Kanzlei uns bei unserer Suche behilflich sein sollte.

TEIL 2

Kapitel 29

Peking, 2015

„Andrew hier", meldete sich Andrew Tegel. *„Shaun, wir haben einen Klienten, der vermisste Personen in China sucht. Damit hättest du deinen ersten Auftrag aus den Staaten für die neue Kanzlei."*

„Hej, das klingt ja gut", freute sich Shaun.

„Ich schicke dir die Einzelheiten und um wen es sich handelt auf dein Mobilphone. Das Vertragliche regeln wir dann hier in den Staaten mit dem Auftraggeber."

Shaun beendete das Gespräch und blickte auf das Display seines Mobilphones. Er konnte nicht glauben als er den Namen eines der Vermissten las. Ein Mann, den er selbst bislang vergeblich gesucht hatte. Er war einer der Gründe, weshalb er vor fast zwei Jahren nach Amerika gegangen war.

Die Maschine von China Air landete mit über zwei Stunden Verspätung in Peking, das von den Chinesen Beijing genannt wird. Ich war zum ersten Mal im Land der aufgehenden Sonne. Auch Sheng, der China im Alter von fünf Jahren verlassen hatte, konnte sich nicht wirklich hieran erinnern. Für die ersten Tage hatte ich ein Doppelzimmer im Hilton Wangfujin - mitten in Beijing nahe der verbotenen Stadt - gebucht. Sheng hatte darauf bestanden, dass wir in einem Zimmer schliefen, so wie in den Tagen unserer Kindheit. Die besten Freunde in einem Zelt.

Schon am Gepäckband herrschte Lärm, Hektik und vor allem totale Rücksichtslosigkeit. Ständig wurde gedrängelt. Ein Wirrwarr von Schriftzeichen empfing mich. Wir traten aus der lärmenden Wartehalle vor das Flughafengebäude. Ich bin ja amerikanische Maßstäbe gewöhnt, aber die Distanzen, Häuserburgen und Straßen hier haben unglaubliche Ausmaße. Es ist noch verrückter als ich das erwartet hatte.

Für die 35 km vom Flughafen bis zum Hotel benötigte das Taxi fast zwei Stunden. Ohne Sheng wäre ich hoffnungslos verloren gewesen, keiner der Taxifahrer sprach auch nur ein Wort englisch. Unser Taxifahrer war freundlich, streckte uns ständig sein lückenhaftes Gebiss lächelnd entgegen und kaute ununterbrochen auf irgendeinem Gewürzhalm herum. Gelegentlich spuckte er aus dem Fenster.

Ein beißender Geruch stieg mir in die Nase. Im Taxi, das den Fahrersitz durch eine transparente Plastikscheibe von den restlichen Sitzen trennte, schallte ein unausstehlicher chinesischer Sing Sang aus einem alten Radio. Es war drückend heiß und diesig. Viele Menschen, die sich in unvorstellbaren Massen durch die Straßen quälten, trugen einen Mundschutz. Als das Taxi den mehrspurigen Highwayring verließ, um sich die letzten Kilometer Stoßstange an Stoßstange durch enge Straßenschluchten zu quälen, quollen die Straßen über vor Fußgängern, Fahrrädern und stinkenden Mopeds. Zwischendurch querten immer wieder Karren hinter sich herziehende Menschen die Straßen – es herrschte absolute Hektik, ein scheinbares Durcheinander wie in einem Ameisenhaufen.

Endlich hatten wir das Hotel erreicht. Es wirkte wie ein allen Wettern trotzender Fels in der Brandung auf mich.

Endlich Ruhe.

Doch ich hatte mich getäuscht, in der Lobby herrschte weiter aktives Treiben. Erst als wir den Aufzug in der obersten Etage, in der sich unser Zimmer befand, verließen, kehrte allmählich Ruhe ein.

Den morgigen Tag wollten wir nutzen, um uns zu entspannen. Für übermorgen hatten wir einen Termin mit dem Anwalt Shaun Liu vereinbart, der uns helfen sollte die gesuchten Personen ausfindig zu machen.

Shaun Liu war ein freundlicher Mann, wir schätzten ihn auf unser Alter. Er empfing uns in den Räumen seiner Kanzlei, sprach gutes amerikanisches Englisch und hatte höfliche Umgangsformen. Bei einer Tasse Tee schien er sich auf Anhieb mit Sheng zu verstehen. Er erklärte uns kurz die Aufgaben und Vorgehensweise seiner Kanzlei, berichtete über seinen Aufenthalt in den Staaten und versprach uns das Bestmögliche zu tun, um die von uns gesuchten Personen zu finden.

Unsere Beweggründe für die Suche hatten wir Shaun genannt, er hatte in kürzester Zeit unser Vertrauen gewonnen. Wir vereinbarten, dass er sich zunächst um die Suche nach Tian Sha, Mae Zhang und Kim Zhu kümmern sollte, während wir innerhalb einer Woche weiter in die Gegend von Luoyang wollten, um mehr über Wie Pan in Erfahrung zu bringen.

Bereits nach zwei Tagen meldete sich Shaun bei Sheng, er wollte uns seine ersten Ergebnisse mitteilen.

Wir trafen uns erneut auf einen Tee in seiner Kanzlei.

„Das ging aber schnell", begrüßte ich Liu.

Der Anwalt lächelte.

„Manchmal hilft auch der Zufall ein wenig weiter", sagte er bescheiden.

„Kim Zhu, die 42 jährige Chinesin aus Tianjin ist die Frau eines Industriellen, sie ist definitiv nicht die Mörderin, die Sie suchen. Wie es der Zufall will, habe ich während meines Aufenthaltes in den Staaten an einem Fall gearbeitet bei dem eine reiche Amerikanerin als Witwe eines amerikanischen Ölmagnats anerkannt werden wollte. Der Ölmagnat war in Tianjin spurlos verschwunden, nachdem er dort fünf Jahre sehr erfolgreich als Teilhaber einer Fabrik, die petrochemische Produkte herstellt, gearbeitet hatte.

Einer seiner Partner hier in China war Ni Zhu, der Ehemann von Kim Zhu. Kim Zhu befand sich zur Tatzeit in der Kanzlei von Tegel & Camp in Grizzly Flats. Sie war im Auftrag ihres Mannes unterwegs, um eine eidesstattliche Erklärung zu hinterlegen, die etwas mehr Licht in den damals von uns bearbeiteten Fall bringen sollte. Sie ist übrigens zusammen mit mir nach Peking zurückgeflogen, das war eine der Bedingungen die ihr Ehemann mit uns vereinbart hatte, um die Aussage in Amerika zu machen. Andrew Tegel und Oscar Camp können beide bezeugen, dass sie eine komplette Woche nahezu den ganzen Tag in der Kanzlei und dem zuständigen Gericht verbrachte."

„Es reicht mir, wenn Sie das festgestellt haben, wir brauchen Ihre Kollegen aus den Staaten nicht extra zu bemühen", sagte ich.

„Das kann ich eigentlich nicht, ehrlichkeitshalber muss ich zugeben, dass ich an zwei Tagen in dieser Woche nicht in der Kanzlei war, ich hatte mir eine fiese Erkältung eingefangen."

„Was für ein ehrlicher Typ", ging es mir durch den Kopf.

Laut sagte ich: *„Wir streichen Kim Zhu von unserer Liste."*

„Gut, wie Sie möchten Tom", nickte Shaun freundlich.

Sheng und ich blieben noch bis zum Ende der Woche in Beijing, ohne dass sich der Anwalt mit weiteren Erkenntnissen bei uns meldete, dann brachen wir auf nach Luoyang.

Der Flug dauerte knappe zwei Stunden, wie bei fast allen Flügen innerhalb Chinas flogen wir jedoch mit fast drei Stunden Verspätung los.

Unser Taxi rumpelte auf alten Straßen entlang nahegelegener Gebirgsflanken, vorbei an Reisfeldern Richtung Mengjin. Wir querten Flüsse über schmale Brücken, begegneten Bauern auf ihren Eselskarren mit aufgetürmten Getreideballen. Die Fruchtbarkeit dieser Region am Gelben Fluss war überall spürbar. Der Weg führte uns weiter bis Dayuzhen, die Straße schlängelte sich wie die Flüsse auf die wir trafen durch die Felder. Vereinzelt sahen wir Buddha-Statuen am Straßenrand bis wir unser Hotel in unmittelbarer Nähe des Xiaolangdi Staudamms erreicht hatten. Ich war total erschlagen von der faszinierenden Landschaft, die während der Fahrt an uns vorüberzog. Sheng schlug vor, dass ich mich ein wenig ausruhen sollte, während er sich unter die Leute auf dem zentralen Marktplatz mischen wollte, um uns etwas zu Essen zu besorgen. Und natürlich um sich umzuhören bei den alten Bauern, die auf dem Markt ihre Waren verkauften.

Sheng hatte sich nur kurz geduscht, trug eine Baumwollhose, ein T-Shirt und offene flache Latschen. Man hätte ihn für einen Einheimischen halten können.

Nur einige Gassen weiter betrat Sheng eine riesige Halle, dicht gedrängt reihte sich Stand an Stand. Ein Gebräu an Stimmen und Gerüchen schlug Sheng entgegen. Reis in verschiedenen Farben, Pilze unterschiedlichster Art und Größe, Chilis, Gewürze, Bambussprossen und Mais wurden in offenen Kisten feilgeboten. Vor den Ständen drängten sich wild gestikulierend die Interessenten, laut handelnd mit den Marktverkäufern, bis sie sich über den Preis und die Menge einig geworden waren.

Sheng folgte im Zick Zack den schmalen Gängen zwischen den einzelnen Ständen, vorbei an Gläsern mit eingelegtem Gemüse,

Schlangenwein und Eiern, bis er das Schnattern von Geflügel wahrnahm, das das Gewirr an Stimmen noch übertraf. Geflügel jeglicher Art wurde hier verkauft, lebend oder bereits gerupft und geschlachtet. Hühner, Gänse, Enten und Vögel konnte er erkennen. Riesige Pfannen in deren Öl Hühnerfüße und Hühnerköpfe brutzelten. Dazwischen immer wieder Schalen mit Innereien und Gedärmen. Rechts hiervon ging es weiter in einen anderen Bereich. Sheng konnte aufgeschlitzte Schweinehälften an Stahlhaken die Decke herabhängend sehen. Als er diesen Bereich verlassen hatte, senkte sich der Lärmpegel ein wenig.

Sheng rümpfte seine Nase, es roch nach Fisch. In unterschiedlichsten Aquarien schwammen Meeresfrüchte und Fische jeglicher Art. Sheng blickte sich suchend um. Dann sah er, was er suchte. Keine zehn Meter entfernt konnte er ein Schild erkennen, das auf den Verkauf von Fischen aus dem Gelben Fluss hinwies. Sheng kaufte eine Brokatbarbe und verließ den Markt. In den nächsten Tagen wollte er wiederkommen, um dann ein erstes Gespräch mit dem alten Fischer zu führen, der ihm den Fisch verkauft hatte. Er musste Vertrauen gewinnen, um an Informationen zu kommen.

„Was willst du mit dem Fisch?", wollte ich wissen. *„Gibt es im Hotel nichts zu essen?"*

Sheng erläuterte mir seine Strategie. Der Markt fand zweimal in der Woche statt. Sheng würde immer wieder Fisch am Stand des alten Fischers kaufen. Wir hatten mit dem Koch des Hotels vereinbart, dass er uns diesen Fisch zubereiten würde. In den Tagen zwischen den Marktveranstaltungen mieteten wir uns ein Taxi, besuchten die Provinzverwaltung und ein Verlagshaus, um weitere Einzelheiten über den Bau des Staudamms zu erfahren.

Sheng hatte den Markt bereits zwei weitere Male besucht, ohne dass der alte Fischer irgendetwas sagte. Mit gefalteten Händen nickte er mehrmals als er Sheng sah und genauso verabschiedete er sich dankend wenn Sheng einen Fisch gekauft hatte. Es schien so als käme Sheng nicht weiter.

Wir hatten Rick und Bob darüber informiert, dass Kim Zhu nicht als Täterin in Frage kam. Die Zeit verging nur langsam und ich wurde von Tag zu Tag, den wir hier verbrachten, ungeduldiger.

In der zweiten Woche unseres Aufenthaltes in Dayuzhen meldete sich unser Anwalt Shaun Liu aus Beijing erneut. Er war in den vergangenen Tagen nach Anshan gereist, einer Stadt nordöstlich von Beijing nahe zur Grenze von Nord-Korea gelegen. Da in dieser Region große Eisenerz und Kohlevorkommen lagern, hatte sich vor allem die Stahlindustrie hier stark ausgeprägt. Der angesiedelte Eisen-und-Stahl-Komplex ist der zweitgrößte Chinas und damit einer der größten der Welt.

Mae Zhang, die 40 jährige Chinesin aus Anshan, die sich ebenfalls mit Shaun Liu auf dem Rückflug von den USA nach Beijing befand, ist hier mit Hong Zhang dem Besitzer eines der zahlreichen Stahlunternehmen verheiratet. Hong Zhang stellt in seinem Werk, das vor gut fünf Jahren teilprivatisiert worden war, riesige Stahlträger, Schienen und Spundwände für den Hafenbau her. Mae Zhang hatte technisches Marketing studiert und leitet die Verkaufsabteilung von Zhang-Steel. Sie war zur Tatzeit für eine Woche in den Vereinigten Staaten, um vor Ort einen großen Lieferauftrag mit FAST Steel, einem der größten Stahlhändler in den USA abzuschließen.

Shaun hatte mit Andrew Tegel gesprochen, der den Aufenthalt überprüfte. An den Abenden der Morde hatte Mae Zhang zusammen mit Pat Brinkmann, dem Generaldirektor von FAST Steel, und dessen Frau zu Abend gegessen. Tagsüber gab es Verhandlungen und die Klärung verschiedener Rechtsfragen in den Verträgen zwischen den Firmen. Mae Zhang hatte somit ein Alibi für nahezu jede Stunde ihres Aufenthaltes in den USA. Ein weiterer Kandidat konnte von der Liste gestrichen werden.

„Tom, das ist doch ein gutes Ergebnis", versuchte Sheng meine Stimmung etwas aufzubauen. *„Wir sind noch keine drei Wochen in China und haben bereits herausgefunden, dass zwei Drittel der gesuchten Personen nicht in Frage kommen."*

Sheng hatte Recht, zwei von drei möglichen Tätern kamen nicht in Frage und Wie Pan konnte es auch nicht gewesen sein, da er nach unseren bisherigen Kenntnissen zu der Zeit nicht in Amerika war. Vielleicht war ich einfach zu ungeduldig. Ich musste schließlich auch damit rechnen, dass wir gar nichts finden würden.

„Außerdem werde ich morgen wieder auf den Markt gehen", unterbrach Sheng meine Gedanken.

Sheng war spät dran, er lief direkt auf den Fischstand zu, ohne sich vorher länger in der Halle aufzuhalten, denn der Markt würde schon in einer halben Stunde schließen. Zu seinem Erstaunen war der alte Fischer nicht anwesend. An seiner Stelle verkaufte eine nahezu genauso alte Frau den Fisch. Sie war bereits dabei mit der Säuberung des Fischstandes zu beginnen, als Sheng den Stand erreichte.

Sheng machte ein besorgtes Gesicht und erkundigte sich bei der Frau nach dem Fischer. Vorher hatte er ihr erzählt, dass er eigentlich immer hier seinen Fisch einkaufen würde. Die Frau war wesentlich redseliger als der Fischer und berichtete Sheng dass Fu Yumin, so hieß der alte Mann, sich eine starke Erkältung zugezogen hätte und das Bett hüten musste. Also müsste sie heute die Fische verkaufen, sie war Fu Yumins Frau.

Sheng erkundigte sich über das Geschäft und die Alte berichtete ihm, dass ein Teil des Volkes der zentralchinesischen Provinz Henan schon seit Generationen vom Fischen an den Ufern des Gelben Flusses lebte. So auch ihre Familie. Dementsprechend tief ist die Beziehung, die die Menschen zu dem Fluss aufgebaut haben. Der Gelbe Fluss war Gastgeber für mehr als 150 Arten von Fischen, aber ein Drittel von ihnen sind jetzt ausgestorben, darunter einige kostbare. Die Geschichte der Menschen am Fluss ist eine durchaus wechselhafte, denn mehrmals wurden Dörfer am Ufer überschwemmt, die dann wieder aufgebaut werden mussten. Die schwerwiegendste Veränderung kam jedoch durch den Bau der riesigen Talsperre.

Sheng hörte der Frau aufmerksam zu was sie ihm zu erzählen hatte.

Die Idee zur Realisierung einer riesigen Staumauer unterhalb der drei Schluchten existierte schon seit Jahrzehnten. Es war der Traum jedes großen chinesischen Herrschers, den unberechenbaren Jangtsekiang zu bändigen. Seit Jahrhunderten wurden die Herrscher an der Qualität ihrer Dämme gemessen.

„Wer Wasser auf die Felder bringen und Hochwasser verhindern konnte", zitierte die alte Frau eine Sage, *„der muss von den Göttern auserwählt worden sein. Die Region um die drei Schluchten ist ein geeigneter Ort, gottgleichen Status zu erlangen. Besonders Deng Xiaoping machte sich Mitte der achtziger Jahre für das Drei-Schluchten-Projekt stark."*

„Deng Xiaoping", ging es Sheng sofort durch den Kopf. Deng Xiaoping, der Halbonkel von Wie Pan, wie sie herausgefunden hatten.

Anfang der neunziger Jahre wurde die Umsetzung des Projektes dann durch eine Abstimmung im Volkskongress genehmigt. Jede Kritik dem Projekt gegenüber wurde untersagt und mit Gefängnis bestraft.

Im Winter, Mitte der neunziger Jahre, wurde dann offiziell mit den Bauarbeiten begonnen.

Die Alte schien innerlich zu frieren zu beginnen, als sie über weitere Einzelheiten berichtete. Die Markthalle hatte bereits geschlossen, es waren nur noch wenige Besucher anwesend und viele Verkäufer waren dabei ihre Stände zu säubern. Die alte Fischersfrau war so tief in ihre Erzählungen versunken, als würde sie das Erlebte erneut erfahren.

Zum Schutz historischer Stätten waren beim Bau des Staudamms über 150.000 Menschen allein aus Wanxian, der Stadt aus der Fu Yumins Familie stammte, umgesiedelt worden. Zur Verwunderung handelte es sich meist um Landbevölkerung. Die hier lebenden Bauern mussten auf das ertragreiche Schwemmland am Ufer des Jangtsekiang verzichten und in die höherliegenden karstigen Gebiete mit rauem, für die Landwirtschaft ungeeignetem Klima ziehen.

Sie hatten zwar eine Entschädigung erhalten, aber vielen war die Grundlage ihrer damaligen Existenz genommen worden.

Fu Yumins Familie war eine der wenigen, die noch versuchten mehr schlecht als recht vom Fischfang und dem Verkauf der Fische zu leben. Es war ein eisiger Winter als sie mit ihrem Mann und den vier Kindern ihr Haus verlassen musste. Das Geld, das sie als Entschädigung erhalten hatten, reichte gerade aus, um in eine der Wohnungen zu ziehen, die die Regierung zur Verfügung gestellt hatte. Es gab keine Heizung und auch das Licht brannte nur selten, da beim Bau der Stromleitungen gepfuscht worden war. Vorrangig mussten die Wohnungen der fast 20.000 Arbeiter, die am Bau des Staudammprojektes beschäftigt waren, versorgt werden. Um die Landbevölkerung kümmerte sich niemand. Eines ihrer Kinder, das jüngste Mädchen, war schwach und überlebte den Umzug und den strengen Winter nicht.

Tränen füllten die Augen der alten Frau. Tränen der Trauer und des Zorns.

Die Entschädigung reichte nicht lange, da das Chinesische Volk zur Finanzierung des Projektes auch noch mit einer Sondersteuer belastet wurde.

Zunächst wurde ein langer Kanal gebaut, der den Jangtsekiang umleiten sollte. Fu hatte mit seinen beiden Söhnen oft tagelang an diesem Kanal gesessen und gefischt, ohne einen einzigen Fisch zu fangen.

Dann begangen die Arbeiten an der Staumauer. Riesige LKW-Ladungen, mehrere hundert pro Tag, schafften tagein und tagaus unvorstellbare Mengen an Beton heran. Sämtliche Wege und Straßen wurden dem Erdboden unter der Last der LKWs gleich gemacht. Die riesige Staumauer wuchs jeden Tag weiter in die Höhe bis sie über 170 Meter hoch war.

Nicht nur Landschaften waren untergegangen, auch ganze Städte, unzählige Dörfer und Fabriken. Bis zu zwei Millionen Menschen mussten umgesiedelt werden. Im Sommer nach fast zehn Jahren wurden die Wehrfelder der Staumauer geschlossen. Dann begann die erste Teilflutung.

Die Korruption blühte während dieser Zeit.

Sheng erinnerte sich daran, dass Rick herausgefunden hatte, dass Staatliche Baufirmen über 150 Millionen US-Dollar im Zusammenhang mit dem Jangtsekiang-Projekt veruntreut hatten.

In einem Fall, der nie richtig aufgeklärt worden war, soll allein eine parteinahe Baufirma Gelder im Wert von nahezu 70 Millionen US-Dollar veruntreut haben. Nur einige Beamte mussten als Sündenböcke herhalten, über den Rest wurde der Mantel des Schweigens gehüllt.

„Die haben sich die Taschen voll Geld gestopft und wir mussten hungern und frieren", wetterte die alte Frau und fuchtelte mit ihren Armen.

„Besonders ein einflussreicher Bauunternehmer aus dieser Gegend hat sich am Leid der Menschen bereichert", schimpfte sie.

„Wissen Sie auch wer das war?", fragte Sheng vorsichtig.

Die Frau hatte sich in Rage geredet.

„Natürlich, es war Wie Pan mit seinen Schergen."

Die Stände um sie herum waren bereits gesäubert und verschlossen, als die alte Fischersfrau plötzlich aufhörte zu reden.

„Oh!", sagte sie, „es ist spät geworden, ich muss den Stand schließen, die Markthalle wird gleich verschlossen. Und außerdem habe ich Sie sicherlich gelangweilt mit meinem Geschwätz."

Sheng half der Frau den Fischstand zu schließen und bedankte sich für das interessante Gespräch mit ihr. Er wünschte Fu gute Besserung und verließ mit einem in Papier eingerollten Fisch die Markthalle als einer der letzten Besucher.

Dann rannte er zurück zum Hotel und berichtete mir was er erfahren hatte. Wir waren nicht viel weiter, aber es war ein Anfang.

„Als ich den Fischstand verlassen wollte, rief die Alte mich nochmal zurück und sie sagte mir, dass sie mich gerne zu sich nach Hause einladen würde, wenn ich wirklich an dem interessiert wäre, was damals passierte. Ich sagte natürlich zu."

Sheng sah mich triumphierend an: *„Am nächsten Markttag bin ich um die Mittagszeit bei ihr, sie hofft, dass bis dahin auch ihr Mann wieder gesund ist und sie sich mit mir alleine unterhalten kann. Fu wollte nichts mehr von den grausamen Taten der Vergangenheit wissen. Ihr würde es aber gut tun darüber zu sprechen."*

Auch Sheng, der sonst die Ruhe selbst zu sein schien, wirkte in den nächsten Tagen ungeduldig. Er konnte das Gespräch mit der alten Frau kaum erwarten.

Da die alte Fischersfrau die einzige Spur war, die wir gefunden hatten und wir bis zum nächsten Markttag die Zeit totschlagen mussten, schlug Sheng vor, dass wir einen der nicht legalen Hahnenkämpfe besuchen sollten. Auf dem Marktplatz hatte er mitbekommen, dass am nächsten Tag ein Kampf stattfinden sollte.

Direkt nach dem Frühstück machten wir uns auf den Weg, da die Veranstaltung schon am frühen Morgen begann und den ganzen Tag über dauerte. Ein Taxi brachte uns bis an den Stadtrand. Wir stiegen aus und folgten zu Fuß einem kleinen Pfad. Dichter, grüner

Dschungel überwucherte alles. Doch dann tat sich plötzlich ein von Schlingpflanzen bewachsenes Gebäude vor uns auf. Wir betraten eine alte, heruntergekommene ehemalige Fabrikhalle außerhalb der Stadt. Es wimmelte von Menschen. Ausschließlich Männer. Wir konnten keine Frau erblicken. Und Federvieh. Jede Menge Hähne. Mehrere Kämpfe fanden hier in den separaten Räumen der Halle gleichzeitig statt. In der Mitte der Räume waren die kreisrunden Arenen durch einen geschlossenen Käfig von den Zuschauern getrennt. Bei jedem Kampf standen sich zwei Hähne gegenüber.

Die Menge grölte, wenn die Tiere in die Arenen gesetzt wurden. Die Besitzer der Tiere hielten die Vögel in kleinen, tragbaren Käfigen, die sie vor Kampfesbeginn häufig nebeneinander platzierten, um die Aggressionen der Hähne weiter zu steigern, obwohl der Kampfinstinkt eines Hahnes durch seinen Urinstinkt ausgelöst wird und die Hähne auch so aufeinander losgingen.

Sheng und ich drängten uns näher an das Gitter der Arena und sahen wie zwei Männer ihre Vögel aus den Käfigen nahmen. Beiden Hähnen waren scharfe, spitze Sporen an ihre Fußgelenke gebunden worden. Die Hähne waren geschoren an Beinen, Rücken und Bauch. Sie waren nahezu nackt. Nur die Nackenfedern hatte man ihnen gelassen. Diese waren in den unterschiedlichsten Farben gefärbt. Ihre Flügel waren gestutzt, so dass sie nur gut einen Meter hoch fliegen konnten.

Auf einer schiefernen Tafel wurde die Kampfzeit für jeden Kampf festgeschrieben. Zwanzig Minuten sollte dieser Kampf dauern. Gibt während dieser Zeit einer der Hähne auf, indem er einfach wegrennt und sich an den Rand des Käfigs drückt, wird er von seinem Besitzer wieder in die Mitte des Kampfplatzes gebracht. Dann muss er ein zweites Mal herhalten. Beim zweiten Ausbruchsversuch wird der Kampf abgebrochen, der weggelaufene Hahn hat verloren.

Die beiden Chinesen hielten ihre Hähne fest zwischen ihren Händen gepresst. Wie durch einen Gürtel gehalten. Sie setzten die Hähne in die Mitte der Arena auf den Lehmboden. Das Gegröle der Zuschauer verstummte augenblicklich. Es herrschte Stille, dann ertönte ein Gong. Schlagartig öffneten sie die Hände, als wäre der Gürtel gerissen. Der Wahnsinn begann. Die Hähne gingen sofort aufeinander zu, sahen sich in die Augen, stoppten und begannen sich zu umkreisen. Ihre Nackenfedern stellten sich senkrecht in die Höhe. Schwarz und weiß. Mit ihren Schnäbeln bearbeiteten sie ihren Gegner unter dem schlagartig ausbrechenden Gekreische der Zuschauer. Rohe Energie brach aus. Das Adrenalin, das Tieren und Menschen nahezu gleichzeitig in ihre Körper schoss, war förmlich zu riechen. Die Zuschauer erschauderten bei dem Gedanken daran, dass ein Tier ein anderes tötet.

Hielten beide Hähne die Kampfzeit über durch – was selten der Fall war - wurde der Sieger aufgrund eines Punktesystems ermittelt: Der Hahn mit den wenigsten Einstichen hatte gewonnen.

Die Krallen nach vorne gestreckt sprangen die Hähne sich an und versuchten den Gegner mit den Sporen zu verletzten. Die Besitzer trieben ihren Hahn immer wieder in die Mitte der Arena zurück.

Während des Kampfes liefen Wetteintreiber herum und nahmen Wetteinsätze entgegen. Die Wetten wurden mit Handzeichen geschlossen. Vorher hatte man sich zu entscheiden auf welchen Hahn man setzte. Hierzu erhielt man eine Karte in der Farbe der Nackenfedern. Dann hob man seine Finger. Ein waagerechter Zeigefinger bedeutet 10 Yuan Einsatz, was ungefähr 1,5 Dollar entsprach. Ein senkrechter Zeigefinger 100 Yuan. Riss man beide Hände in die Höhe hatte man 1.000 Yuan, also 150 Dollar geboten. Zwei senkrechte Hände waren der Höchsteinsatz pro Kampf. Die Gebote mussten bis zum Ende der ersten zwei Kampfminuten gesetzt werden, danach ging nichts mehr. Die Gewinnquote lag bei achtzig Prozent, zwanzig Prozent des Gewinns gingen an den Veranstalter.

Wir hatten uns beide eine schwarze Karte besorgt. Nachdem unser Hahn bereits mehrere Treffer gesetzt hatte, schnellte Shengs rechte Hand in die Höhe und zeigte mit zwei Fingern ein V an. 200 Yuan auf schwarz. Ich ließ unmittelbar meine komplette rechte Hand folgen. 500 Yuan.

Nach Zehn Minuten hatte schwarz gewonnen, weiß war blutend zweimal an den Rand der Kampfarena geflüchtet.

Das Wettfieber hatte uns erfasst. Wir kassierten unseren Gewinn und wechselten den Raum.

Auch hier das gleiche Bild schreiender Männer. Zwei ungleiche Hähne kämpften gegeneinander. Auf der einen Seite ein kleiner Hahn mit gelben Nackenfedern, auf der anderen ein über zweimal so großer Vogel mit blauen Nackenfedern. Fast alle Teilnehmer an der Wette hielten blaue Karten in die Höhe. Der blaue Hahn war stark, offensichtlich viel stärker als der gelbe Hahn. Aber der gelbe Hahn war schnell, extrem schnell und brutal. Seine Brutalität würde von Minute zu Minute deutlicher. Mit seinem spitzen Sporn bearbeitete er den dicken, blauen Hahn dermaßen, dass dieser nach nur fünf Minuten unter den schmerzhaften Hieben zu erliegen begann. Den nahen Sieg spürend, stürzte sich der gelbe Vogel auf seinen Gegner. Blut begann zu spritzen und auf den Lehmboden zu tropfen. Allem Übermut zum Trotz setzte sich der gelbe Vogel in den Nacken des blauen und rupfte ihm die Federn aus dem Nacken. Blaue, blutgetränkte Federn flogen durch die Arena und der besiegte Vogel starb unter dem Gegröle der Zuschauer.

Bis zum späten Nachmittag gewannen und verloren wir unsere Einsätze. Das Geld wechselte schnell den Besitzer und man könnte denken man wäre an der Börse und nicht bei einem illegalen Hahnenkampf. Am Ende des Tages verließ ich mit 2.000 Yuan Verlust das Geschehen. Sheng hatte 5.000 Yuan gewonnen.

Wir traten vor die Halle. Draußen goss es in Strömen. Der kleine Pfad führte uns zurück auf die holprige Straße. Doch niemand wartete auf uns. Wir hatten vergessen dem Taxifahrer mitzuteilen, dass er uns wieder abholen sollte. Was folgte war ein gut fünf Kilometer langer Rückweg. Klatschnass erreichten wir unser Hotel.

Endlich war wieder Markttag.

Shenmi Yumin, die Frau des Fischers, lebte mit ihrem Mann im nur fünf Kilometer entfernten Miaoyuan, einem der zahlreichen Bergdörfer.

Sheng hatte sich ein Fahrrad besorgt und folgte dem Fluss Xiankou. Immer bergauf schlängelte sich die schmale, von Schlaglöchern übersäte Straße. Die Wolken hingen tief in den einzelnen Tälern. Bergketten im Hintergrund, rauschende Wasserfälle und die faszinierend grüne Flora sorgten für eine Landschaft wie aus dem Bilderbuch. Obwohl Sheng nur flache Latschen trug, der Weg unwegsam und die Steigung kraftraubend war, hatte er den Dorfrand des Straßendorfes bald erreicht. Nur wenige Hände voll kleiner Häuser zogen sich entlang der Straße, umgeben vom dichten Grün der Bäume. Ein typisches Bergdorf von denen es tausende in dieser Gegend gab.

Fu und Shenmi bewohnten ein kleines Haus mit nur zwei Zimmern, einem Wohn- und einem Schlafraum. Die Toilette befand

143

sich außerhalb des Hauses. Ihre Kinder hatten das Dorf längst verlassen und wohnten in einer der großen Städte. Als Sheng das Haus betrat, hatte Shenmi bereits Wasser auf die Herdplatte des alten Holzofens aufgesetzt, um Tee zu kochen. Sie schnitt mit einem großen Messer je zwei grüne Teeblätter in kleine Stücke, um ihnen mehr Aroma zu entziehen.

Fu war wieder gesund und arbeitete am Fischstand in der Markthalle. Shenmi war die Freude anzusehen, als sie begann Sheng von damals zu erzählen. Sheng war begeistert wie viele Einzelheiten die alte Frau wusste.

Lauter Märchen, zu schön um wahr zu sein, hatte man der Landbevölkerung aufgetischt. Wer daran Zweifel hegte, wurde weggesperrt. Der Damm würde eine bessere Schiffbarkeit des Jangtse garantieren, riesige Frachter würden auf dem Fluss fahren und für den wirtschaftlichen Aufschwung in der Region sorgen, jeder würde Arbeit finden. Außerdem würde der Damm das Tiefland vor Überschwemmungen schützen und das Wasserkraftwerk im Inneren des Damms liefere Strom für jedes Haus. Nie mehr frieren und im Dunkeln sitzen.

Als die alte Frau das Wasserkraftwerk erwähnte, musste Sheng unwillkürlich an den Mord in Virginia denke. Norman Brooks zerstückelte Leiche war dort im Keller eines Wasserkraftwerkes aufgefunden worden.

Hatte das etwas zu bedeuten?

„Wir sind auf dem richtigen Weg", freute er sich, um sofort wieder den Worten der Frau zu lauschen.

„Es sind schlimme Dinge passiert, ich erinnere mich als wäre es erst gestern gewesen, es geschah einen Tag vor der offiziellen ersten Teilflutung der Talsperre....."

Die Schergen um Wie Pan hatten aus welchem Grund auch immer bereits einen Tag vor der offiziellen Flutung damit begonnen den Kanal zum Tal zu öffnen. Der Jangtse, ergoss sich - gespeist von hunderten seiner Nebenflüsse - in rieseigen Massen mit einer wahnsinnigen Geschwindigkeit in das Tal. Er hatte alles mitgerissen: 13 Städte, 1.500 Dörfer, Toiletten, Krankenhäuser und vieles mehr. Die Bevölkerung war nicht über die Verschiebung dieses Termins in Kenntnis gesetzt worden, so dass sich immer noch Familien im Tal befanden. Viele ertranken jämmerlich, ihre Leichen fand man nie wieder. Weil das Wasser im Stausee viel langsamer fließt als sonst, setzten sich die Giftstoffe am Boden des Sees ab.

Sheng hatte seinen Tee bereits getrunken, als er Shenmi unterbrach.

„Ist bekannt was aus Wie Pan und seinen Schergen geworden ist?"

„Die Schergen sind zurück ins Ausland gegangen, dorthin woher sie kamen. Wie Pan lebte noch einige Jahre hier in Saus und Braus."

Die Alte erhob sich mühsam vom Tisch, schlürfte zum Ofen, um noch einen neuen Tee aufzusetzen.

„Shenmi, Sie sagten er lebte hier, bis wann war das?"

Die alte Frau überlegt kurz: *„Das war bis vor ungefähr einem Jahr."*

„Ist er tot?", wollte Sheng wissen

„Nein", sagte Shenmi.

„Wissen Sie wohin er gegangen ist?"

„Er ist in die heiligen Berge gegangen."

Sheng legte seine Stirn in Falten: *„Die heiligen Berge?"*

„Ja er ist in die Region des Wutai Shan gegangen."

Ich war begeistert als ich das erfuhr. Wir hatten Wie Pan noch nicht gefunden, aber wir hofften zu wissen wo er sich versteckt hielt.

Kapitel 30

Der heilige Berg

Sheng hatte uns Karten über die Region am Wutai Shan besorgt. Ich hoffte, wir wüssten wo Wie Pan steckt und müssten uns nur aufmachen in diese Region. Da hatte ich mich kräftig getäuscht.

145

Sheng hatte die Karte auf einem Tisch in unserem Zimmer ausgebreitet und zog einen Kreis mit seinem rechten Finger über die Karte.

„Das alles gehört zum Wutai Shan, es ist ein Gebiet von über 2.800 Quadratkilometer Größe. Mitten drin liegt der Gipfel des Berges auf über 3.000 Meter Höhe. Wir können bis Tàiyuán fliegen, von dort geht es nur mit dem Taxi weiter."

„Egal", sagte ich, *„lass uns endlich aufbrechen."*

Ich musste wieder aktiv werden.

Wir brachen unsere Zelte in Dayuzhen ab, fuhren mit dem Taxi zurück nach Luoyang, um von dort aus nach Tàiyuán zu fliegen. Am Flughafen angekommen suchten wir uns ein Taxi, das uns in die Nähe des über 200 Kilometer weit entfernten Berges bringen sollte. Eine Unterkunft fanden wir im Jinxiang Hotel am Fuße des Berges, der mit seinen fünf Gipfeln einer der vier heiligen Berge des Buddhismus ist. Unterwegs sahen wir eine Vielzahl an Klöstern, eingebettet in landschaftlicher Schönheit. Wir waren so erschöpft nach unserer Reise, dass wir sofort zu Bett gingen. Wieder teilten wir uns ein Zimmer.

Nach dem Frühstück sagte ich zu Sheng: *„Diesen Mal will ich überall dabei sein, nicht so passiv wie in den letzten Wochen, das macht mich krank."*

„Ok, das kann ich gut verstehen", stimmte Sheng zu.

Wir mussten Kontakt zu einem der buddhistischen Mönche aufnehmen, der uns erklären konnte, wo jemand hingehen würde, der sich entweder verstecken wollte oder, was wir mittlerweile glaubten, seine Sünden der Vergangenheit bereute und mit sich ins Reine kommen wollte. Sheng hatte mir erklärt, dass es die Grundidee des Buddhismus sei eine befreiende Einsicht in die Grundtatsachen allen Lebens, aus der sich die Überwindung des leidhaften Daseins ergibt, zu erlangen. Was letztendlich bedeuten würde, Wie Pan war hierhergekommen, um zu bereuen.

Da diese Region auch von vielen Touristen besucht wird, erfuhren wir im Hotel, dass morgens und abends von buddhistischen Mönchen Lesungen gehalten und viel über den Buddhismus erzählt wurde. Wichtige Meister des Buddhismus waren hier anzutreffen.

Ich war mir nicht sicher, ob uns einer dieser "Priester" wirklich weiterhelfen konnte. Es würde uns sicher schwerfallen das zu verstehen, was er bereit war uns überhaupt zu erzählen. Immerhin war es einen Versuch wert es zu probieren. Also brachen wir auf und machten uns auf den Weg zu einem der vielen Tempel.

Wir erfuhren dass der Name Wutai Shan "Berg der fünf Ebenen" bedeutet und der Name auf die fünf markanten Plateaus des Gebirges hinweist, von denen aus die eigentlich aus Indien stammende Lehre des Buddhismus in ganz China verbreitet wurde. Von einem der hölzernen Türme, den wir bestiegen, konnten wir die vielen Gipfel des Wutai-Gebirges erblicken. Sie sind mit einem Meer aus grünen Wäldern bedeckt und von Bächen, Quellen und kleinen Seen durchzogen.

„Da oben hast du dich versteckt", ging es mir durch den Kopf beim Anblick der grünen Hölle. Einem inneren Impuls folgend hatte ich mir heute Morgen im Hotel ein Fernglas gekauft und suchte jetzt die Gipfel einzeln ab. So als hätte ich die Hoffnung, Wie Pans Versteck tatsächlich zu entdecken. Ich schwenkte das Fernglas von links nach rechts und wieder zurück. Weit über zwanzig Tempel konnte ich erkennen, perfekt in die Gebirgslandschaft integriert.

Während ich die Wälder mit dem Fernglas absuchte, sprach Sheng den einen oder anderen Mönch an. Keiner konnte oder wollte uns eine hilfreiche Auskunft geben. Wir wollten es am nächsten Tag wieder versuchen.

Am Abend meldete sich unser Anwalt Shaun Liu. Ich berichtete ihm in kurzen Sätzen was wir herausgefunden hatten und wo wir jetzt waren. Er hatte weniger gute Nachrichten für uns. Peking sei ein Moloch, er konnte Tian Sha, den 35 jährigen Chinesen, nirgends ausfindig machen. Es täte ihm sehr leid, aber er wusste wirklich nicht wie er uns kurzfristig weiterhelfen konnte. Er schlug vor, dass er, wenn wir es noch wollten, gerne weitermachen würde. Mit seinem Partner Andrew Tegel hatte er vereinbart, dass sie nur bei Erfolg die Kosten für eine weitere Suche an uns berechnen würden. Er entschuldigte sich nochmals und wies darauf hin, dass uns jetzt eigentlich nur noch der Zufall helfen konnte. Kurz bevor er das Telefonat beenden wollte hatte ich eine Idee.

„Wie wäre es, wenn Sie hierhin kommen würden um uns, sagen wir für eine Woche, zu unterstützen."

„Sehr gerne", antwortete Shaun Liu, *„morgen und übermorgen habe ich noch etwas zu tun, aber zum Wochenende könnte ich da sein."*

Freitagabend hatte Shaun Liu im selben Hotel eingecheckt und wir trafen uns zu einem gemeinsamen Abendessen im Maiden Restaurant unweit des Hotels.

Wir hatten in den Tagen bis Liu angereist war keine weiteren Erkenntnisse gewinnen können. Das Restaurant war gut gefüllt und obwohl wir keinen geschützten Platz in irgendeiner Ecke mehr bekommen hatten, sprachen wir offen über unsere Strategie und was wir planten in den nächsten Tagen zu unternehmen. Da wir englisch sprachen, hatten wir keine Befürchtungen flüstern zu müssen. Was unabhängig davon bei dem Lärmpegel auch kaum möglich gewesen wäre. Zu unserem Erstaunen gab es in dem Restaurant auch amerikanisches Bier, das ich schon vermisst hatte. Sheng und Shaun schien es auch zu schmecken, so dass unser Kellner uns häufiger am Tisch aufsuchte. Schweigend servierte er uns das Bier. Wir waren zu sehr mit uns beschäftig, so dass er uns kaum auffiel. Nach meinem vierten Bier musste ich zum Klo. Ich stand am Waschbecken und wusch mir die Hände, als die Tür zu den Toiletten geöffnet wurde und unser Kellner das Klo betrat. Er stellte sich neben mich und sprach mich in englischer Sprache an.

„Entschuldigen Sie, aber ich habe unabsichtlich einen Teil ihrer Unterhaltung mitbekommen. Offensichtlich suchen Sie eine Person, die sich hier in der Region unerkannt aufhält, um den Wahrheiten des Buddhismus zu folgen?"

„Ja, das ist richtig", sagte ich erstaunt und schaute dem jungen Mann direkt in die Augen. Erst jetzt fiel mir auf, dass er kein Asiate war.

Er reichte mir die Hand.

„Nikolas Braun, Pater Nikolas Braun. Ich bin Theologe und komme aus Deutschland. Ich bin seit einem Jahr hier und studiere die Praktiken des Buddhismus. Von Zeit zu Zeit helfe ich im Maiden aus, um mir etwas Geld zu verdienen. Vielleicht kann ich Ihnen helfen das zu finden, was Sie suchen. Ich muss jetzt zurück, aber gegen 23 Uhr endet meine Schicht und dann könnten wir, wenn Sie möchten, bei einem Glas Reiswein über das sprechen, was ich Ihnen sagen kann."

Ohne ein weiteres Wort von mir abzuwarten drehte der Pater sich um und verließ das Klo.

Sheng und Shaun, konnten gar nicht glauben, was ich ihnen erzählte als ich wieder am Tisch war.

„Ob das mal kein Hochstapler ist", merkte unser Anwalt an und tippte etwas in sein Smartphone. *„Mal sehen was ich über ihn herausfinden kann."*

Wir bestellten noch Bier, jedoch bei einem anderen Kellner. Diesen Pater Braun bekamen wir in der nächsten Stunde nicht mehr zu Gesicht. Um Punkt 23 Uhr erschien er aber an unserem Tisch.

„Guten Abend meine Herren", begrüßte er uns freundlich. Wir blickten in ein europäisches Gesicht mit kurz geschorenen, dunklen Haaren. *„Ich bin selbst lange auf der Suche gewesen. Auf der Suche nach meinem Glauben. Ich würde Ihnen gerne bei Ihrer Suche helfen, wenn Sie erlauben."*

„Was können Sie für uns tun?", wollte ich wissen.

„Naja", begann er, *„wenn Sie jemanden suchen der etwas bereut in seinem Leben, was immer es auch gewesen sein mag, und sich deshalb hierhin zurück zieht, dann brauchen Sie ihn nicht in der Nähe der Tempel in Taihuai suchen. Sie müssen sich mit den Tempeln außerhalb von Taihuai beschäftigen."*

Er blickte in die Runde und sah uns nacheinander ins Gesicht.

„Darf ich?", fragte er freundlich und zeigte auf den Stuhl am Nebentisch.

Ich nickte.

Er zog den Stuhl an unseren Tisch und setzte sich. Er bestellte sich ein Glas Reiswein, wir blieben beim Bier.

„In diesem Bereich wimmelt es nur so von Touristen, hier werden Sie niemanden finden, der Buße tun will. Sie müssen den mühsamen Weg wählen und in die Bereiche hinter den Plateaus vordringen, dort wo die Tempel weniger mit Holz- und Jade-Relikten aus alten Zeiten verziert sind. Dort finden Sie eine längst vergangene Welt. Es sind äußerst abgeschiedene Regionen und sie sind nur mühsam zu

erreichen. Es ist ein beschwerlicher Weg bis in 3.000 Meter Höhe. Wenn sich jemand wirklich zurückziehen will, dann muss er die vier edlen Wahrheiten des Buddhismus erfüllen."

Während Sheng und vor allem Shaun die ganze Sache eher kritisch sahen, war ich sofort Feuer und Flamme, ohne diesen Pater Braun näher zu kennen.

„Wenn Sie möchten bringe ich Ihnen morgen eine Karte mit, die Ihnen helfen wird diesen Weg zu finden? Aber nur wenn sie es wirklich wollen."

Wir verbredeten uns für morgen Abend im Hotel, wir wollten etwas ungestörter sein. Pater Braun trank sein Glas aus und verließ das Maiden.

Sheng und ich lagen nebeneinander in unserem Bett, obwohl wir einige Bier an diesem Abend getrunken hatten, konnten wir nicht schlafen. Wir schwiegen. Dieser Pater Braun schien uns Rätsel aufzugeben.

„Willst du wirklich da hoch in diese grüne Hölle?", fragte Sheng auf einmal.

Er riss mich aus meinen Gedanken.

„Ja. Notfalls gehe ich auch alleine. Ich muss es einfach tun."

„Hej Tom, du gehst auf keinen Fall alleine da hoch. Wenn, dann gehen wir gemeinsam. Ich meine nur unabhängig davon was wir dort finden und erfahren, bist du schon mal auf einen 3.000 Meter hohen Berg gestiegen?"

Shaun hatte Recht. Obwohl ich sportlich war, das hatte ich noch nicht getan. Selbst hier am Fuße des Berges wurde es abends kühl. Was würde uns dort oben erwarten. Wir hatten nicht die richtige Kleidung. Tausend Gedanken rasten mir in dieser Nacht durch den Kopf, bis ich endlich einschlief.

Plötzlich, vollkommen unerwartet stand Pater Braun in unserem Zimmer. In seiner rechten Hand hielt er ein Messer mit zwei unterschiedlichen Klingen. Eine Seite war glatt wie die eines Rasiermessers, die die andere gezackt wie die einer Säge.

Sofort fiel mir ein was Sonderermittler Paolo Mancini herausgefunden hatte. Der Mörder von Norman Brooks hatte zwei Messer benutzt, eins mit glatter Seite und ein gezacktes. Mancini hatte sich getäuscht, es war nur ein Messer, mit unterschiedlicher Klinge. Mancini hatte einen Ritualmord erwähnt und von einem möglichen religiösen Hintergrund gesprochen.

Pater Braun sah mir in die Augen, in der einen Hand die Türklinke, in der anderen das Messer. Blut lief auf den Boden. Jede Menge Blut. Die Spur führte zum Bett. Ich spürte jedoch keinen Schmerz. Instinktiv drehte ich mich zu Sheng. Er lag blutüberströmt neben mir im Bett mit zerfetzter Kehle.

Warum hatte ich nichts mitbekommen? Hatte ich tatsächlich so tief geschlafen, oder...?

Auf einmal wurde es mir bewusst. Ich war betäubt worden. Wieder! Genau wie damals. Und jetzt wurde mir schlagartig klar warum Braun die Türklinke in der Hand hielt. Er kam nicht ins Zimmer. Er wollte es verlassen. Wieder hatte er jemanden getötet und ließ mich leben. Ich sollte wieder überleben! Warum?

Ich wollte aufstehen und schreien. Ich konnte mich nicht bewegen, meine Kehle war wie ausgetrocknet.

Braun zog die Tür hinter sich zu und verließ das Zimmer. Meine Augen fielen zu, die Lider wurden immer schwerer. Setzte die Wirkung des Betäubungsmittels erneut ein? Dann spürte ich eine fremde Hand ....

Ich schlug die Augen auf, schweißgebadet erwachte ich aus einem Albtraum.

Sheng hatte an meiner Schulter gerüttelt. *„Schlecht geträumt oder ist das Bier schuld, du bist nass geschwitzt?"*, fragte er mich offensichtlich kerngesund.

Pater Braun trafen wir abends im Hotel. Unser Anwalt Shaun Liu hatte tagsüber herausgefunden, dass er tatsächlich aus Deutschland kam und seit einem Jahr hier war, er war Theologe und alles schien korrekt zu sein.

Wir hatten uns in einer Ecke im Teeraum des Hotels getroffen und saßen nun alle versammelt um einen runden Tisch.

Pater Braun lächelte uns freundlich zu und bestellte sich wie am vergangenen Abend ein Glas Reiswein.

„Meine Herren", begann er mit angenehm weicher Stimme zu sprechen.

Ich sah ihm mit ein wenig gemischten Gefühlen ins Gesicht, der Albtraum hatte mich skeptisch gemacht, doch meine Zweifel verflogen schnell, als er uns die vier Weisheiten des Buddhismus erklärte.

„Jemand, der die Taten seiner Vergangenheit wirklich bereut und Zuflucht zu Buddha nimmt, bezeugt seinen Willen zur Anerkennung und Praxis der vier edlen Wahrheiten. Das bedeutet, ihm ist bewusst, dass das Leben von Leid geprägt ist. Dies ist die Kernaussage der ersten Wahrheit. Somit ist ihm klar, dass er das Leid der Einsamkeit bis hin zu seinem Tod ertragen muss. Nach der buddhistischen Lehre sind alle unerleuchteten Wesen einem endlosen, leidvollen Kreislauf von Geburt und Wiedergeburt unterworfen. Ziel der buddhistischen Praxis ist es, aus diesem Kreislauf des ansonsten immerwährenden Leidenszustandes herauszutreten. Also das Leid zu verlassen. Durch die Anerkennung der zweiten edlen Wahrheit hat er auch erkannt wer oder was für das Leid verantwortlich ist."

„Nämlich?", unterbrach ich wissbegierig.

Pater Braun sah zu mir hinüber.

„Verantwortlich für das Leid sind die drei Geistesgifte Gier, Hass und Verblendung."

Sheng und ich sahen uns fragend an.

„Wichtig ist die dritte edle Wahrheit, die dem Gläubigen Einsicht bringt, dass das Leid durch die Vermeidung von Gier, Hass und Verblendung nicht entstehen kann."

Jetzt schaltete sich Sheng ein: *„Das bedeutet doch, wenn die von uns gesuchte Person Gier, Hass und Verblendung zukünftig meidet, dann wird sie auch kein Leid mehr ertragen müssen?"*

„Genauso ist es zu verstehen", war die Antwort des Paters.

„Naja, und wie vermeidet er Gier, Hass und Verblendung?"

152

„Das sagt uns die vierte edle Wahrheit. Sie nennt uns die Mittel zur Vermeidung von Leid und damit zur Entstehung von Glück."

Wir sahen alle in Erwartung was jetzt kommen würde in Pater Brauns Gesicht.

„Die Mittel sind in den Übungen des edlen achtfachen Pfades zu finden. Hierzu müssen Sie wissen, dass das Dharmachakra das Symbol der Lehre des Buddha ist."

„Das Dharmachakra ist doch ein Rad?", merkte Shaun Liu an.

„Ja, und die acht Speichen des Rades weisen symbolisch auf den edlen achtfachen Pfad hin. Die von Ihnen gesuchte Person wird zukünftiges Glück finden durch Erkenntnis, Absicht, Rede, gerechtes Handeln, rechten Lebenserwerb, Übung, Achtsamkeit und Meditation."

Pater Braun sah uns an, als würde er sich fragen, ob wir wirklich alles verstanden hatten oder er in Rätseln zu uns gesprochen hatte.

Dann erhob er sich und sagte: *„Ich werde jetzt gehen und Sie mit Ihren Gedanken alleine lassen. Was ich Ihnen noch mit auf den Weg geben kann ist, dass acht verschiedene Wege in die Bereiche hinter den Plateaus führen. Sie müssen jedoch selbst herausfinden welcher Pfad Sie zum Ziel führt."*

Ohne ein weiteres Wort verließ Pater Braun das Hotel.

Irgendwie hatte er uns alles deutlich vor Augen geführt, aber dennoch in Rätseln gesprochen.

Shaun fand als erster von uns die Sprache wieder. *„Wenn wir wirklich hinauf in diese Regionen gelangen wollen, egal welchen Weg wir auch nehmen werden, dann benötigen wir folgendes."*

Shaun hatte einen Zettel aus seiner Jackentasche gezogen, faltete diesen auseinander, legte ihn auf den Tisch und strich ihn mit beiden Händen glatt. Dann las er vor: *„Kleidung, Schuhe, Rucksack, Zelt, Wasserflaschen, Stöcke und vor allem müssen wir einen Trainingskurs belegen. Ich brauche Ihre Kleidungs- und Schuhgröße, die Sachen lasse ich dann hierhin zum Hotel bringen. In zwei Tagen könnten sie hier sein. Wir sollten diese beiden Tage nutzen und einen Einführungskurs zum*

Bergsteigen machen. Im nächsten Ort gibt es eine Schule, die diese Art von Training anbietet."

„Meinen Sie dieses Training ist wirklich erforderlich, wir werden diese Region doch eher erwandern, als dass wir klettern", meinte ich.

„Ja, es ist erforderlich", antwortete Shaun bestimmend.

Kapitel 31

San Francisco, 2015

Bob Miller saß in einer Ecke von Morton´s Steakhaus - eine der edelsten Adressen, wenn es in Frisco um Steaks ging. Bestes Fleisch und bester Service sind garantiert. Er beobachtete den Gast, der zwei Tische entfernt von ihm saß. Ein eher unscheinbarer Mann, Anfang fünfzig mit kurz geschnittenen, dunkelgrauen Haaren. Der Fremde hatte zu Ende gespeist und noch einen Espresso bestellt.

Seit er zusammen mit seinen Freunden an "Tom Scotts Fall" arbeitete hatte "Hightower" gelernt, dass jeder Mensch eine Schwäche für irgendetwas hatte. So auch Willem van Buren, der gerade seinen letzten Schluck aus der Espressotasse nahm. Für diese Schwäche oder Leidenschaft war man bereit auch Außergewöhnliches zu tun.

Bob hatte sich, seit Tom und Sheng nach China gereist waren, intensiv mit der Lehre des Taoismus beschäftigt. Er hatte vieles herausgefunden, doch nicht alles verstanden und befand sich nun in einer Sackgasse.

Willem van Buren war Professor für Religionswissenschaften, Sinologe und ein absoluter Kenner der "Drei Lehren" Chinas. Bob erhob sich von seinem Platz und ging auf van Burens Tisch zu.

„Entschuldigen Sie, Herr Professor van Buren, mein Name ist Bob Miller", stellte "Hightower" sich höflich vor.

Van Burens Kopf bewegte sich nach oben und er betrachte den langen Kerl mit erstauntem Gesichtsausdruck.

„Also, Herr Professor ich beschäftige mich mit dem Taoismus und habe einige Fragen."

„Junger Mann", unterbrach ihn der Professor, griff in die Innentasche seiner dunklen Jacke und reichte Bob eine Visitenkarte. *„Bitte wenden Sie sich an mein Büro und reichen Sie uns die Fragen schriftlich ein. Wir beantworten Ihnen Ihre Fragen gerne schriftlich oder erstellen Ihnen, falls gewünscht, ein Gutachten."*

„Ich weiß Herr Professor, aber ich benötige umgehende Antworten auf meine Fragen. Wenn ich den offiziellen Weg über Ihr Büro gehe, dann gibt es Wartezeiten von mindestens drei Monaten. Ich benötige die Antworten jedoch schon bis morgen."

Der Professor schaute ihn unglaubwürdig an.

Es war Wochenende.

„Und was in aller Zuversicht lässt Sie glauben, dass .... ?"

Van Buren hörte abrupt auf zu sprechen, als er sah, was Bob auf den Tisch vor ihn legte.

„Was soll das? Woher wissen Sie .... ?"

Bob hatte zwei Tickets für das nächste NBA Basketballspiel der Houston Rockets vs. Los Angeles Clippers auf den Tisch gelegt.

„Das Spiel ist doch längst ausverkauft. Und Karten sind nur noch auf dem Schwarzmarkt zu horrenden Preisen zu bekommen", raunzte der Professor, zeigte aber sichtliches Interesse.

Rick Sanders, der auch zu Toms Team gehörte, hatte herausgefunden, dass van Buren leidenschaftlicher Basketballfan und insbesondere ein glühender Anhänger der Los Angeles Clippers ist. Am nächsten Wochenende fand das Spitzenspiel der NBA Leauge in Houston statt.

„Die sind für Sie und eine Person Ihrer Wahl. Vorausgesetzt ...."

Bob schaute in van Burens Gesicht, sein Herz begann zu rasen.

Der Professor lächelte und sagte: *„Darüber lässt sich reden."*

Bob hatte von Tom und Sheng erfahren, dass Wie Pan, den sie immer noch suchten, sich offensichtlich in der Nähe der heiligen Berge in der Region des Wutai Shan aufhielt.

Bob wollte von van Buren wissen, was es bedeutete, wenn ein Anhänger des Taoismus sich in einer Region versteckt hielt, die dem Buddhismus zu zuordnen war.

Professor van Buren überlegte nicht lange, nahm die Tickets, ließ sie in seiner Jackettasche verschwinden und versprach Bob eine Antwort für den morgigen Tag.

Bob legte nun seine Visitenkarte auf den Tisch und verließ das Steakhaus.

Kapitel 32

Am Fuße des Heiligen Berges, 2015

Wir hatten Wochenende, warteten auf unsere Ausrüstung und lagen auf unserem Zimmer, als mein Smartphone klingelte.

„Hightower".

Ich stellte auf laut.

Wir sprachen über eine Stunde und Bob berichtete drei erstaunliche Dinge.

Erstens: Also ..... Lisa, Rick Sanders Frau, hatte einen gesunden Jungen zur Welt gebracht. Fast 5.000 Gramm, ein strammer Stammhalter, ganz in der Tradition der Familie Sanders. Rick war stolz, überglücklich und ließ den Jungen bereits seit über 24 Stunden kräftig im Kreise seiner Brüder gemeinsam mit dem alten Sanders pinkeln. Die ganz große Sause war jedoch angesagt, wenn Sheng und ich aus China zurück wären.

Zweitens: Also .... Dieser Professor Willem van Buren machte uns mit seiner Analyse Hoffnung, dass wir tatsächlich auf dem richtigen Weg waren. Unter den "Drei Lehren" versteht man die drei großen Lehren Chinas, die sich gegenseitig beeinflussen, ergänzen und befruchten. Es handelt sich hierbei um den Konfuzianismus, den Daoismus oder Taoismus genannt und den Buddhismus.

Während Wie Pan Anhänger des Taoismus war, legte er Wert auf lebensverlängernde Maßnahmen. Mit dem letztendlichen Ziel Unsterblichkeit zu erlangen.

Starb jedoch jemand aus der Familie oder dem engeren Freundeskreis, so konsultierte der Taoist in einigen Fällen einen buddhistischen Mönch, da die Buddhisten den besten Kontakt zum Jenseits hatten. Mit dem Mord an Chun Lin, dem engen Vertrauten Wie Pans, war dieser Zustand in Pans Leben eingetroffen.

Lassen sich die aus diesem Ereignis hervorgerufenen Ängste nicht bewältigen, versuchen die Gläubigen die sogenannte Methode der Transformation anzuwenden.

Wie wir bereits herausgefunden hatten, lebte Wie Pan in ständiger Angst. Angst vor dem Tod.

Durch den Akt bewussten Willens versuchen die Gläubigen eine Art von Bewusstsein zu erzeugen, welches sie sich wünschen und in dem sie leben wollen. Im Prinzip deckten sich die Aussagen von Professor Buren mit denen von Pater Braun.

Der Professor versicherte "Hightower", dass wir mit nahezu hundertprozentiger Sicherheit davon ausgehen konnten, wenn wir diesen Wie Pan finden würden, dass er bereit wäre uns die Dinge aus seiner Vergangenheit zu erzählen, die ihn in diesen Zustand versetzt hatten. Er würde geradezu darauf warten, dass er sich jemandem Betroffenen anvertrauen konnte, um Erlösung zu finden.

Das klang gut – offensichtlich handelte es sich hier nicht um faulen Zauber und wir hatten die Chance die Mörder meiner Familie doch zu finden.

„Und Drittens?", wollte ich wissen.

„Was gibt es noch wichtiges, das Sheng und ich erfahren müssen?"

Bob schwieg, dann räusperte er sich.

„Also…". Pause

„Also…". Pause

„Also, ich weiß nicht wie ... ach, ich habe mich verliebt", platzte es plötzlich aus ihm heraus.

„Und du bist schuld!", setzte er nach.

Ich war total überrascht. Schließlich lebte Bob immer noch mit seiner Mutter Elsa in dem kleinen Haus an der Spanish Trail Road in Tiburon. Ich will nicht sagen, dass ich eifersüchtig war, da ich schon länger keine vernünftige Beziehung mehr hatte. Nein, es freute mich für "Hightower", der nie ein Womanizer gewesen war.

„Wie, ich bin Schuld?", wollte ich dann wissen.

„Also, naja, du hast mich damit beauftragt die Flüssigkeit in der blauen Flasche zu untersuchen und dabei habe ich sie kennengelernt."

„Wen, wie heißt sie, kennen wir sie", wollte Sheng wissen, der alles mitgehört hatte, da ich den Lautsprecher meines Smartphones eingeschaltet hatte.

„Also ... es ist eine Kollegin, sie heißt Ruth. Dr. Ruth Collins."

„So spielt das Leben", dachte ich, hatte ich doch diese Dr. Ruth Collins bezichtigt schlampig bei der Untersuchung der Flüssigkeit in den blauen Flaschen gearbeitet zu haben.

Wir wünschten Bob noch viel Glück und wollten wieder miteinander telefonieren bevor wir zum Heiligen Berg aufbrachen.

Natürlich konnten wir zu Fuß gehen, laufen, auf- und absteigen und wandern, wir waren alle nicht unsportlich. Doch wir erfuhren in den nächsten zwei Tagen, dass in den Bergen alles anders funktioniert. Neben Ausdauer und Kraft ist es vor allem die Trittsicherheit, die dem Stadtmenschen fehlt, wenn er sich in gebirgigem Terrain aufhält. Uns wurde erklärt, dass, wenn wir diese Eigenschaften nicht erlernen würden, uns das - da wir noch nie einen Berg erwandert hatten - zur Verzweiflung bringen könnte. So lernten wir Gehtechniken, seitliches Steigen, kreuzweises Gehen über Steine, ohne zu stolpern. Springen, Stehen, Weitergehen, Anhalten auf Zuruf. Am Ende des ersten Tages schmerzten uns sämtliche Muskeln, aber es sollte noch härter kommen.

Unser Anwalt hatte einen Express-Service gewählt, so dass wir bereits am Morgen des zweiten Tages unsere Ausrüstung erhalten hatten, die uns überraschenderweise auch passte.

Am zweiten Tag lernten wir die Geschwindigkeit beim Gehen zu halten und auf Zuruf zu erhöhen. Richtiges Trinkverhalten. Den Einsatz von Stöcken sowie den inneren Rhythmus.

Obwohl ich unbedingt los wollte, stimmte ich zu, als Sheng vorschlug noch einen weiteren Tag dranzuhängen.

Für diesen Tag stand die fließend harmonische Bewegung der Stöcke, die Kraftverteilung auf alle Extremitäten und die Trittsicherheit auf dem Programm. Wir waren wie an den beiden anderen Tagen über sechs Stunden an der frischen Luft und entsprechend müde, als wir das Hotel erreichten. Da wir drei Tage ununterbrochen geübt hatten, schlug unser Trainer vor für den nächsten Tag einen Ruhetag einzulegen, bevor wir aufbrechen sollten. Wir kamen seinem Vorschlag nach und waren heil froh uns einen Tag nicht bewegen zu müssen.

Wie verabredet telefonierten wir nochmal mit „Hightower". Rick hatte das Pinklen beendet und war auch anwesend. Die beiden hatten auf "Landsend" eine Art Kommandozentrale im Büro meines Vaters eingerichtet. Rick hatte mehrere Bildschirme aufgebaut und einen Hochleistungs-Computer angeschlossen. Ständig liefen die unterschiedlichsten Daten und Informationen kreuz und quer über die verschiedenen Bildschirme. Rick hatte auf unserem I-Pad eine Spezialsoftware geladen. Über ein spezielles Password konnten wir uns identifizieren. Die Software ermöglichte es uns eine abhörsichere Videokonferenz mit Bob und Rick zu führen. Die Länge war allerdings auf zehn Minuten beschränkt.

Sheng öffnete zwei Flaschen Tsingtao und wir stießen symbolisch auf die Geburt von Ricks Sohn Dick Junior an.

Wir teilten den beiden mit, dass wir morgen gemeinsam mit Shaun Liu, der uns begleiten würde, aufbrechen wollten. Wahrscheinlich würden wir in den nächsten Tagen nicht mehr erreichbar sein.

„Tom", meldete sich Rick kurz vor dem Ende unserer Unterhaltung nochmal.

„Der Anwalt konnte diesen Tian Sha aus Peking bislang doch nicht finden. Nach Durchsicht der Passagierlisten hat dieser Sha direkt neben Shaun Liu im Flugzeug gesessen. Zufall oder...?"

Die Verbindung riss ab, der Bildschirm wurde schwarz, die zehn Minuten waren um.

Was hatte das zu bedeuten? Vielleicht konnte sich Shaun an das Gesicht erinnern?

Am darauffolgenden Tag brachen wir in den frühen Morgenstunden auf. In voller Ausrüstung machten wir uns auf den Weg zum Wutai Shan. Man hatte uns darauf hingewiesen, dass wir drei Tage benötigen würden, um in die hinteren Regionen zu gelangen. Als wir starteten war keinem von uns klar welchen der acht Pfade wir wählen sollten und wann wir an die Stelle kommen würden an der sich der Weg in acht Pfade aufteilen würde, wenn das überhaupt der Fall sein sollte.

Mit geschulterten Rucksäcken machten wir uns auf den Weg. Jeder von uns hatte über 15 Kilogramm Gewicht zu schleppen. Gut gelaunt kamen wir zügig voran, bevor wir an einem der zahlreichen Flüsse gegen Mittag unsere erste Rast einlegten. Neben Ersatzkleidung enthielten unsere Rucksäcke Brennzeug, Einmannzelte, Schlafsäcke, ein Notfallkit, Ferngläser, Geschirr, Töpfe, Isomatten und Bergsteigernahrung. An den Seiten der Rucksäcke hingen jeweils zwei Wasserflaschen. Mit Wassermangel war nicht zu rechnen, da es genügend kristallklare Bergbäche gab, die unseren Weg kreuzten. Als die Flaschen zum ersten Mal gefüllt werden mussten, kochten wir das Flusswasser in einem der leichten Töpfe auf dem Gasbrenner, den wir bei uns hatten.

Bis zum Abend hatten wir mehr als fünfzig Kilometer und gute eintausend Höhenmeter zurückgelegt. Unser Weg hatte uns in einem breiten Bogen um die touristenreichen Regionen geführt. Unterwegs waren wir lediglich zwei Gruppen von Mönchen begegnet. Erst als die Dunkelheit Besitz über die Bergregion ergriff, beendeten wir unsere Wanderung und schlugen unsere Zelte auf. Die mitgenommene Tütensuppe schmeckte köstlich. Mit Heißhunger verschlangen wir die Reisplätzchen, die Shaun besorgt hatte.

„Shaun", fragte ich unseren Anwalt, *„wir haben gestern noch mit unseren Freunden aus Amerika gesprochen. Nach Durchsicht der*

Passagierlisten haben sie festgestellt, dass Tian Sha aus Peking, im Flugzeug direkt neben Ihnen gesessen hat. Können Sie sich vielleicht an sein Aussehen erinnern?"

Shaun war überrascht, er zog seine Augenbrauen hoch: *„Das ist ja eine großartige Entdeckung."*

Shaun kaute auf seiner Unterlippe und begann nachzudenken.

„Im Moment fällt mir nichts dazu ein, aber ich werde versuchen mich zu erinnern."

Am nächsten Morgen schmerzten uns sämtliche Knochen, da wir das Schlafen im Freien auf hartem Untergrund nicht gewohnt waren. Es war nicht mehr so heiß jenseits der 1.500 Höhenmeter, die wir gegen Mittag erreicht hatten. Die aufziehende Kälte begann in unsere Sachen zu kriechen. Je höher wir kamen, umso kälter wurde es, so dass wir bereits Handschuhe trugen. Die Mützen tief ins Gesicht gezogen blies uns ein eisiger Wind entgegen. Die Wege wurden Stunde um Stunde immer schmaler und gefährlicher. Von Wurzeln durchzogen folgte eine Stolperfalle der nächsten. Wir durchquerten eine faszinierende, wilde Landschaft. Nur noch gelegentlich sahen wir an den immergrünen Berghängen Statuen, die zum größten Teil vollkommen zugewachsen waren. Gegen Abend erreichten wir ein kleines Plateau, der Wind hatte nachgelassen. Wir suchten dennoch einen schützenden Platz unterhalb einiger Bäume, als es wie aus heiterem Himmel anfing zu regnen. Der Regen war kalt, wir befürchteten er könnte über Nacht in Schnee übergehen. Wie aus Eimern begann es zu schütten, dennoch überstanden wir die Nacht relativ trocken.

Sheng war als erster von uns in den frühen Morgenstunden wach geworden, die Sonne begann gerade aufzugehen. Es hatte endlich aufgehört zu regnen. Ich folgte ihm nach draußen, um etwas Tee für uns zu kochen, als Sheng aufgeregt auf mich zukam.

„Tom, gestern Abend war es bereits zu dunkel, um zu erkennen, dass es sich um ein kreisförmiges Plateau handelt. Ich bin es gerade abgeschritten", berichtete er aufgeregt.

Es raschelte. Wir drehten uns um, doch es war nur Shaun, der aus seinem Zelt kroch.

„Es ist unglaublich, aber von diesem Plateau zweigen tatsächlich acht schmale Pfade ab. Welchem sollen wir folgen?"

„Lasst uns das mal genauer untersuchen", schlug Shaun vor und so gingen wir an den Abzweig jedes einzelnen Pfades, der nur schwer zu erkennen war, da er an der Stelle an der er das Plateau verließ von Grün überwuchert war. Wir schoben das Grün der Büsche zur Seite und betraten den schmalen Pfad des ersten Weges. Zu unserer Überraschung fanden wir nach wenigen Metern am rechten Rand eine in Stein geschlagene Figur. Auf den ersten Blick schien das nichts zu bedeuten. Erst als wir die anderen sieben Pfade betraten und auch hier steinerne Figuren vorfanden, kam uns die Idee, dass jede Figur doch etwas zu bedeuten hatte. Die Figuren sahen sich alle sehr ähnlich. Auf den ersten Blick waren sie kaum voneinander zu unterscheiden. Sie ähnelten einem sitzenden Buddha, gehüllt in ein tüchernes Gewand, das über der Brust dreickförmig geöffnet war. Dann fiel uns auf, dass sieben der Figuren im Brustbereich ein Zeichen, eine Art Brandzeichen hatten. Lediglich bei einer Figur war kein Zeichen vorhanden oder es war so stark verwittert, dass es nicht mehr zu erkennen war.

„Was haben diese Zeichen zu bedeuten?", fragten wir uns.

Mit unseren Messern schnitten wir die Statuen frei von Schlingpflanzen und Sheng begann die einzelnen Zeichen mit seinen Fingern zu ertasten. Sie hoben sich spürbar von ihrem Untergrund ab.

Sheng nahm dann sein Smartphone und fing an Fotos zu machen. Merkwürdiger Weise konnten die Zeichen auf den Bildern nicht erkannt werden, egal wie nah Sheng auch an die Statuen ging. Wir versuchten es dann mit den Smartphones von Shaun und mir. Mit demselben Ergebnis, die Statuen waren zu sehen, die Zeichen nicht.

Sheng holte einen Stift und einen Notizblock aus seiner Tasche und begann die Zeichen zu zeichnen.

Das erste Zeichen stellte ein Auge dar.

Das zweite Zeichen bestand aus zwei gleichseitigen Dreiecken, die ineinander geschoben waren und so eine Art sechszackigen Stern bildeten. An jeder der sechs Spitzen des Sterns befand sich ein Schriftzeichen, das wir nicht näher entziffern konnten.

Shaun klappte den Notizblock zu und wir gingen zum nächsten Pfad.

Das dritte Zeichen stellte eine Pyramide dar, bestehend aus einem Dreieck, das sich über einem gleichschenkligen Trapez befand.

Das vierte Zeichen sah einem Spermafaden ähnlich mit kreisrundem Kopf der zusammen mit seinem Schwanz an den griechischen Buchstaben Omega erinnerte. Bei genauerem Hinsehen konnte es jedoch auch dem kleinen griechischen Delta entsprechen, dessen oberer Bogen stark geschwungen wieder auf den Boden zurückführte.

Wir machten uns auf zum fünften Pfad.

Hier sahen wir einen Kreis mit zwei Strichen innerhalb seiner Fläche. Die Striche sahen aus wie zwei römischen Einsen, wobei die eine schräg verlief und die andere senkrecht. Zusammen ähnelten sie der römischen Zahl sechs.

Das sechste Zeichen bestand ebenfalls aus einem Kreis in dessen Fläche sich drei spiralförmige Fäden mittig in einem Dreieck trafen.

Auf dem siebten Zeichen konnten wir einen sitzenden Menschen erkennen, möglicherweise war es ein Kind.

Die achte Statue enthielt kein Zeichen.

Shaun, Sheng und ich hockten uns kreisförmig auf den Boden. Sheng riss die einzelnen Blätter aus seinem Notizblock und legte sie vor uns hin.

„Das eindeutigste Zeichen ist das Auge. Es bedeutet Wachsamkeit oder etwas zu beobachten", erklärte Shaun.

„Was hat das zu bedeuten, sei wachsam, wenn du diesen Pfad betrittst?", fragte ich die anderen.

Wir sahen uns fragend an?

„Hej, wir müssen an die acht Tugenden des achtfachen Pfades denken", schlug Sheng vor.

Erkenntnis, Absicht, Rede, gerechtes Handeln, rechten Lebenserwerb, Übung, Achtsamkeit und Meditation.

„Genau", antwortete Shaun blitzartig.

„Die siebte Tugend ist die Achtsamkeit."

„Ok, dann nehmen wir uns jetzt den sitzenden Menschen oder das sitzende Kind vor", schlug ich vor.

„Shaun, setz dich doch mal vor uns wie dieses Zeichen."

Shaun kreuzte seine Beine übereinander und ließ die Arme locker hängen. Stütze seine Unterarme mit nach vorne geöffneten Händen leicht auf seinen Knien ab.

„Gute Idee Sheng, Shaun sieht jetzt aus wie einer der betet."

„Oder meditiert."

Meditation, die achte Tugend.

Was folgte war das Omega Zeichen mit dem Spermafaden, das auch wie ein geschwungenes Delta aussah. Wir schwiegen eine Zeitlang, man konnte jedoch merken wie jeder von uns dreien sich seinen Kopf zermarterte.

„Ich hab´s", sagte ich nach einer Weile. *„Sperma bedeute Leben, Omega wird häufig als das Symbol für das Ende genutzt. Und Delta ist auch ein Zeichen für die weibliche Scham."*

„Und nun?"

Sheng sah mich mit großen Augen an.

Irgendwie konnten wir uns die Bedeutung dieses Zeichens doch nicht genau erklären.

Wir legten das Zeichen beiseite und versuchten es mit den verbleibenden vier Zeichen. Wir fanden jedoch keine Erklärung welches Zeichen für welche der anderen Tugenden stand. Irgendwie hatten Sheng und ich jedoch den gleichen Gedanken. Wie Pan war Anhänger des Taoismus und seiner sexuellen Praktiken, die er jetzt offensichtlich bereute und loswerden wollte. Er musste also handeln. Und das Zeichen für die weibliche Scham schien uns da genau der Weg zu sein, den er eingeschlagen hatte.

Die vierte Tugend, gerechtes Handeln.

Die Wolkendecke war mittlerweile aufgerissen und wir begangen mit dem Aufstieg über die Südseite des Berges, dem vierten Pfad folgend.

Wir schwiegen und waren damit beschäftigt auf den steilen Weg zu achten, ohne zu stolpern. Bis gegen Mittag hatten wir die Südflanke nahezu komplett erklommen und folgten dem Kamm des Berges. Ostwind schlug uns eisig entgegen und bog die scharfen Gräser in westliche Richtung. Der Kamm bot den Wurzeln großer Pflanzen keinen Halt mehr, er war steinig, aber durch die Berggräser immer noch grün. Hinter der nächsten Krümmung führte uns der vierte Pfad tendenziell wieder bergab. Wir waren nun auf einer Höhe von gut 2.000 Metern angelangt, als uns ein vor uns auftauchender riesiger Findling die Sicht versperrte. Der Weg schien hier zu enden.

Hatten wir doch den falschen Pfad gewählt?

Erst als wir den Findling erreichten, konnten wir erkennen, dass eine Art Tunnel in das Gestein geschlagen war. Der Tunnel war schmal und lang. Es konnten keine zwei Männer nebeneinander gehen. Sheng steckte als erster seinen Kopf in den Spalt. Totale Finsternis. Nichts war zu erkennen. Wir kramten unsere Taschenlampen aus den Rucksäcken hervor. Die Sonne hatte sich bereits stark nach Westen geneigt, als wir nacheinander im Licht unserer Lampen den Spalt betraten.

Bereits nach wenigen Schritten spürten wir, dass es wieder bergauf ging. Dann erreichten wir eine erste Stufe. Kniehoch stiegen wir hinauf. Der Tunneleingang hinter uns war verschwunden. Der schmale Weg schien immer weiter nach oben zu führen, es folgten weitere Stufen, bis wir vor einer geschlossenen Wand standen. Ich schaute auf meine Uhr, wir waren bereits drei Stunden im Tunnel unterwegs.

„Scheiße, eine Sackgasse, es scheint nicht weiterzugehen", fluchte Sheng.

Unsere Lampen leuchteten das Deckengewölbe und die Seitenwände ab. Es war kalt. Bergwasser tropfte die Wände hinunter.

„Da! Ein Loch."

Mannshoch über uns entdeckten wir ein kreisrundes Loch von nahezu einem Meter Durchmesser.

Was sollten wir tun? Zurückgehen war auch keine Alternative.

Sheng stellte sich mit dem Rücken zur Wand und bot mir seine Hände als Räuberleiter. Ich stieg als erster in das Loch. Nur unweit hinter dem Loch konnte ich mich wieder halbwegs aufrichten. Ich leuchtete nach vorne, der Weg schien weiterzugehen. Er war nicht ganz mannshoch, dafür aber breiter, offensichtlich ein natürlicher Spalt.

Shaun folgte als nächster.

Dann warf Sheng uns seinen Rucksack zu. Auf dem Bauch liegend zogen wir ihn nach oben durch das Loch. Mit eingezogenen Köpfen gingen wir geduckt weiter. Dann erreichten wir ein Gewölbe in dem wir aufrecht stehen konnten. Unsere Taschenlampen leuchteten die Felswände ab, um den Weg wiederzufinden. Da war er. Links von uns. Wir gingen auf den Spalt zu. Wir hatten den Weg wiedergefunden. Und an seinem Ende leuchtete ein helles, weißes Licht. Der Mond. Es dauerte keine zehn Minuten und wir hatten den Berg durchquert. Als wir nach draußen traten, war es bereits Nacht. Vollmond und ein sternenklarer Himmel erwarteten uns. Wir entschieden uns zurück in das Gewölbe zu gehen und dort unser Nachtlager aufzubauen. Völlig erschöpft fiel ich in einen unruhigen Schlaf.

Meine Knochen schmerzten, als ich erwachte. Shaun war bereits wach und hatte ein spärliches Frühstück vorbereitet. Der heiße Tee, den er gekocht hatte, tat uns gut.

Wir traten aus dem Gewölbe an die frische Luft.

Der vierte Tag war ebenfalls gerade erwacht. Ein atemberaubendes Bild empfing uns. Vor uns stand er mit all seiner Macht. Wutai Shan, der heilige Berg. Doch noch trennten uns mindestens 1000 Höhenmeter von seinem Gipfel. Mit neuem Tatendrang brachen wir auf unsere Reise fortzusetzen. Unterwegs stellte ich mir immer wieder dieselben Fragen. Es war unser vierter Tag auf dem vierten Pfad. Hatte das etwas zu bedeuten? Offensichtlich hatte mich die Mystik unserer Suche vollkommen erfasst.

Es war kalt, aber der starke Wind hatte etwas nachgelassen, so dass wir zügiger als erwartet vorankamen. Gegen Nachmittag erreichten wir ein kleines Dorf, nur ein paar Hütten. Wir zählten acht Hütten und ein größeres Gebäude, eine Art Tempel, der mitten in dem kreisrund angeordneten Dorf stand. Direkt unterhalb des Gipfels des

Wutai Shan arbeiteten einige Mönche an den Berghängen. Mit großen Augen und freundlich lächelnd wurden wir empfangen.

Was erwartete uns hier?

Kapitel 33

Landsend, 2015

Bob und Rick saßen in der Kommandozentrale von "Landsend". Vor ihnen leuchteten die Bildschirme und der Kaffee dampfte in ihren Tassen.

„Verdammt, der letzte Anruf ist vier Tage her und wir bekommen immer noch keine Verbindung zustande", fluchte Rick.

Das letzte Gespräch war ruckartig abgebrochen, ohne dass Rick den beiden die entscheidende Entdeckung mitteilen konnte. Den Sicherheitsgedanken von Rick musste eben manchmal auch Tribut gezollt werden. Rick, der sich die Passagierliste des Fluges nach Peking über seine Kanäle im Netz besorgt hatte, konnte so erkennen, dass alle vier Personen Shaun Liu, Kim Zhu aus Tianjin, Mae Zhang aus Anshan und Tian Sha aus Peking einen Sitzplatz in der Businessklasse gebucht hatten.

Shaun Liu saß auf Platz 6A, neben ihm saß Kim Zhu auf Platz 6B. Mae Zhang saß auf Platz 9B und Tian Sha auf Platz 4C.

Rick war die Idee gekommen, dass Kim Zhu sich vielleicht an den Mann, der nur zwei Reihen schräg vor ihr gesessen hatte erinnern konnte. Sie müsste den besten Blick auf den noch immer gesuchten Tian Sha gehabt haben. Rick wollte mit ihr sprechen und war gerade dabei einen Dolmetscher ausfindig zu machen.

„Also, wer saß denn direkt neben Tian Sha?", wollte Bob wissen, nachdem er seinen Kaffee wieder auf die Schreibtischplatte stellte.

Die Passagierliste erschien nahezu unaufgefordert auf einem der Bildschirme.

Platz 4D gehörte einem Amerikaner Namens Walter Trout. Am Gang neben Platz 4C auf Platz 4B saß ein Chinese Namens Enbo Yu.

„Das ist eine gute Frage gewesen, "Hightower". Ich werde erstmal den Amerikaner fragen."

Walter Trout, offensichtlich ein Namensvetter des bekannten Bluesgitarristen.

Trout machte eine erstaunliche Aussage. Er konnte sich nicht richtig an das Aussehen des Chinesen erinnern, dunkle Haare und Schlitzaugen, so wie sie halt alle aussehen. Aber das war nicht das Entscheidende. Trout saß überhaupt nicht neben Tian Sha. Der hatte zwar den Platz neben ihm gebucht, wechselte aber auf Wunsch eines anderen Passagiers seinen Sitzplatz gleich nachdem die Maschine gestartet war. Er – Trout – saß dann neben einer Chinesin.

Ob er sich denn erinnern könnte auf welchen Platz Sha gewechselt hätte?

Ja, auch das konnte Trout. Es war der Platz der Chinesin, Platz 6B.

Tian Sha wechselte von 4C auf 6B, auf den Platz von Kim Zhu. Er saß somit neben Shaun Liu, offensichtlich auf dessen Wunsch.

„Wir müssen doch mit dieser Kim Zhu sprechen, vielleicht erinnert sie sich aus welchem Grund der Sitzplatzwechsel stattfinden sollte."

Rick wählte einen Dolmetscher, der unter dem Vorwand, dass offensichtlich eine äußerst teure Herrenarmbanduhr im Flugzeug liegen geblieben war, nun im Namen der Fluggesellschaft deren Besitzer suchte und daher alle Passagiere der Buisinessklasse befragte. Man versuchte mögliche Sitzplatzwechsel nachzuvollziehen. Er deutete an, dass die Uhr wohl aus dem Einbruch in ein Juweliergeschäft stammen könnte.

Kim Zhu gab bereitwillig Auskunft.

Sie hatte ihren Platz mit dem Fluggast von 4C gewechselt und zwar auf Wunsch von Shaun Liu, neben dem sie vorher gesessen hatte. Herr Liu und der andere Passagier, dessen Namen sie nicht kannte, waren wohl miteinander befreundet. Herr Liu hatte sie um diesen Platzwechsel gebeten, da er seinen Bekannten längere Zeit nicht gesehen hätte. Die beiden hatten sich offensichtlich einiges zu erzählen. Immer wenn Kim Zhu während des Fluges zufällig oder nach einem Toilettengang die beiden Männer sah, hatten diese ihre Köpfe zusammengesteckt und redeten. Kim Zhu hatte jedoch den Eindruck, als würden sie miteinander streiten, zwar leise und unaufgeregt, aber über irgendetwas waren sie offensichtlich unterschiedlicher Meinung. Was es gewesen sein konnte, wusste sie jedoch nicht. Vielleicht handelte es sich ja um den Raub aus dem Juweliergeschäft.

„Tom hatte uns doch berichtet dass Shaun Liu diesen Tian Sha nicht finden konnte. Er hat aber nie erwähnt, dass er ihn kennt. Irgendwie ist das merkwürdig, irgendetwas stimmt hier doch nicht", resümierte Bob nachdenklich.

Die beiden Freunde hatten ein ungutes Gefühl.

Waren Sheng und Tom in Gefahr?

Kapitel 34

Der Gipfel des Wutai Shan, 2015

Wir waren beeindruckt von der Einfachheit des kleinen Dorfes. Einer der Mönche führte uns auf den kreisrunden Platz zu dem in der Mitte liegenden Tempel. Alles machte auf uns den Eindruck, dass an diesem Ort der Abgeschiedenheit Ordnung, Ruhe, gegenseitige Achtung und Freundlichkeit eine wichtige Rolle spielten.

Offensichtlich freute er sich über den seltenen Besuch. Bescheiden, aber auch mit einer Art von Stolz in seinen Augen, zeigte er in Richtung eines der zahlreichen Berghänge. Wir sahen vereinzelte Schafe, Ziegen und Hühner. Die Mönche hatten terassenförmige Plateaus in den Felshängen der Südseite angelegt. Hier bauten sie Erdnüsse, Hülsenfrüchte, Soja, Mais und Gemüse an, um sich selbst ernähren zu können.

Wir erkundigten uns nach Wie Pan. Der Mönch gab ohne zu zögern Auskunft und erläuterte uns, dass ihre Gemeinschaft aus acht Mönchen bestand. Jeder lebte alleine in einer der Hütten. Gemeinsam waren sie für die Einhaltung ihrer Lebensform, Ernährung und Meditationsphasen verantwortlich. Immer wenn sich neue Mönche ihnen und ihrem Glauben anschließen wollten, dann wurde eine neue Hütte für sie gebaut. Einer von ihnen hieß Wie Pan. Er war noch nicht lange unter ihnen und trug somit noch seinen alten Namen, den er aber bald ablegen würde.

Wir könnten ihn auch gerne sprechen, müssten uns aber noch bis morgen gedulden, da er heute den ganzen Tag in seiner Hütte meditierte. Morgen, nach der gemeinsamen Frühmeditation aller acht Mönche im Tempel, könnten wir ihn dann aufsuchen.

Ein weiterer Mönch, gehüllt in einen bodenlangen Umhang aus wärmendem Fell, hatte sich zu uns gestellt und bat uns unsere Schuhe auszuziehen, die Füße zu waschen und mit ihm den Tempel zu betreten. Trotz der Kälte trug der Mönch nur lederne, offene Sandalen, die er ebenfalls auszog, bevor auch er sich seine Füße wusch.

Wir legten unsere Rucksäcke ab, zogen die Schuhe aus, wuschen unsere Füße und betraten den Tempel durch eine stabile Holztür. In seinem Inneren sahen wir einen einfach ausgestatteten Raum auf dessen Boden mehrere mit getrocknetem Gras gefüllte Kissen lagen. An der Rückseite befand sich eine gut drei Meter hohe Buddhastatur aus Holz. Überall brannten Kerzen und Räucherstäbchen deren Duft an Weihrauch und Myrre erinnerte. Es herrschte Stille, totale Stille. Die dicken Holzwände sorgten für eine Oase der Meditation. Irgendwo brannte ein Feuer in einem Ofen, denn es war warm innerhalb des Tempels. Von der Kälte, die draußen herrschte, war hier drinnen nichts zu spüren. Wir setzten uns mit den beiden Mönchen auf die Bodenkissen und verharrten nahezu eine halbe Stunde, ohne zu sprechen oder uns zu bewegen. Dann verließen wir gemeinsam mit dem Mönch den Tempel.

Einer der Mönche, der seine Arbeit im Berghang erledigt hatte, lud uns ein, in der Holzhütte am Rande des Dorfes, gut fünf Minuten von hier, zu nächtigen. Es gab offensichtlich eine Art Gästehaus für Wanderer, die sich hierhin verirrten oder für Neuankömmlinge, die der Gemeinschaft noch nicht beigetreten waren. Wir nahmen dankend an. Die Tür war unverschlossen. Die Hütte hatte nur einen Raum, keine Betten, sondern nur mit Gras gefüllte Kissen und Matratzen. Keine Stühle, sondern nur einen bodentiefen Tisch. Ein kleiner Ofen spendete Wärme. Waschen konnte man sich vor dem Haus in den mit Regenwasser gefüllten Holztrögen. Der Mönch wollte am nächsten Morgen wieder zu uns kommen und uns zur Hütte von Wie Pan bringen.

Es war bereits früher Abend und wir wollten uns rechtzeitig schlafen legen. Trotz des anstrengenden Tages wälzte ich mich unruhig auf meinem Strohbett hin und her.

Was würde uns morgen erwarten?

Was war Wie Pan für ein Mensch?

Was war damals geschehen?

In meinem Kopf breitete sich ein Gedankengewirr von Neugier, Erwartung, aber auch Ablehnung und Wut zusammen. Unwillkürlich musste ich an die Männer im Jagdhaus denken, auch wenn ich jetzt wusste, dass alles nur inszeniert war. Inszeniert für diesen Wie Pan. Er war mitverantwortlich dafür, dass das Band der Liebe und des Vertrauens zwischen mir und meinem Vater zerriss. In dem Wirrwarr meiner Gedanken schien die Wut allmählich überhand zu nehmen. Wut und Schmerz.

Schmerz darüber, dass ich meinen Vater seit damals nicht mehr lieben konnte, obwohl ich es mir tief in meiner Seele immer wieder gewünscht hatte. Ein Sohn braucht seinen Vater, doch das hatte man mir genommen. Und mitverantwortlich war dieser Wie Pan, den ich morgen endlich zu Gesicht bekommen würde.

Würde das, was ich dann erfahren sollte, mir weiteren Schmerz zufügen?

Würde ich immer noch vor dem Nichts stehen, wenn Wie Pan seine Geschichte erzählt hatte?

Wenn ich die Wahl hätte zwischen dem Nichts und dem Schmerz, dann würde ich den Schmerz nehmen. Das war mir bewusst.

Andererseits, wenn dieser Wie Pan wirklich bereute was er damals auch immer getan haben mochte, würde er meine Gedanken besänftigen können.

Würde ich dann auch verzeihen können?

Die Fragen, die sich mir stellten, wurden immer absurder. Schließlich schlief ich endlich ein.

Ich schlug die Augen auf, die Nacht war beendet, als der Mönch vor unserer Tür erschien.

Draußen war es kalt. Der Himmel hing voll grau schwangerer Wolken. Es sah so aus, als sollte es heute noch anfangen zu schneien. Der Mönch führte uns zu einem der acht Holzhäuser, faltete seine Hände, verbeugte sich kurz vor uns und ließ uns allein.

Die Tür öffnete sich, ein rundes Gesicht mit kahlrasiertem Schädel blickte uns entgegen. Ein kleiner Mann trat hervor. Ruhig und besonnen begrüßte er uns und bat uns in die Hütte zu kommen. Wärme schlug uns entgegen. Er hatte Tee gekocht. Wir sollten auf den Kissen Platz nehmen.

„Ich bin Wie Pan", begann er mit ruhiger, unaufgeregter, leiser Stimme zu sprechen. Die anderen Mönche hatten ihm nach der morgendlichen Mediation mitgeteilt, dass wir ihn suchten und sprechen wollten.

Der Mann, den ich vor mir sah, hatte nur noch wenig mit dem Bild, das uns Rick kurz vor unserer Reise nach China besorgt hatte, gemeinsam. Es stimmte auch nicht mit meiner Erinnerung überein. Das dicke Gesicht und der massige Körper waren verschwunden. Wie Pan hatte viel an Gewicht verloren.

Ich ergriff das Wort, stellte mich kurz als Sohn von Frank Scott vor und berichtete darüber, dass meine Familie, Norman Brooks und Chun Lin ermordet worden waren. Unser Anwalt Shaun übersetze es Wie Pan. Der schaute überrascht. Nur vom Tod Chun Lins wusste er, da er an dessen Beerdigung teilgenommen hatte nachdem der Leichnam nach China überführt worden war. Er beugte seinen Oberkörper immer wieder nach vorne und sagte mit gefalteten Händen, dass es ihm Leid täte.

Dann fragte ich ihn nach dem Bau der Xiaolangdi-Talsperre und seine Erinnerungen an die damalige Zeit.

Bereitwillig, so als wüsste er genau wer wir sind und was wir wissen wollten, gab er Auskunft. Ganz so, wie es Professor van Buren uns prophezeit hatte. Offensichtlich hatte er auf uns gewartet. Er begann zu sprechen, deutlich und langsam, ohne große Gesten, so dass Sheng und Shaun für mich übersetzen konnten. Er sah mir in die Augen und immer wenn Wie Pan glaubte, dass ich etwas nicht verstanden hatte, versuchte er es in gebrochenem Englisch zu erläutern.

„Es ist lange her, aber ich bin froh endlich darüber sprechen zu können....."

Es schien als wäre er regelrecht erleichtert, dass wir seine Geschichte hören wollten und er endlich Buße tun konnte indem er über alles redete.

Wie Pan erzählte von sich und seinem Freund Chun Lin, ihrem taoistischen Glauben und den Praktiken zur Lebensverlängerung an die sie glaubten. Beiden war klar, dass sie viel Geld benötigten, um den Lohn hierfür zu erhalten. Letztendlich ging es um ewiges Leben und dafür waren sie bereit alles zu tun.

Wies Halbonkel Deng Xiaoping hatte das richtige Projekt – den Bau des riesigen Staudamms – das ihnen viel Geld einbringen sollte. Obwohl Wie Pan ein Bauunternehmen besaß, hatte er keine Ahnung wie er den Staudamm zu bauen hatte. Chun Lin hatte den Kontakt zur Weltbank und zu Norman Brooks hergestellt. Norman Brooks schließlich hatte Frank Scott und sein Unternehmen ins Spiel gebracht. Und Frank Scott, der wusste wie man den Staudamm zu bauen hatte. Er war voll des Lobes über das technische Wissen meines Vaters. Wie Pan geriet plötzlich nahezu ins Schwärmen, als er begann Einzelheiten über den Bauablauf, den Baubetrieb und den Geräteeinsatz zu schildern. Riesige Bagger und unvorstellbare Mengen an Beton kamen zum Einsatz. Immer wieder breitete er seine Arme aus, um das Gesagte zu unterstreichen. Er hatte viel von Frank Scott gelernt, der sein Wissen offensichtlich gerne mit ihm geteilt hatte. So hatte er ihm erläutert, dass die Wahl bestimmter Zusatzmittel im Beton dazu führte, dass die Wärmeentwicklung des Betons beim Abbinden und damit die Schwindspannungen verringert wurden, gleichzeitig erhielt der Beton durch die Einsparung an Zement eine sehr hohe Druckfestigkeit und Wasserdichte. Die Widerstandsfähigkeit des Betons gegen Angriffe des Wassers wurde somit erhöht. Sie hatten es dank Franks Kentnissen geschafft, eine vollkommen wasserdichte Sperrmauer herzustellen. Pans Augen glänzten, er schien immer noch begeistert von dem was sie geschaffen hatten.

Doch dann wurde er wieder sachlich und nachdenklich als er weiter erzählte.

Die Baukosten für das Projekt waren mit über 4,2 Milliarden US-Dollar veranschlagt. Das Projekt sollte teilweise von der Weltbank finanziert werden. Norman Brooks war ein skrupelloser Banker, der dieses Projekt nutzte, um einen unglaublichen Coup zu landen, der alle vier beteiligten Männer unsagbar reich machen sollte.

„…mit einem Nachlass von 10% auf unseren Angebotspreis erhielten wir für rund 3,8 Milliarden US Dollar den Auftrag zum Bau des Staudamms. Nur durch einen Trick hatte Norman Brooks unser Angebot manipuliert…..", berichtete Wie Pan mit ausdruckslosem Gesicht. Er erzählte von der manipulierten Kiste und dem unbemerkten Austausch ihres Angebotes.

„….Mitte der neunziger Jahre erhielten wir schließlich den Auftrag zum Bau. Norman Brooks verhandelte damals im Namen der Weltbank den festgelegten Wechselkurs zwischen der Weltbank und der Chinesischen Volksbank im Verhältnis von eins zu neun. Das Auftragsvolumen von 3,8 Milliarden US Dollar entsprach damit rund 35 Milliarden Yuan. Was soweit kein ungewöhnlicher Vorgang war. Währungsschwankungen und Risiken sollten somit abgemindert werden. Die chinesischen Arbeiter, Materialien, Benzin und Öl mussten schließlich in Yuan bezahlt werden und diese Bezahlung geschah häufig in bar….".

Die Bauarbeiten hatten gerade begonnen, als Brooks die drei anderen Männer eines Abends zu sich in das extra für ihn errichtete Haus oberhalb des Jangtse einlud. Von außen war das Haus kaum von einem normalen chinesischen Gebäude zu unterscheiden. Von innen war es jedoch komplett in westlichem Stil eingerichtet. Es war ein offizieller Termin, denn es mussten einige Auszahlungsformalitäten zwischen der Baugesellschaft und der Weltbank besprochen werden. Höflich begrüßte er die drei Männer per Handschlag unter den Augen seiner Mitarbeiter. Von der Verbindung der vier Männer untereinander wussten seine Mitarbeiter nichts. Nachdem die formellen Einzelheiten geklärt waren, entließ Brooks seine Mitarbeiter, die das Besprochene zu Protokoll bringen sollten. Die vier Männer waren allein unter sich.

Brooks hob ein Glas Canyon Road - einen extra für ihn eingeflogenen kalifornischen Chardonnay - drehte es gegen das Licht, ließ den Wein im Glas ein wenig kreisen und prostete den anderen kurz zu. Nachdem die frischen Aromen vom grünen Apfel, Zitrus und tropischen Früchten sich im körperbetonten Wein entfaltet hatten, nahm er einen Schluck und genoss den cremigen Abgang mit feinem Vanillearoma. Dann begann er zu sprechen. Hierbei wandte er sich vor allem an Frank Scott: *„Folgendes musst du wissen, was Chun und Wie vielleicht schon zumindest in einigen Teilen bekannt ist. Bereits 1949*

174

wurde der Renminbi als offizielles Zahlungsmittel vom kommunistischen Regime nach Gründung der Volksrepublik China eingeführt. Die Währungseinheit ist der Yuan und wird von der Chinesischen Volksbank herausgegeben. Der Renminbi wird auch als das sogenannte Volksgeld bezeichnet. Daneben gibt es seit 1979 das sogenannte Fremdengeld, das von der Bank of China herausgegeben wird. Ausländische Besucher müssen alle Finanztransaktionen mit eigens für sie herausgegebenen Foreign Exchange Certificates sogenannten FEC's abwickeln. Die Währung der Ausländer ist der „Waibi", das „Fremdengeld" im Unterschied zum „Renminbi", dem „Volksgeld".

In China beschäftigte ausländische „Experten", also auch wir, werden teils in Renminbi, teils in konvertiblem Waibi entlohnt. Die Einzelheiten haben wir ja gerade mit meinen Mitarbeitern besprochen.

Importwaren sowie für den Export bestimmte und daher höherwertige chinesische Produkte sind somit theoretisch Ausländern vorbehalten und nur gegen FEC-Certificate oder Waibi erhältlich.

Die Folge ist, dass sich ein beträchtlicher Schwarzmarkt für Waibi Geld entwickelt hat, damit auch Teile der Chinesischen Bevölkerung von den hochwertigen Waren partizipieren können."

Wie Pan erläuterte uns diesen Prozess so genau, als wäre er selbst Bänker gewesen. Von Zeit zu Zeit blickten uns seine mandelförmigen Augen an, um in unseren Gesichtern zu erkennen, ob wir alles verstanden hatten.

„...da das Geld für unser Bauprojekt an einen festen Umtauschkurs gebunden ist und wir täglich Auszahlungen für alles Mögliche tätigen müssen, wurde es in vollem Umfang", Brooks machte eine kurze Pause und sah in die Gesichter von Pan, Lin und Scott, *„die ganzen 35 Milliarden Waibi, sie wurden bereits jetzt an uns ausgezahlt und sie werden von mir verwaltet."*

Brooks begann zu grinsen und nahm erneut einen Schluck des köstlichen Weißweins.

„Das Geld liegt sicher in einem gut bewachten Tresor in einem extra für die Weltbank errichteten Bankgebäude, direkt an den Ufern des Jangtse. Auf dem Schwarzmarkt hat das Geld, das uns oder besser gesagt euch für den Bau zur Verfügung gestellt wurde, einen Wert von 1,25-mal so viel, also fast 44 Milliarden Yuan."

Brooks schaute in die Runde und hob die Augenbrauen.

„Und nun zu dir Chun. Jeden Abend entnehme ich größere Mengen an Waibi und werde sie dir geben."

Chun Lin sah ihn erwartungsvoll an.

„Du wirst deine Verbindungen nutzen und das Geld auf dem Schwarzmarkt in Yuan umtauschen, die du mir dann zurück bringst. Dein Netzwerk an kleinen Dieben, das du dir damals in Luoyang aufgebaut hast, ist dafür perfekt geeignet."

Brooks begann zu lachen.

Chun stimmte in das Gelächter mit ein, obwohl er noch nicht ganz verstanden hatte worauf Brooks hinaus wollte.

„Die Idee ist, dass wir somit im Laufe der Jahre, in denen der Staudamm gebaut wird, ein Delta von gut neun Milliarden Yuan erwirtschaften, was nach Abzug einiger Kosten für dein Netzwerk fast einer Milliarde US Dollar entspricht. Niemand wird etwas merken, da wir uns das Geld ja nur vorübergehend quasi ausleihen werden. Keiner kennt unsere Verbindung und wird etwas ahnen, da ich ja der neutrale Verwalter des Geldes bin."

Die Männer sahen sich an. Sie hatten verstanden was Brooks vorhatte.

„Wie hoch ist unser Anteil an dem Coup?", wollte Pan wissen.

„Die Hälfte davon erhalte ich, also 500 Millionen, da es ja meine Idee ist und ich das größte Risiko trage. Der verbleibende Rest wird unter euch dreien aufgeteilt".

„Das sind ja für jeden von uns gut 160 Millionen US Dollar", resümierte Frank Scott.

Eine unfassbare Menge Geld. Alles hörte sich so einfach an.

Die vier Männer begannen zu jubeln, erhoben ihre Getränke und stießen unter klirrenden Gläsern an.

„Norman, du bist genial."

„Gambe, Gambe, Gambe, Gambe!", hallte es durch den Raum.

„Ja, so war es geplant, aber es kam dann doch anders.", sagte Wie Pan plötzlich.

Wir sahen Pan erwartungsvoll an, er hatte uns mit seinen Schilderungen ganz und gar in seinen Bann gezogen.

Norman Brooks, der seit 1994 einem Ausschuss angehörte, in dem China und die USA eine inoffizielle Koppelung des Yuan an den US-Dollar festlegten, kam eines Tages am Anfang eines Monats aufgeregt zu uns.

„Männer", sagte Brooks, „die Chinesische Regierung hat festgelegt, dass zum Ende des Monats der Waibi, also das Fremdengeld, seinen Wert verliert. Ich bin der Einzige, der das jetzt schon weiß, die Bevölkerung wird erst nächsten Monat darüber informiert."

„Und was bedeutet das für uns?", wollte Pan wissen.

„Das bedeutet, das Geld, das in unserer Bank liegt, wird eins zu eins gegen Yuan getauscht. Wir können es nicht weiter auf dem Schwarzmarkt zu einem höheren Kurs tauschen. Keiner will es am Ende des Monats mehr haben, wenn es offiziell wird. Ich habe nachgerechnet. Chun hat erst gut eine Milliarde Waibi auf dem Schwarzmarkt getauscht, das entspricht ungefähr 28 Millionen US Dollar. Anstelle der 160 Millionen würdet ihr nicht einmal 5 Millionen US Dollar erhalten. Das ist entschieden zu wenig, wir müssen uns etwas einfallen lassen."

Er sah in die Runde der Männer und wartete auf ihre Antworten.

„Gut", sagte Frank Scott als erster, *„das ist weniger als wir erwartet haben, aber immerhin 5 Millionen und für dich sogar das Dreifache."*

Brooks räusperte sich. *„Es gibt zwei weitere Probleme. Erstens brauche ich das Geld ….."*

Er hatte uns damals nicht erzählt welche Versprechungen er dem Klux-Klux Klan gemacht hatte.

… und zweitens sind noch vier Milliarden Waibi auf dem Schwarzmarkt unterwegs, die noch nicht mit dem entsprechenden Gewinn zurück sind."

Er blickte in Chuns Richtung. Der bestätigte, dass seine Schergen noch im Verzug waren und das Geld noch nicht komplett umgetauscht hatten.

„Wenn die Waibi in Yuan umgetauscht werden, wird es einen Kassenvergleich geben und dann fehlen vier Milliarden Waibi."

„Und dann bist du wegen Veruntreuung von Baugeldern dran", schlussfolgerte Frank Scott.

„Genauso ist es. Und was das bedeutet ist euch hoffentlich klar. Es erwartet mich die Todesstrafe."

Nach einer kurzen Pause sagte Brooks: *„Aber euch ist klar, dass ich meinen Kopf nicht alleine hinhalten werde."*

Die Männer überlegten bis spät in die Nacht was sie tun könnten, um die Situation zu ihren Gunsten zu ändern, hatten aber keine sie wirklich weiterbringende Idee.

Wie Pan begann zu schwitzen, er hatte Todesangst.

Chun sollte zunächst bis zum Ende des Monats möglichst viel der fehlenden vier Milliarden aus dem Schwarzmarkt zurückholen. Brooks blieb trotz dieser Situation relativ gelassen, sie hatten schließlich noch fast vier Wochen Zeit.

Brooks wurde von Dayuzhen, der Stadt in der sie alle während der Bauarbeiten lebten, nach Peking zitiert. Mit der Bank of China wurde ein Kassenabgleich durchgeführt, der dazu führte, dass nach Abzug aller Ausgaben noch 29 Milliarden Waibi an Geldscheinen im Tresor der Kasse liegen mussten. Der Betrag wurde schriftlich von Brooks bestätigt und protokolliert. Am nächsten Wochenende würden Mitarbeiter der Bank of China das Geld in geschützte Transportfahrzeuge verladen und in die nächste Verbrennungsanlage bringen. Das Geld sollte unter ihrer Aufsicht verbrannt werden, da es wertlos wurde. Zeitgleich sollten der Baugesellschaft 29 Milliarden Yuan zur Verfügung gestellt werden.

Brooks reiste zurück nach Dayuzhen. Chun hatte es geschafft eine Milliarde zurückzuholen.

Tatsächlich lagen somit jedoch nur noch 26 Milliarden Waibi an Geldnoten in dem Tresor, die auch durch die eine Milliarde, die

Chun aus dem Umtausch erwirtschaftet hatte nicht ausgeglichen werden konnte. Eine Aufdeckung der Veruntreuung von mindestens zwei Milliarden Waibi schien unausweichlich.

Die vier Männer hockten zusammen, grübelten und schwiegen. Sie standen unter unheimlichem Druck und befürchteten die Todesstrafe.

Sie waren gut mit den Bauarbeiten der eigentlichen Staumauer vorangekommen, so dass für die nächste Woche bereits erste Feierlichkeiten geplant waren und der Umleitungskanal zumindest teilweise für die geplante Feier wieder geöffnet werden sollte.

„Verdammt, wir sind so gut im Zeitplan, dass wir die Talsperre schon zum Teil fluten könnten", unterbrach Frank Scott die Stille.

„Eigentlich hätten wir uns einen Bonus verdient. Doch jetzt haben wir ein ganz anderes, viel größeres Problem."

Norman Brooks sprang unerwartet auf und ging auf Scott zu: *„Mensch Frank, das ist es, ich habe die Lösung für unsere Probleme."*

Die Männer sahen ihn erwartungsvoll an.

„Wir fluten und zwar einen Tag bevor das Geld geholt werden soll. Also einen Tag vor den offiziellen Feierlichkeiten. Das Geld geht dann im wahrsten Sinne des Wortes den Bach hinunter. Und wir sind versichert."

Brooks kramte einen Zettel und einen Stift hervor und begann zu rechnen, er war jetzt ganz in seinem Element.

„Verdammt, das ist es, wir werden noch reicher als geplant, das ist ja der Wahnsinn!", jubelte er.

„Wir werden das ganze Geld, also die 26 Milliarden aus dem Tresor entnehmen. Chun wird das Geld über sein Netzwerk offiziell eins zu eins bei der Bank of China in Yuan umtauschen lassen. Da die Bevölkerung und andere Unternehmen das ab dem nächsten Monat, wenn alles offiziell verkündet wird, auch tun müssen. Wir fluten und das Bankgebäude ersäuft im steigenden Jangtse. Die Versicherung zahlt der Baugesellschaft die 29 Milliarden Yuan. Alles ist sauber, keine Veruntreuung. Und wir....", Brooks hielt seinen Zettel in die Höhe und begann begeistert zu zählen, *„wir werden 26 Milliarden plus der einen*

Milliarde aus dem höherem Umtausch plus der 3 Milliarden, die ja noch im Umlauf sind, erhalten. Das sind 30 Milliarden Yuan, das entspricht 3,3 Milliarden USD. 1,65 Milliarden für mich und 550 Millionen für jeden von euch!"

Was für ein Wahnsinns-Coup!

Das galt es ausgiebig zu feiern.

Wie Pan und Chun Lin wollten unter diesen Voraussetzungen und den Angstzuständen unter denen Pan in den letzten Tagen gelitten hatte jetzt die nächste Stufe auf ihrem Weg zu ewigem Leben möglichst umgehend erklimmen. Würden sie doch offensichtlich – Brooks sei Dank – dem Teufel noch einmal von der Schippe springen.

Was ihnen jetzt nur noch half war totale Reinheit, Unversehrtheit und absolute Unschuld.

Chun flüsterte Pan ins Ohr: *„Ich habe gefunden was wir brauchen. Jetzt ist genau der richtige Zeitpunkt gekommen."*

Chun hatte während seiner Reisen durch die Täler des Jangtse einen Bauern gefunden, der vier Kinder hatte. Darunter zwei zwölf Jahre alte Mädchen, Zwillingsschwestern. Der Bauer war bereit ihnen die Mädchen gegen eine gewisse Menge an Geld, die es ihm und seiner Familie ermöglichte ein sorgenfreies Leben zu führen, zur Verfügung zu stellen. Der Bauer konnte sich vorstellen, was die beiden Männer vorhatten, wollte es aber nicht genauer wissen.

Die Vorbereitungen für den geplanten Tag der Feierlichkeiten waren in vollem Gange. Die Wände des Umleitungskanals waren an mehreren Stellen angebohrt worden und die Löcher mit Dynamitstangen gefüllt worden.

Am Tag vor den eigentlichen Feierlichkeiten saßen die vier Männer beieinander, als Wie Pan einen Hilferuf nach Peking absetzte. Pan teilte den maßgebenden Beamten mit, dass man angeblich Risse in den Kanalwänden entdeckt hatte, die dazu führen würden, dass sich riesige Wassermassen unkontrolliert in das Tal des Jangtse ergießen würden. Man brauchte bereits einen Tag früher die Genehmigung aus Peking, die Kanalwände in spätestens fünf Stunden kontrolliert zu sprengen, um größeren Schaden von der Staumauer fernzuhalten.

Den vier Männern war klar, dass die Genehmigung spätesten in fünf Stunden gegeben werden würde, da Peking keinerlei Verantwortung irgendwelcher Risiken übernehmen wollte.

Fünf Stunden in denen die Männer unterschiedlichen Aufgaben nachgingen. Norman Brooks sollte die Genehmigung aus Peking erhalten und im Anschluss die Sprengung der Kanalwände offiziell freigeben. Die drei anderen waren für die Sprengung zuständig. Während Brooks in seinem Haus auf den Anruf aus Peking wartete, sollten die drei anderen die Sprengung vorbereiten. In fünf Stunden wollte man sich im Haus von Chun Lin, das am nächsten an der Staumauer lag, treffen, um gemeinsam zu feiern.

Tatsächlich kümmerte sich aber nur Frank Scott um die Sprengarbeiten, Pan und Chun sollten die in den benachbarten Häusern noch verweilenden Menschen über die vorzeitige Sprengung informieren.

„Wie, wir brauchen keinen mehr zu informieren, da lebt doch keiner mehr", sagte Chun. *„Wir nutzen die Zeit für uns, der Bauer wird gleich mit seinen beiden Töchtern da sein. Ich habe ihn schon bestellt, das Geld für ihn liegt bereit."*

Kaum hatte Chun ausgesprochen, als es an der Tür des Hauses klopfte. Pan war begeistert, er konnte nicht glauben was er sah. Unschuldig wie zwei Engel, so rein die hellen Gesichter. Er konnte es nicht abwarten endlich das zu tun, worauf er bereits Jahre gewartet hatte. Seine Ängste würden verschwinden. Ewiges Leben wartete auf ihn. Aber zuerst folgte die rituelle Waschung. Reinheit war das erste Gebot ihres Rituals.

Nebelschaden krochen den gefliesten Boden entlang, aphrodisierende Düfte füllten den Raum. Wie in Wolken gehüllt saßen die beiden Engel auf den mit weißen Bettlaken bezogenen Betten. Pan und Chun betraten den Raum und begangen sich zu entkleiden, sie waren bereit von den süßen Früchten zu kosten. Die Augen der Engel füllten sich mit Tränen, als die Männer auf sie zukamen. Wie aus dem nichts begangen sie zu singen. Pan war wie benebelt von ihrem Gesang. Hohe Töne, immer höher schienen sie zu steigen, bis sie in ein unausstehliches Kreischen übergingen. Die Mädchen schrien, von Panik erfasst.

„*Ruhig, seid endlich ruhig!*", rief Pan in wilder Aufruhr. Er ging auf die Mädchen zu und wollte ihnen die Hände auf den Mund legen. Ihre Schreie sollten ersticken. Doch bevor er die Betten erreicht hatte, fand das Geschrei ein Ende.

Plötzlich, unerwartete Stille.

Wie die Ruhe vor einem Sturm.

Dann wie aus dem Nichts ein lautes Krachen.

Hatte Frank Scott schon mit der Sprengung begonnen?

Nein!

Es war die Tür zum Haus, die unter lautem Getöse aus ihren Angel sprang. Unerwartet, getrieben von Schuldgefühlen, stand der Bauer in der Tür. Er war nicht alleine. Im Schlepptau hatte er seine Frau und zwei junge Burschen. Er hielt Lin und Pan das Geld entgegen. Er wollte seine Töchter zurück. Die Frau fiel auf die Knie und begann zu jammern. Wild gestikulierend redete der Bauer auf Pan und Lin ein. Die sprangen in ihre Sachen und wussten nicht wie ihnen geschah. Die jungen Burschen liefen auf die Betten zu und hüllten die nackten Mädchen in Laken. Das totale Chaos brach aus.

Geschrei, wildes, lautes Geschrei ……

Die Frau war aufgestanden und begann auf die Männer einzuschlagen. Pan und Lin waren handlungsunfähig und total verwirrt. Dann schubste Lin die Frau und sie fiel zurück auf ihre Knie.

Plötzlich ein ohrenbetäubender Knall.

Dynamit, funkte es durch Pans Kopf.

Nein, doch nur ein Schuss.

Norman Brooks stand in der Tür. In seiner Hand eine Pistole. Schockstarre. Die anderen Menschen im Raum schienen bewegungslos. Alles dauerte nur Sekunden. Brooks steckte die Waffe in seine Tasche und griff nach hinten in seinen Gürtel, machte einen Schritt auf die am Boden kniende Frau, packte mit seiner linken Hand ihr dunkles, langes Haar. Er zog ihren Kopf nach hinten. In seiner rechten Hand funkelte die Klinge eines Messers. Mit einem Schnitt trennte er ihr die Kehle durch. Blut floss auf ihre Schultern, sie kippte auf den Boden. Geistesgegenwärtig, aus der Lethargie erwacht, stürzte sich Lin auf ihren Mann. Mit der Faust schlug er auf ihn ein und zertrümmerte ihm den Schädel. Die Mädchen saßen wie angewurzelt auf ihren Betten. Pan hielt sie in Schach. Brooks ging auf sie zu. Dann stoppte er und gab Pan das Messer.

„Auch sie müssen sterben, du bist an der Reihe. Wir können keine Zeugen gebrauchen."

Die drei Männer standen den Betten zugewandt.

Pan zögerte.

„Ich, ich kann das nicht", begann er zu wimmern.

„Reiß dich zusammen!", rief Brooks.

Doch Pan stand nur da, wie zur Salzsäure erstarrt. Brooks drehte sich um. Die beiden Jungen, wo waren die Jungen? Offensichtlich hatten sie die Gelegenheit genutzt, um zu fliehen. Die Mädchen begannen erneut zu schreien.

Wie Pan stoppte seine Erzählung und sprach mit gesenktem Kopf: *„Ich bin schuldig, das ist mir klar."*

Dann sah er uns einzeln an: *„Ich habe die Mädchen nicht getötet. Um sie zu beruhigen, habe ich ihnen ein Schlafmittel gegeben. Tabletten aufgelöst in Tee. Ich wollte Zeit gewinnen. Brooks sagte es wäre meine Aufgabe das Problem zu lösen, er und Chun hätten ihren Anteil schon erledigt. Die Mädchen schliefen. Ich musste Zeit gewinnen und wir gingen nach unten. Doch ich konnte nicht lange darüber nachdenken was ich tun sollte. Frank Scott stand plötzlich in der Tür. In seiner Hand hielt er einen Funkauslöser, den er bereits gedrückt hatte. Die Erde schien zu beben. Frank hatte mit der Sprengung begonnen."*

Der Jangtse ergoss sich augenblicklich an drei Stellen in sein altes Bett. Wir rannten vor die Tür. Es hatte in den letzten Wochen stark geregnet und der Kanal war zum Bersten gefüllt. Die Geschwindigkeit mit der das Wasser aus den Kanalöffnungen schoss war unfassbar. Der Druck schleuderte die Wassermassen dem Tal förmlich entgegen. Der Jangtse vergrößerte die Löcher innerhalb von Sekunden. Schließlich breiteten sich Risse zwischen den drei Öffnungen aus. Unter dem Druck brach die Kanalwand auf der Länge zwischen den Bohrungen komplett weg. So als hätte der Fluss ein ganzes Heer an Kriegern ausgesandt besetzte er das Tal. Es dauerte nur kurze Zeit und wir konnten erkennen dass die ersten Häuser von den Wassermassen mitgerissen wurden.

„Da!", rief Norman Brooks und zeigte mit ausgestreckter Hand in Richtung Tal, *„der Fluss hat das Bankgebäude erfasst."*

Tatsächlich bohrte sich der Fluss durch die Fenster, stieg bis unter das Dach und hob es an. Dann schluckten die Wassermassen das ganze Gebäude. Es war in wenigen Augenblicken verschwunden.

Wir mussten in Sicherheit.

Hinter die gewaltige Staumauer.

Nur dort waren wir vor den Fluten sicher. Die Mädchen hatten wir vergessen. Es dauerte nicht lange und auch Pans Haus trieb in den Fluten. Der einzige, der von den grausamen Taten im oberen Stockwerk nichts mitbekommen hatte, war Frank Scott.

Ein sichtlich erschöpfter Wie Pan sagte zu uns: *„Ich bereue zu tiefst, was damals geschah, aber ich will mich nicht von Schuld freisprechen. Bitte lassen Sie mich jetzt alleine. Ich muss noch meditieren. Morgen werde ich Ihnen erzählen was ich mit dem vielen Geld passierte, das wir damals ergaunert hatten. Aber jetzt ist es Zeit für mich Ruhe zu finden."*

„Wie hieß der Bauer?", wollte Shaun plötzlich wissen.

„Ich kann mich nicht mehr genau erinnern, aber ich denke nach der Frühmeditation wird mir der Name sicherlich wieder einfallen, ich werde Ihnen alles erzählen. Aber jetzt brauche ich Ruhe", verabschiedete Wie Pan uns.

Wir traten vor Pans Hütte. Es hatte zu schneien begonnen. Schweigend liefen wir den Weg zurück zu unserer Unterkunft. Ein eisiger Wind begleitete uns. Wir legten getrocknetes Holz in den kleinen Ofen, um uns von der Kälte des Rückweges zu wärmen. Sheng hatte Wasser aufgesetzt, um uns Tee zu kochen. Wir setzten uns um den niedrigen Tisch und hatten Kerzen angesteckt, die uns genügend Licht spendeten. Ich sah den anderen in die Augen.

Shaun fuhr mit seinem Finger über seinen Nasenrücken, räusperte sich und stand wieder auf. Ruhelos ging er in dem Raum auf und ab. Er starrte zu Boden. Außer seinen Schritten und dem kochenden Wasser war es still. Sheng erhob sich ebenfalls und ging zum Ofen, goss das kochende Wasser in eine mit Teeblättern gefüllte Kanne, um es ziehen zu lassen. Jeden von uns schien das Erfahrene auf andere Weise zu beschäftigen. Es schien so, als wollten wir etwas sagen, wussten jedoch nicht wie wir anfangen sollten. Sheng goss den Tee in drei Tassen und stellte diese auf den Tisch, dann setzte er sich zu mir. Shaun hatte uns den Rücken zugedreht und starrte in die entgegengesetzte Richtung. Dann unterbrach Sheng die Stille und fragte: *„Shaun, warum wollten Sie den Namen des Bauern erfahren?"*

Shaun schwieg.

Nach einer Weile drehte er sich um und sah uns an. Seine Augen glänzten im flackernden Kerzenlicht. Tränen hatten sich gebildet. Mit dem Daumen und dem Zeigefinger seiner linken Hand schloss er die Augen, dann sagte er mit gebrochener Stimme: *„Der Bauer war mein Vater."*

Entsetzten.

Hatte ich das richtig verstanden?

Der Bauer war Shauns Vater. Ich sah in seine Richtung, doch er drehte uns wieder den Rücken zu. Meine Gedanken begannen das Gehörte zu verarbeiten.

Das bedeutete Brooks, Lin und Pan hatten seine Familie getötet. Seinen Vater, seine Mutter und seine beiden Schwestern.

Ich begann zu frieren, obwohl der Ofen Wärme spendete.

„Dann waren Sie einer der Jungen, die fliehen konnten?" Es war mehr eine Feststellung als eine Frage von mir.

„Wer war der andere Junge?"

Shaun hatte sich gefasst, als er antwortete. *„Mein Bruder, der andere Junge ist mein älterer Bruder."*

185

Unfassbar, die Geschäftspartner meines Vaters hatten seine Familie auf dem Gewissen. Aber mein Vater hatte nichts direkt mit den Morden zu tun, ging es mir durch den Kopf.

Shaun stand jetzt direkt vor mir und blickte auf mich hinunter: *„Wir waren noch Kinder, als wir mitansehen mussten wie dein Vater und seine Freunde meine Familie töteten."*

Ich spürte den Zorn in seinen Worten.

„Halt", sagte ich.

„Wir haben doch von Wie Pan erfahren, dass mein Vater erst später dazu kam, als die furchtbaren Taten schon geschehen waren."

„Meine Schwestern lebten noch, bis dein Vater die Sprengladung zündete. Er ist somit auch Schuld."

So gesehen hatte Shaun Recht, ohne die Sprengung des Kanals hätten die Mädchen vielleicht überlebt. Aber wer weiß was die Männer dann mit ihnen gemacht hätten, ging es mir durch den Kopf.

Shaun setze sich zu uns an den Tisch und sah abwechselnd zu Sheng und zu mir. *„Wir waren Kinder und hatten mit einem Schlag unsere Familie verloren."* Der Zorn war seiner Stimme entwichen als er mit ruhiger Stimme weitersprach: *„Wir haben natürlich nicht sofort erkannt, dass auch mein Vater schuldig war, denn er hatte den Männern meine Schwestern ja erst für ihr Ritual angeboten."*

Sheng und ich hörten Shaun jetzt aufmerksam zu, als er uns die Zusammenhänge aus seiner Sicht erläuterte.

„Mein Bruder und ich hatten einen Moment der Unaufmerksamkeit der Männer genutzt und waren geflohen. Wir sind bei der Schwester meiner Mutter aufgewachsen. Diese Tat beschäftigte uns natürlich noch Jahre. Doch wir waren hilflos, was sollten wir machen. Die Familie meiner Tante konnte uns glücklicherweise ernähren und uns eine vernünftige Ausbildung ermöglichen."

Shaun berichtete, dass er später seinen Vater für den Verrat an seinen Schwestern hasste. Je älter er wurde, umso mehr machte er seinen Vater verantwortlich für das Desaster.

186

Ich erkannte Parallelen zu meinem eigenen Leben, denn auch ich machte meinen Vater dafür verantwortlich, was meiner Familie widerfahren war.

Gemeinsam mit seinem Bruder wuchs Shaun in Peking auf. Die Familie seiner wohlhabenden Tante ermöglichte es den beiden Jungen zur Schule zu gehen. Nach abgeschlossener Schulausbildung begann Shaun ein juristisches Studium. Er studierte Jura, um so herauszufinden, wie man rechtlich vorgehen musste, um die Täter möglicherweise doch noch zu bestrafen. Shaun war ein aufrichtiger Mensch und verabscheute Gewalt. Mit friedlichen Mitteln wollte er unter Ausnutzung aller möglichen juristischen Schritte seinen inneren Frieden finden, um mit den Gräueltaten abschließen zu können. Er begann sich mit dem Bau der Talsperre am "Gelben Fluss" intensiver zu beschäftigen. Nach und nach erfuhr er so die Namen der beteiligten Firmen. Kurz vor dem Ende seines Studiums hatte er herausgefunden, dass ein Konsortium um das Bauunternehmen von Wie Pan und den chinesischen Investor Chun Lin in den Bau der Talsperre involviert war. Zudem gab es eine Verbindung zu einem amerikanischen Spezialbauunternehmen und der Weltbank. Die Spuren führten nach Amerika.

„Wir schworen uns in den ersten Jahren immer wieder Rache zu nehmen für das was uns geschehen war. Doch eigentlich wussten wir nicht wie wir es anstellen sollten. Die beiden Amerikaner lebten sicherlich wieder in ihrem Heimatland, während Pan und Lin irgendwo im riesigen chinesischen Reich verschwunden waren. Im Laufe der Jahre hüllte sich die Tat in eine Art Schleier aus Nebel, der das Geschehene umgab und es vor mir und meinen Gedanken zu verbergen schien. Mein Zorn zügelte sich und ich fing an das Geschehene zu verdrängen."

Shaun fuhr sich mit der Hand durchs Gesicht.

„Meinen Bruder zog es zum Militär. Besonders in der Zeit als er zu längeren Militäreinsätzen irgendwo im Land unterwegs war dachte ich nicht mehr an die Tat. Wir sahen uns dann oft Monate nicht. Doch immer wenn wir uns sahen, erinnerte er mich daran, was wir uns als Kinder geschworen hatten. Der Nebel des Vergessens lichtete sich. Sein Zorn war in Hass umgeschlagen. Während ich versuchte die Taten zu verdrängen, um nicht an dem Schmerz, der uns zugefügt worden war, zu Grunde zu gehen, puschte er sich regelrecht auf. In ihm wuchs die wahnwitzige Idee, dass ich nach Abschluss meines Studiums alle juristische Raffinessen einsetzen sollte, um die Mörder ausfindig zu

machen. Hätte ich das geschafft, dann würde er sich um alles Weitere kümmern."

Seinen Bruder zog es zum Militär. Er absolvierte nach seinem Schulabschluss eine militärische Grundausbildung und wechselte dann zu einer unbekannten militärischen Sondereinheit. Von einer offiziell nicht existierenden Agentur, die sich SFPCI, was so viel wie Special Forces to Protect Chinese Interests bedeutet, erhielten die Soldaten ihre Marschbefehle.

Eines Tages wurde er für einen längeren Aufenthalt in das Grenzgebiet zwischen China und Afghanistan abberufen. Die beiden Staaten verbindet eine gemeinsame Grenze von rund 80 Kilometern. Diese Grenze ist nur über einen einzigen Pass zu überqueren, den Wakhjir-Pass. Ein Hochgebirgspass mit einer Scheitelhöhe von fast 5000 m am Übergang zwischen Hindukusch und Pamir am östlichen Ende des sogenannten Wakhan-Korridors. Der Pass verbindet Wakhan in Afghanistan mit Taschkorgan in China.

Die Soldaten waren bereits seit Tagen unterwegs, um in eine der entlegensten Bergregionen der Welt zu gelangen. Das Team um Shauns Bruder bestand aus zehn militärisch gedrillten Soldaten von denen er das Kommando hatte. Da der Pass nicht befahren werden konnte, hatten sie Pferde und Lastesel bei sich. Nach fünf Tagen hatten sie die Passhöhe erklommen und wechselten auf die afghanische Seite, hier folgten sie auf einer Höhe von viereinhalbtausend Metern einem Gletscher mit Eisbruch. Lediglich ein unbefestigter Weg führte die Männer über eine Strecke von nahezu einhundert Kilometern bergab. Bewohnbar war dieses Gebiet nicht. Trotz des beginnenden Frühlings wehten eisige Winde in der Bergregion. Hütten würden die Soldaten erst in den nächsten Tälern erreichen.

Zwischen majestätischen, schneebedeckten Bergriesen ergossen sich riesige Gebirgsflüsse in die umliegenden Täler. Mühsam arbeiteten sich die Männer mit ihren Tieren auf den Schotterpisten entlang, bis sie eine der zahlreichen, kargen Hochebenen erreichten. Ihr Ziel vor Augen sammelten sie neue Kräfte.

Afghanistan ist ein Land, das offensichtlich nicht zur Ruhe kommt. Auch nach den vielen Kriegen kämpft die Regierung seit Jahren gegen Aufständische. Die Taliban sind vor allem im Süden und Osten des Landes sehr aktiv. Für die chinesische Regierung gibt es mehrere Gründe sich in Afghanistan zu engagieren. Zum einen geht es um wirtschaftliche Geschäftsinteressen und die Sicherheit von chinesischen Unternehmen, zum anderen auch darum, ein Übergreifen von Terrorakten auf China zu verhindern.

Schon lange beobachtete man die radikalislamische, separatistische Organisation TalFoTe, die für Terroranschläge verantwortlich war. TalFoTe operierte verdeckt und hatte eines ihrer Quartiere auf afghanischem Territorium des Wakhankorridors in einer Region namens Baz Gunbad, nur unweit der chinesischen Grenze. Finanziert wurde diese Organisation durch den illegalen Anbau von Opium. In den Sommermonaten nutze TalFoTe den Wakhjir-Pass, um Opium nach China zu schmuggeln.

Die SFPCI hatte die Information, dass sich zurzeit über eintausend Tonnen Opium in Baz Gunbad befanden und für den Schmuggel nach China vorbereitet werden sollten. Wo genau das Opium lagerte, war nicht bekannt. V-Männer hatten die SFPCI jedoch darüber informiert, dass sich einer der Generäle – Aamun Adib – in den nächsten Tagen in Baz Gunbad aufhielt.

Die Soldaten hatten mittlerweile die Täler der beiden Quellflüsse des Wachandarja erreicht und ihr letztes Nachtlager am Shaqmaqtin-See aufgeschlagen. Am darauffolgenden Tag stürmten sie in den frühen Morgenstunden das Quartier der TalFoTe, nahmen Genaral Aamun Adib und zehn seiner Männer gefangen. Das unscheinbare Steingebäude indem sich ihr Quartier befand, lag abgelegen am Rande einer Siedlung nomadischer Kirgisen. Innerhalb des Gebäudes befanden sich zahlreiche stählerne Schränke mit den unterschiedlichsten Waffen und Funkgeräten. Die Gefangennahme der Terroristen war schnell und einfach, da sie schliefen und vollkommen überrascht wurden. Zwei Sprenggranaten hatten den chinesischen Soldaten die Tür eines der Hintereingänge in Sekundenschnelle geöffnet. Lediglich ein dumpfer Schlag war wahrzunehmen, so wie von einem weit entfernten Gewitter. Etwas Alltägliches in dieser Bergregion. Die entfernt siedelnden nomadischer Kirgisen nahmen hiervon keine Notiz.

Die elf Gefangenen wurden zusammen in einen Raum gesperrt und angekettet. Nachdem die Soldaten einen der Stromgeneratoren aus dem Gepäck der Lastesel starteten, dröhnten tiefe Bassrhythmen aus zwei großen Lautsprechern. Höllischer Lärm, atonale Klänge, kreischende Death Metal Gitarren schnitten sich in die Gehörgänge der Gefangenen. Diese, den Männern vollkommen ungewohnte Lautstärke und Musik schlug auf sie ein wie ein aufbrausendes, ohrenbetäubendes Gewitter.

Nach fünfzehn Minuten wurde der erste Gefangene zu einem Verhör in einen der Nebenräume gebracht. Das Verhör führte Shauns Bruder. Der Gefangene schwieg. Nach weiteren fünfzehn Minuten stand Shauns Bruder auf, ging auf den Terroristen zu, stellte sich hinter ihn und zog seinen Kopf am Schopf seiner Haare in den Nacken. Mit einem gezielten Schnitt durchtrennte er die Halsschlagader des Gefangenen.

Diese Prozedur folgte weitere viermal, so dass nach nicht einmal zwei Stunden fünf tote Männer mit durchschnittenen Kehlen in dem Verhörraum lagen. Alle hatten sie beim Leben ihrer Kinder geschworen, dass sie nicht wüssten, wo das Opium versteckt sei. Shauns Bruder war bewusst, dass alle die Wahrheit sagten. Nur Aamun Adib wusste wo das Opium lagerte.

Adib riss seine Augen weit auf, als er in den Verhörraum geführt wurde und seine Kameraden tot in blutverschmierten Pfützen am Boden liegend erblickte. Es dauerte weniger als zwei Minuten und er gab den Lagerort des Opiums bekannt. Keine fünf Kilometer von hier war das Opium in zwei Berghütten versteckt. Die Soldaten steckten die Hütten in Brand, vernichteten das Opium und töteten die anderen fünf Terroristen. Nur Aamun Adib und die in dem Steingebäude lagernden Waffen nahmen sie mit. Der General würde einem weiteren Verhör auf chinesischem Boden unterzogen werden, um dann als zukünftiger V-Mann für die SFPCI zu arbeiten. Sollte er sich weigern, würde auch er sterben.

Shaun blickte in unsere Gesichter, als er seine Erzählung beendete.

„Shaun, Sie haben uns viel von Ihrem Bruder erzählt, ihn aber nicht bei seinem Namen genannt, gibt es hierfür einen Grund? Wie heißt er?", wollte mein Freund Sheng wissen.

Auch ich war gespannt auf das was nun folgen würde.

Shaun räusperte sich: *„Mein Bruder heißt Tian Liu, aber er nennt sich seit seiner Zeit beim Militär Tian Sha. Sha, was soviel bedeutet wie töten. Er ist der Mann, den Sie suchen und der mit mir zusammen an Bord der Maschine aus den Staaten nach China war."*

Dann sah er zu mir hinüber.

„Tom, auch ich bin mitschuldig, dass Ihre Eltern getötet wurden."

Mir verschlug es die Sprache, ich musste zunächst erst einmal begreifen, was ich da gehört hatte.

Ich hatte gleich ein komisches Gefühl im Bauch als Shaun von den Verhörmethoden seines Bruders Tian berichtete. Auch der Sonderermittler Paolo Mancini hatte von brutaler, lauter Musik gesprochen, als man die Leiche von Norman Brooks im Krafthaus in Bath County fand. Hier gab es eindeutige Parallelen.

Shaun trank einen Schluck Tee und riss mich aus meinen Gedanken bevor er weitersprach: *„Und dann, dann sah ich eines Tages die Anzeige am "Schwarzen Brett" der Universität:*

- Eine Anwaltskanzlei aus den Vereinigten Staaten von Amerika suchte für befristete Zeit einen asiatischen Juristen mit dem Fachgebiet Amerikanisches Recht -

ich begann sofort zu recherchieren um was für eine Kanzlei es sich handelte und wo ihr Spezialgebiet lag. Als ich den Job bei Tegel & Camp der Kanzlei + Detektei dann unerwarteter Weise bekam und meinem Bruder davon berichtete, war er sofort Feuer und Flamme. Auch in mir keimte plötzlich wieder die Hoffnung auf, die Mörder unserer Familie finden zu können. Ich ging also in die Vereinigten Staaten von Amerika."

Shaun arbeitete für die Kanzlei Tegel & Camp, eines Tages beim Einsortieren verschiedener der Akten fand er heraus, dass die Kanzlei für Norman Brooks arbeitete und dessen Vermögen verwaltete.

Von da an ging alles sehr schnell. In den Akten fand er auch Notizen über riesige Geldbewegungen und Überweisungen an Norman Brooks auf ein Privatkonto in der Schweiz. Irgendwie gab es hier auch eine Verbindung zum Klux-Klux Klan über den Partner von Andrew Tegel Oscar Camp, aber das interessierte Shaun weniger.

Nachdem er die Wohnsitze der beiden Männer - Scott und Brooks - ermittelt hatte, informierte er seinen Bruder.

Die beiden hatten folgenden Plan: die Verantwortlichen und deren Familien sollten für das Geschehene büßen. Dass Chun Lin bei Frank Scott auftauchte war eher ein Zufall, um ihn wollte man sich eigentlich erst nach der Rückkehr aus Amerika kümmern.

Shaun war wichtig, dass die Mörder und insbesondere deren Familien nicht leiden sollten. Er war wie gesagt tief in seinem Inneren ein friedliebender Mensch. Sie sollten einen sanften Tod sterben. Also betäubten man sie, bevor sie ihnen das Wasser des Jangtse einflößten. Es war den Brüdern jedoch nicht genug sich an den Tätern zu rächen. Die Täter und ihre Familien, die ihnen das angetan hatten, sollten sterben.

„Wir sind dann nach Bath County gefahren, um auch Norman Brooks auf gleiche Weise zu töten. Aber dann lief alles aus dem Ruder. Mein Bruder flippte vollkommen aus und richtete Brooks förmlich hin. Ein totales Gemetzel folgte. Ich konnte nicht glauben wozu mein Bruder fähig war seit seiner Zeit beim SFPCI."

„Deshalb auch der Streit im Flugzeug?", mischte sich Sheng ein. Bob und Rick hatten uns hierüber ja informiert.

„Das wussten Sie?"

Shaun zog die Stirn kraus.

„Ja genau, ich war nicht damit einverstanden was Tian angerichtet hatte. Aber ich konnte ihn nicht besänftigen und befürchtete, dass er das Gleiche mit Wie Pan tun würde, falls wir ihn finden sollten. Deshalb bin ich mit Ihnen auch hier hoch gewandert."

Ich unterbrach Shaun: *„Was haben die blauen Flaschen für eine Bedeutung? Und warum haben Sie mich leben lassen? Ich gehöre doch auch zur Familie meines Vaters. Sie und Ihr Bruder sind schließlich in meinem Zimmer gewesen und haben mich betäubt."*

„Wir haben Sie aus zwei Gründen leben lassen. Erstens sollte einer genau den Schmerz empfinden den wir seit damals empfinden. Und zweitens sollte er die Machtlosigkeit erfahren, wenn er aufklären wollte wer für die Taten zuständig gewesen ist. Wir haben keine Spuren hinterlassen, nur die Flaschen mit dem Wasser, sie würden immer den Keim der Hoffnung in Ihnen wachsen lassen, dass Sie doch alles aufklären könnten, um auch Ihre Seelenruhe zu finden. Die offiziellen Stellen würden die Fälle schnell zu den Akten legen oder wie hier in China erst

gar nicht anfangen etwas zu suchen. Wie Sie sehen haben wir Recht behalten. Tom, Sie sind hier und haben mich gefunden."

„Wo ist Ihr Bruder jetzt?", wollte ich wissen.

„Ich weiß es wirklich nicht. Seit unserer Ankunft in China habe ich ihn nicht mehr gesehen und auch keinen Kontakt mehr zu ihm."

Shaun machte eine Pause bevor er überraschender Weise folgendes sagte: *„Wir sollten morgen mit Wie Pan sprechen, vielleicht ergeben sich noch weitere Erkenntnisse. Ich werde dann wieder mit Ihnen hinab ins Tal steigen, um mich anschließend selbst bei der Polizei anzuzeigen. Es hört sich verrückt an, aber ich habe trotz der Sühne meinen Seelenfrieden nicht gefunden. Ich will für meine Taten einstehen, egal welche Strafe mich auch erwartet."*

Was folgte war eine unruhige Nacht. Die Gefühle in mir spielten verrückt. Es wäre ein leichtes gewesen Shaun im Schlaf zu töten. Ich hatte mir zigmal vorgestellt, dass ich es tun würde, sollte ich jemals den oder die Mörder finden. Doch jetzt wo ich es hätte tun können, fehlte mir jeglicher Antrieb dazu. Ich war mir sicher, dass es besser wäre, wenn jeder seine gesetzlich vertretbare Strafe erhalten würde. Irgendwann fiel ich in einen tiefen Schlaf, träumte von Mutter und meiner Schwester, die ich immer noch schmerzlich vermisste.

Es hatte die ganze Nacht über geschneit, der Wind blies uns kräftig ins Gesicht, als wir die Tür unserer Hütte öffneten und uns auf zu Wie Pans Hütte machten.

Bereits nach ein paar Minuten erreichten wir die Hütte eines der anderen Mönche. Die Tür der Hütte war offen und schlug im Wind gegen die Zarge. Mein Freund Sheng gab uns ein kurzes Zeichen und begab sich auf den Weg zur Hütte, um die Tür zu schließen. Plötzlich rief er uns aufgeregt zu sich. Die Hütte war leer. Auf dem Boden im Schnee war Blut zu sehen. Eine blutrote Schleifspur führte in Richtung Tempel.

Was war in der Nacht passiert?

Wir folgten der Spur. Auch die nächste Hütte stand offen. Uns bot sich das gleiche Bild. Blut. Der Boden voller Blut.

Panik kam in uns auf.

Wir begannen zu laufen.

Dann erreichten wir den Tempel.

Ein Bild des Grauens.

Sieben Mönche lagen mit aufgeschlitzten Bäuchen kreisförmig auf dem Boden. In ihrer Mitte saß Wie Pan oder besser gesagt das was von ihm übrig war. Arme und Füße vom Körper getrennt, saß er hockend mit gesenktem Kopf in seinem eigenen Blut.

Vieles erinnerte an die Hinrichtung von Norman Brooks, die Sonderermittler Paolo Mancini mir auf Bildern gezeigt hatte. Ich konnte meinen Gedanken nicht zu Ende denken, als die Tür des Tempels aufflog und ein Chinese mit auf uns gerichteter Maschinenpistole und blutbeschmiertem Gesicht vor uns stand.

„Tian!", schrie Shaun verzweifelt, *„was hast du getan?"*

Tian riss die Waffe nach oben. Es folgte eine Salve von Schüssen in die Decke.

Laut und brutal.

Tian zog eine verzerrte Grimasse und zielte mit der Waffe.

Er zielte auf mich.

Es folgten drei, vier Schüsse

Gezielt auf meine Person.

Ich fühlte Blut.

Warmes Blut lief mit über die Wangen.

Blut, er hatte mich getroffen, aber ich spürte keinen Schmerz.

Ich hielt Shaun in meinen Armen.

Shaun hatte sich gezielt und bewusst in die Schüsse seines Bruders geworfen. Nicht ich war getroffen worden, sondern Shaun. Es war sein Blut, das über meine Wangen lief. Shaun hatte mir das Leben gerettet.

Warum hatte er das getan?

War das sein Versuch der Wiedergutmachung?

Tian war verwirrt und fing an schreiend auf seinen Bruder zu zulaufen. Die Waffe fiel auf den Boden, er begann Shaun zu umarmen.

Tian schien in eine Art Schockstarre zu fallen. Wie ein Baby hielt er seinen sterbenden Bruder in seinen Armen. Wie ein Wahnsinniger schlug er sich selbst ins Gesicht und schrie für uns unverständliche Worte. Er begann das Herz seines Bruders zu massieren. Immer wieder drückte er auf Shauns Brustkorb. Verzweifelt versuchte er das Leben seines Bruders zu retten. Dann sprang er auf, wild stampfend tanzte er um ihn herum, so als könnte er das Geschehene ungeschehen machen.

Sheng und ich nutzten die groteske Situation und flüchteten. Wir liefen so schnell wir konnten durch den tiefen Schnee zurück zur Hütte. Zum Glück waren unsere Rucksäcke noch gepackt. Wir schulterten die Rucksäcke und traten vor die Tür. Draußen sahen wir wie Tian seine Waffe schwenkend den Tempel verließ.

Suchend blickte er sich um.

Der Weg, den wir gekommen waren, war versperrt. Wir hätten zurück zum Tempel gemusst. Es blieb uns nur noch die Flucht über die gefährliche Nordseite des Wutai Shan. Wir liefen in eine uns unbekannte Region, verfolgt von einem Wahnsinnigen, der nichts im Sinn hatte, außer uns zu töten.

Der schmale Weg über die Nordseite war kaum zu erkennen, überall lag Schnee. Nur ein an der Bergflanke befestigtes Stahlseil führte uns, wohin auch immer?

Vereiste Flanken ließen uns nur mühsam vorankommen. Es begann erneut zu schneien. Eisiger Wind blies uns die gefrierende Nässe ins Gesicht. Wir wagten uns nicht, das Stahlseil loszulassen, es war unsere einzige Orientierung. Mehr rutschend als gehend kamen wir nur langsam voran. Wir trauten uns nicht nach hinten zu blicken, zu sehr fürchteten wir unseren Verfolger zu sehen. Ein Schuss peitschte durch das Schneegestöber, ohne uns zu treffen. Oder war das nur der Wind, der die schweren, nassen Flocken gegen die Bergflanke klatschte? Weiter, immer weiter. Die Kälte wurde unerträglich, der Schneesturm schien in einen Blizzard über zu gehen. Für diese Gegend vollkommen untypisch. Wir brauchten Schutz. Ohne das Stahlseil hätten wir bereits nach kurzer Zeit vollkommen die Orientierung verloren. Zwischendurch hatte es immer wieder den Anschein, als würden wir tendenziell eher bergauf als bergab vorankommen.

Sheng, der hinter mir ging, tippte mir plötzlich auf die Schultern und zeigte nach links oben an den Felsüberhang, der unerwartet auftauchte. Ich konnte wenig erkennen, aber es hatte den Anschein, als hätte Sheng eine Art Spalte zwischen dem Felsüberhang und der Bergflanke entdeckt. Nach wenigen Metern konnten wir die Spalte unmittelbar über uns erahnen. Erkennen konnten wir sie nicht richtig, aber sie war da. Sie bot Schutz und Versteck zugleich. Vorsichtig kletterten wir die Bergflanke gute drei Meter nach oben. Mit eisigen Fingern in unseren Handschuhen gruben wir uns in die schroffen Felsen. Nach unendlich lang erscheinenden Minuten hatten wir die Spalte erreicht. Sie war groß genug für uns beide. Im Schutz der Spalte schaute ich auf meine Uhr, wir waren bereits seit über zwei Stunden auf der Flucht. Es dauerte weitere zwei Stunden, bis der Sturm und der Schnee nachließen. Wir entschieden uns weiterzugehen, da die Spalte uns zwar Schutz gewehrte, aber für einen allzu langen Aufenthalt ungeeignet war. Wir stiegen wieder hinab und ergriffen das Führungsseil.

Kurze Zeit später erreichten wir eine gut vierzig Grad steile Schuttrinne, deren große Felsbrocken vor uns lagen. Das Führungsseil endete abrupt. Wir standen direkt vor der Schuttrinne. Wohl oder übel mussten wir ohne Führung weiter. Zum Glück hatte es mittlerweile aufgehört zu schneien und die Sicht wurde besser. Allerdings konnte uns Tian nun auch besser erkennen.

Die Schuttrinne erwies sich als sehr brüchig. Häufig rutschten wir mehr als wir stehen konnten. Wir stürzten zweimal, jedoch ohne uns ernsthaft zu verletzen.

Wir hatten die Schuttrinne zur Hälfte hinter uns gelassen, als Lärm sich ausbreitete – Steinschlag!

Rückartig drehten wir uns um. Eine Lawine aus Schnee und Steinen raste auf uns zu. Wir hatten wieder Glück in nur zehn Meter Entfernung zog sie wütend an uns vorbei.

Was hatte die Lawine ausgelöst fragten wir uns?

Tian?

Unsere Blicke suchten den Nordgrat ab. Wir konnten nichts erkennen.

Weiter, immer weiter. Endlich hatten wir die Schuttrinne durchquert. Verzweifelt suchten wir nach einem Weg, der uns bergab führen konnte. Wir entschieden uns der Bergflanke linksseitig zu folgen. Der Abstieg zerrte nicht nur an unseren Kräften sondern auch an unseren Nerven. Unsere Augen litten unter der reflektierenden Helle des Schnees. Wir hatten keine Sonnenbrillen. Auch fehlten uns die Eispickel, keiner hatte mit dieser Flucht gerechnet. So mussten uns unsere Gehstöcke helfen irgendwie klarzukommen.

Sheng und ich hatten uns nach der überstürzten Flucht mittlerweile ein Seil um unsere Hüften gebunden, das uns miteinander verband. Uns war klar, entweder kamen wir hier gemeinsam lebend heraus oder nicht. Bis zur Dämmerung hatten wir Tian nicht gesehen. Er geriet in Vergessenheit, der Berg forderte mittlerweile unsere ganze Aufmerksamkeit. Als die Dämmerung einsetzte, verkeilten wir unsere Zelte in einer Felsspalte, die uns vor Schlagwetter schützen sollte. Es hatte vollkommen aufgehört zu schneien. Ein sternenklarer Himmel begleitete uns in die eiskalte Nacht. Tief eingepackt in unsere Schlafsäcke, geschwächt von den Strapazen des Abstiegs, dauerte es nicht lange und wir schliefen.

Der nächste Morgen führte uns weiter bergab, wir hatten die Orientierung vollkommen verloren, als wir die bewaldeten Regionen erreichten. Die Baumwipfel hingen voller Schnee. Es gab keinen Weg und wir stapften vorsichtig durch mindestens einen halben Meter hohen Schnee. Regelmäßig legten wir Pausen ein, um Kraft zu tanken. Die Bäume ließen nicht erkennen wohin wir mussten. Unsere Beine fingen vom ständigen bergablaufen an zu schmerzen. Dem Himmel sei Dank hatte die Kälte ein wenig nachgelassen und wir waren von Erfrierungen irgendwelcher Körperteile verschont geblieben. Gegen Mittag kamen wir in schneefreie Zonen.

Hatten wir das Schlimmste überstanden?

Unser Weg führte uns weiter bergab. Immer wieder querten wir spärlich bewachsene, harte, steinige und geröllige Flächen.

Auch der zweite Tag des Abstiegs führte uns durch eine schroffe Region aus bizarren Klippen und Felsabstürzen bevor wir gegen Abend an einem der zahlreichen Flüsse unser Lager errichteten.

Wir hatten kaum noch zu Essen, unsere Mägen knurrten. Lediglich einige salzige Brühwürfel waren noch übrig, die wir mit Flusswasser zu einer Art Suppe aufkochten. Ein Sättigungsgefühl stelle sich nicht ein, aber die Wärme schien uns gut zu tun.

Am dritten Tag durchquerten wir eher sanftere Gebirgslandschaften des Wutai Shan. Wir verließen die großen Gebirgswiesen der flachen Abhänge, als wir auf einen Weg trafen. Der Weg schlängelte sich durch eine traumhaft schöne Landschaft, die wir jedoch nicht wahrnahmen. Endlich erreichten wir die besiedelte Gegend eines Dorfes am nördlichen Fuße des Berges.

Hatten wir es geschafft?

Offensichtlich!

Wir trafen auf einen Bauern, der uns mit seinem Ochsenkarren ins nächste Dorf mitnahm. Er sprach einen unbekannten Dialekt, so dass auch Sheng sich kaum mit ihm verständigen konnte. Der Bauer hatte jedoch unseren Hunger und die Erschöpfung auch ohne zu sprechen erkannt, als er uns in seiner Hütte ein schmackhaftes Gericht aus Reis und Bambus zubereitete. Immer wieder zeigte er auf die am Boden liegenden Strohmatratzen und bot uns an in seiner Hütte zu schlafen. Wir nahmen dankend an. Am nächsten Tag zogen wir weiter auf befestigten Wegen bis wir die National Straße erreichten, von dort brachte uns ein anhaltender klapperiger Transporter in das gut dreißig Kilometer entfernt gelegene größere Dorf. Hier fanden wir ein Taxi, das uns wieder auf die andere Seite des Wutai Shan brachte.

Im Jinxiang Hotel angekommen, hatten wir nur noch einen Gedanken – zurück nach Hause - zurück nach Amerika.

Nicht nur weil wir uns immer noch auf der Flucht vor Tian Sha befanden, sondern wir befürchteten auch, dass man uns für das Massaker am Heiligen Berg verantwortlich machen könnte. Es gab zu viele Zeugen die wussten, dass wir in diese Region gewandert waren. Wir sind Ausländer und da wäre es einfach gewesen uns als die möglichen Täter des Massakers abzustempeln. Wir packten daher unsere Sachen und machten uns noch am selben Tage auf den Weg zurück in die Heimat.

Teil 3

Kapitel 35

Amerika, 2015

Sheng und ich waren überglücklich wieder lebend in Kalifornien gelandet zu sein. Wir wollten nur noch eins, vergessen und leben. Bestens dafür geeignet war die in einer Woche stattfindende Hochzeit von "Hightower" und Dr. Ruth Collins.

Während der Hochzeitsvorbereitungen ließen wir vier natürlich auch noch Ricks Sohn, den kleinen Dick Junior, kräftig ein weiteres Mal pinkeln.

Ich hatte Bob und Ruth, die ehrlich gesagt zu meinem Erstaunen sehr nett und vollkommen unkompliziert war, angeboten, ihre Hochzeit auf "Landsend" zu feiern. Wir hatten hier jede Menge Platz und ich freute mich endlich die Traurigkeit aus dem Anwesen vertreiben zu können. Vielleicht würde ich es mir mit dem Verkauf des Anwesens nach der Hochzeit noch einmal überlegen. Auch Beth, meine Haushälterin, freute sich riesig auf die Vorbereitungen, konnte sie doch bei so einem Ereignis ihre phantastischen Kochkünste zur Geltung bringen. Bob und Ruth nahmen zur Freude von uns allen mein Angebot an.

Es war ein Sonntag, die Sonne schien von einem königsblauen Himmel, keine Wolke in Sicht. Ruth, Bob und ihre Gäste hatten perfektes Wetter. Die Trauung fand unter freiem Himmel statt. Wir hatten Klappstühle in mehreren Reihen hintereinander mit Blickrichtung auf die Trauung aufgestellt. Die knapp einhundert Gäste waren begeistert als Sheng die Braut nach vorne führte. Ruth sah umwerfend aus, sie trug ein weißes Hochzeitskleid mit bodentiefem Schleier. Rick und ich saßen gemeinsam mit Bob auf einer kleinen Empore mit ihrer Langseite den Gästen zugewandt. Bob hatte uns drei zu seinen Trauzeugen erkoren. Wir waren mächtig stolz. Als wir Sheng und Ruth erblickten, erhoben wir uns von unseren Stühlen. Gemeinsam mit uns standen auch die anderen Gäste auf. Alles war in weiß eingedeckt, begleitet von tiefgrünen Buchsbäumchen, die den Weg, den Ruth bis zur Empore zurückzulegen hatte, stilvoll schmückten.

Zur Musik von Richard Wagners Brautchor kam die Braut uns entgegen. Ruth lächelte, als Sheng sie dem Bräutigam übergab. "Hightower", der eh alles überragte, schien noch einmal zu wachsen.

Pfarrer Joseph, der die Trauung vollzog, fand die passenden Worte, alles war andächtig, jedoch sehr humorvoll und kurzweilig. Dann durfte Bob die Braut küssen, was er ohne zu zögern auch tat. Mit einer Leidenschaft, die wir unserem Freund gar nicht zugetraut hatten, küsste er seine Frau während Aerosmith ihr "Angel" zum Besten gaben.

Im Anschluss an die Trauung wurde Aperitif gereicht, ein genüsslicher Moment zum Ausklingen der phantastischen Zeremonie und die Vorfreude auf ein leckeres Essen.

Was folgte waren diverse kalte und warme Speisen als Hochzeitsbuffet. Passend zum Wetter hatten Ruth und Bob die Mediterrane Küche ausgewählt.

Die Gäste erwarteten zunächst eine Minestrone und eine weitere Suppe aus rotem Gazpacho mit frischem Sommergemüse. Als Salate hatten sie gegrillten Gemüsesalat mit Olivenöl, Paprika, Kapern und Chiabatta sowie Capresesalat mit Cocktailtomaten, roten Zwiebeln und Mozzarella gewählt.

Gefolgt von den Vorspeisen Carpaccio vom Rinderfilet mit gehobeltem Parmesan, Ruccola und Honigmelonenspalten mit Serranoschinken

Für die Hauptspeisen standen Entenbrust, gegrillt auf Birnenspalten, mit Thymian, Mandeln, Weinbrand, dazu Kanarische Kartoffeln, Lasagne, nach Wahl mit Lachs oder vegetarisch, sowie bardiertes Schweinefilet mit Salbei auf gratiniertem Gemüse, dazu Pasta oder Hähnchenragout "Cacciatora" mit Panchetta, Champignons, und gewürfelten Tomaten zur Auswahl.

Ergänzt wurde das ganze durch Milchlamm "Römische Art" mit gebackenen Auberginen und Tomate/Mozzarella überbacken.

Für die Freunde verschiedener Meeresfrüchte gab es gegrillte Scampi, getrocknete Tomaten, Knoblauch und Limette dazu Tagliatelle und Seeteufelfilet mit Fenchel – Pernod – Gemüse.

Als Dessert folgten Erdbeeren, mariniert mit Balsamessig und Mascarponecreme sowie gefüllte Feigen in Sherry-Schokoladen-Sauce mit Mandeln und pochierte Birnen in Rotwein mit Mascarpone.

Ein brillant ausgewähltes Hochzeitsbuffet, das wir alle so schnell nicht vergessen würden. Italienischer Grappa und verschiedene französische Obstbrände hatten als Degestif ihre wohltuende Wirkung nach dem Essen.

War die ausgezeichnete Musik, die Ruth gewählte hatte, während des Essens dezent im Hintergrund geblieben, hatte sich die Empore mittlerweile wie von unsichtbarer Hand von allen Gästen unbemerkt in eine Bühne verwandelt. Das Schlagzeug, die Marshall-Boxen, das Keyboard und die Gitarrenständer wiesen darauf hin, dass hier heute Abend noch eine Band erwartet wurde.

Die Sonne hatte mittlerweile ihr orange-rotes Kleid über "Landsend" ausgebreitet. Eine unvorstellbar schöne Hochzeit trieb ihrem Höhepunkt entgegen, als die Sonne verschwand und es begann dunkel zu werden.

Ich stand gemeinsam mit Ruth und ihren Eltern an der Bar, wir stießen zum wiederholten Mal auf die tolle Hochzeit an. Gerade wollte ich Bob, der zu uns gekommen war, erneut gratulieren, als ich plötzlich die ersten Akkorde einer Gitarre und die einsetzende Hammondorgel hörte. Bass und Schlagzeug begannen zeitgleich einen Rhythmus zu erzeugen, der alle Gäste gleichermaßen erfasste. Tolle Coverband ging es mir durch den Kopf. Die Band im Rücken, sah ich den anwesenden Frauen ins Gesicht. Wie aus einer Kehle begannen sie alle gemeinsam zu Kreischen, so als sei etwas Unglaubliches geschehen. Vorbei an Ruth, Bob und mir stürmten sie in Richtung Empore.

Dann hörte ich seine Stimme:

„You want commitment, and take a look into these eyes.

They burn with fire, yeah, until the end of time.

And I would do anything, I'd beg, I'd steal,

I'd die to have you in theses arms tonight."

Ich drehte mich abrupt zur Bühne um.

201

Unfassbar.

Da stand Jon Bon Jovi mit seiner Band. Ruth zwinkerte mir mit ihrem rechten Auge zu und sagte beiläufig, so als sei es das Normalste der Welt: *„Jon ist ein Bekannter meiner Eltern, los lass uns tanzen."*

Die Frau wurde mir unheimlich. Aber es stimmte tatsächlich, Ruth Eltern Tommy und Gina Collins gingen mit Jon Bon Jovi, der eigentlich John Bongiovi heißt, gemeinsam zur Schule. Alle drei stammten aus Perth Amboy, New Jersey. Er hatte seinen Freunden Gina und Tommy sogar eines seiner Lieder gewidmet was er zu ihrer Freude als nächstes anstimmte:

„Once upon a time not so long ago

Tommy used to work on the docks, union's been on strike

He's down on his luck, it's tough, so tough

Gina works the diner all day working for her man ..... "

Am nächsten Mittag erwachte ich und konnte immer noch nicht glauben was ich gestern Nacht erlebt hatte. Es klingelte. Bob, Ruth, Lisa, Rick und Sheng standen vor der Tür. Aufräumen war angesagt, außerdem hatten Bob und Ruth gestern alle Geschenke hier gelassen.

„Los", sagte Ruth zu Lisa, *„lass die Männer aufräumen und uns die Geschenke öffnen. Mal sehen was es alles so gibt."*

Fast hätten Ruth und Lisa durch die Geräusche, die beim Zerknüllen der Geschenkpapiere entstanden, das Klopfen an der Haustür nicht mitbekommen.

„Hey Tom, es hat an der Tür geklopft. Kannst du mal öffnen!", rief Lisa.

Ich ging zur Tür und öffnete. Doch niemand war zu sehen. Auf dem Boden stand ein ungeöffnetes Paket. Ich nahm das Paket und ging zu Ruth und Lisa in die Küche.

„Hat jemand vor die Tür gestellt, ohne sich zu zeigen. Soll wohl eine Überraschung sein", vermutete ich.

Ruth nahm das Paket an sich, als Bob, Rick und Sheng zu uns in die Küche kamen.

„Komisch, steht gar nicht drauf für wen das Paket ist."

„Mach schon auf, das wird bestimmt für Bob und dich sein, ein verspätetes Hochzeitsgeschenk."

Ruth nahm ein Messer und öffnete das Paket. Sie griff hinein und zum Vorschein kam eine blaue Flasche, gefüllt mit einer farblosen Flüssigkeit.

Sheng sah mir geschockt in die Augen: *„Was soll das?"*

Dann liefen wir gemeinsam mit Bob und Rick zur Tür, rannten hinaus und suchten das Gelände ab. Niemand befand sich auf dem Grundstück von "Landsend".

„Verdammt, das kann doch nur von diesem Tian Sha oder Tian Liu, wie immer er sich jetzt auch nennt, sein." Sheng war außer sich.

Der Spuk war offensichtlich noch nicht zu Ende!

„Wir müssen die Polizei rufen", schlug Lisa vor.

„Schatz, was sollen die tun? Wir haben doch niemanden gesehen", antwortete Rick.

„Ich werde heute Nacht hier bei Tom bleiben", schlug Sheng vor.

„Das ist eine gute Idee", sagte Bob. *„Ruth und ich werden morgen sofort die Flüssigkeit aus der Flasche analysieren."*

Rick und Bob sammelten die Geschenke ein und brachten ihre Frauen nach Hause. Ich ging in den Keller und holte zwei Pistolen aus dem Waffenschrank meines Vaters.

Sheng und ich verschlossen das Haus. Wir stellten uns die gleiche Frage: *„War Tian Liu auf dem Weg zu uns?"*

Nach einer unruhigen Nacht erwachten Sheng und ich am anderen Morgen, ohne dass irgendetwas geschehen war.

„Ich werde zu diesem Sonderermittler vom FBI, diesem Paolo Mancini, nach Washington fahren", sagte ich zu Sheng, bevor wir unser gemeinsames Frühstück zu uns nahmen.

Kapitel 36

Washington, 2015

Es war das zweite Mal in diesem Jahr, dass ich mich früh auf den Weg machte, um den ersten Flug nach Washington zu erreichen. Ich hatte Paolo Mancini am Abend zuvor angerufen und ihm kurz berichtet, dass ich gemeinsam mit meinem Freund Sheng in China gewesen war und was wir dort erlebt hatten. Als ich von der blauen Flasche berichtete, die uns zugeschickt worden war, stimmte Mancini umgehend einem Treffen in Washington zu. Ich stieg aus dem Taxi und betrat das Gebäude des FBI. Der Aufzug brachte mich in die fünfte Etage. Ungefragt hatte Mancini bereits zwei Tassen Kaffee für uns bereitgestellt.

„Wenn ich mich richtig erinnere Herr Scott, trinken Sie Ihren Kaffee mit einem Schuss Milch", begrüßte Mancini mich.

Ich nickte und setzte mich auf den Stuhl vor Mancinis Schreibtisch.

Der Sonderermittler begann sofort zu sprechen, das Geschehene hatte in ihm offensichtlich den Jagdinstinkt wieder entfacht.

„Nachdem was Sie mir gestern über Ihren Aufenthalt in China berichtet haben, habe ich die Akten heute Morgen nochmals durchgesehen. Ich muss gestehen, Sie und Ihr Team, wenn ich es so nennen darf, haben ganze Arbeit geleistet."

Er sah mir in die Augen.

„Alles sieht so aus, dass die Brüder Shaun und Tian Liu für die Morde hier in Amerika verantworlich sind. Da Tian Liu nach Ihrer Aussage für den Mord an Wie Pan und den sieben buddhistischen Mönchen, sowie der Tötung seines Bruders Shaun verantwortlich ist, haben wir es mit zwei Mordserien in zwei unterschiedlichen Ländern zu tun."

Mancini machte eine Pause und trank einen Schluck Kaffee aus seinem Becher bevor er fortfuhr: „*Wir werden aufgrund Ihrer Aussage und der Aktenlage Anklage wegen fünffachen Mordes gegen den offensichtlich noch lebenden Tian Liu hier in den USA erheben. Gehen wir mal davon aus, dass in China die Behörden mittlerweile auf die Leichen der neun Toten gestoßen sind, dann könnten wir jetzt eine Amtshifegesuch in China einreichen und eine Verbindung zwischen den Fällen herstellen. Aber,...*"

Der Sonderermittler massierte sich das Kinn.

„*Aber, das würde bedeuten, dass die chinesischen Behörden darauf bestehen werden, Sie und Ihren Freund Sheng Xu als Zeugen zu vernehmen.*"

„*Bedeutet das, wir müssten wieder nach China reisen?*", unterbrach ich Mancini. Ich wollte auf keinen Fall zurück in das Land.

„*Könnte sein*", war Mancinis Antwort, der offensichtlich an noch etwas anderes dachte.

„*Das müssen wir verhindern*", sagte er, ohne dass ich ihm mitgeteilt hatte, dass das für mich und Sheng überhaupt nicht in Frage käme.

„*Kann man uns dazu zwingen?*", wollte ich wissen.

„*Ich bin mir nicht sicher, aber ich denke nicht. Ihre Zeugenaussage könnte auch hier in den Staaten gemacht werden unter Teilnahme eines chinesischen Beamten.*"

„*Wir werden das Verfahren einleiten. Es wird jedoch einige Zeit in Anspruch nehmen. Sie wissen*", Mancini lächelte jetzt und zog die Augenbrauen leicht in die Höhe, „*die diplomatischen Beziehungen zwischen den beiden Staaten sind nicht die besten.*"

„*Viel wichtiger, insbesondere zu Ihrem Schutz, ist es, dass wir herausfinden, ob die blaue Flasche nur ein Vorbote ist oder dieser Tian Liu sich bereits mit ihr in den USA befindet. Ab heute sind alle Computer der Einreisebehörden mit entsprechenden Hinweisen bestückt. Die wirken wie gesagt aber erst ab heute.*"

„*Was ist, wenn er bereits schon hier ist?*", wollte ich wissen. „*Wie können wir geschützt werden?*"

„Schwierig, muss ich gestehen", war Mancinis Antwort. *„Ich werde die örtlichen Polizeibehörden informieren und von Zeit zu Zeit einen Streifenwagen vor Ihrem Anwesen Streife fahren lassen. Aber wir werden Sie nicht rund um die Uhr unter Personenschutz stellen können. So dumm es sich anhört, ich kann Ihnen nur empfehlen aufmerksam zu sein. Oder machen Sie Urlaub und verreisen Sie irgendwo hin. Da das Paket in Tiburon angekommen ist und, wovon wir ausgehen, es von Liu stammt, kennt er Ihre Adresse."*

Das war ein Schlag ins Gesicht. Kein Schutz für uns. Was sollten Sheng und ich tun.

Auf dem Rückflug nach San Francisco wurde mir klar, dass ich mein Team, wie es Mancini nannte, reaktivieren musste. Wir mussten wieder selbst ermitteln und herausfinden wo sich Tian Liu aufhielt. Hoffentlich war er noch nicht in die USA eingereist.

Nach zwei Tagen informierte mich Mancini, dass man ein Amtshilfegesuch in China eingereicht hatte. Er hatte erfahren, dass der Mord an den buddhistischen Mönchen und Shaun Liu in China noch nicht bekannt waren.

Am Ende der Woche meldete sich Mancini dann noch einmal bei mir und berichtete, dass man die Leichen von acht buddhistischen Mönchen – darunter die Leiche von Wie Pan - in der schwer zugänglichen Bergregion des heiligen Wutai Shan gefunden hatte. Die Leiche von Shaun Liu konnte jedoch nirgendwo entdeckt werden.

Offensichtlich hatte Tian Liu Sheng und mich auf unserer Flucht gar nicht verfolgt, sondern die Leiche seines Bruders irgendwo begraben oder verbrannt. Er hatte sich jedoch keine Mühe gemacht die anderen Morde zu vertuschen. Ohne die Leiche seines Bruders war für die chinesische Polizei auch keine Verbindung zu ihm herzustellen. Nur unsere Zeugenaussagen würden ihn belasten. Ein Grund mehr neben seinen Rachegedanken zumindest mich und Sheng auch zu beseitigen.

Nach Mancinis Untersuchungen war Liu zumindest offiziell nicht in die USA eingereist. Es gab auch keine gültigen Visa für eine Person auf die die von uns gemachte Personenbeschreibung passte. Rick hatte auch nichts anderes herausgefunden. Es verging Woche um Woche und nichts geschah. Der routinemäßig patrouillierende Polizeiwagen wurde nach drei Wochen abgezogen. Es kehrte wieder

Alltag ein. Sollte Tian Liu nur geblufft haben und uns die Flasche nur zugeschickt haben, um uns in Angst zu versetzten?

"Hightower" und Ruth, die sich mittlerweile in ihren Flitterwochen auf den Bahamas befanden, hatten herausgefunden, dass die Flüssigkeit tatsächlich wie auch bei den anderen Flaschen aus dem Jangtse stammte. Sie hatten dieselben Trichome in den Sedimenten gefunden wie in den anderen Flaschen.

Was hatte Liu nur vor?

Kapitel 37

Jahreswechsel, 2015/2016

Es war kalt, der Winter hatte Ende Dezember große Teile der USA erfasst. Auch Kalifornien war von der Kältewelle betroffen. Es schien noch kälter zu werden, denn eisige Winde ließen die Menschen frieren. Rechtzeitig hatte ich genügend Kaminholz für den offenen Kamin im großen Wohnzimmer aus einer der angrenzenden Waldflächen in der Nähe des Lake Phoenix geschlagen, dort wo einmal das geräumige Jagdhaus meines Vaters gestanden hatte. Gemeinsam mit meinen Freunden und ihren Frauen wollten wir den Jahreswechsel auf "Landsend" feiern.

Unter Beth Leitung waren die Vorbereitungen für den heutigen Abend in vollem Gang. Es begann dunkel zu werden. In gut zwei Stunden würden die restlichen Gäste erscheinen. Ein weiterer Transporter hatte unser Grundstück erreicht, endlich war der lang bestellte italienische Wein eingetroffen. Während ich Beth in der Küche half, kümmerte sich Sheng um die vier Kisten Wein. Sheng quittierte die Rechnung und der Transporter verließ unser Grundstück. Automatisch schloss sich das breite Eingangstor am Ende des geschwungenen Kiesweges. Sheng konnte noch die rot leuchtenden Bremslichter des Transporters von der Veranda aus sehen, bevor der Wagen abbog und Sheng mit der letzten Kiste Wein wieder in der Wärme des Hauses verschwand. Was er nicht bemerkte, war die Gestalt, die durch den kleinen Spalt zwischen dem breiten Rolltor und dem Stählernen Pfosten hindurchhuschte, bevor sich das Tor ganz schloss und automatisch verriegelte.

Ich hatte das komplette Grundstück an den wichtigsten Punkten mit Kameras bestücken lassen, so dass ich auf dem kleinen Bildschirm am Türeingang erkennen konnte, dass das Tor verschlossen war.

Wir nutzen die letzte Stunde, um uns frisch zu machen.

Sheng hatte die kleine Wohnung, die er bewohnte mittlerweile gekündigt und war zu mir nach "Landsend" gezogen. Das Erlebte hatte uns noch enger zusammengeschweißt und da wir zurzeit beide keine feste Partnerin hatten, fanden wir es gut, gemeinsam, zumindest für eine unbestimmte Zeit, auf "Landsend" zusammen zu leben.

Kurz vor acht Uhr erschien der Rest der Clique winkend vor dem breiten Eingangstor. "Hightower" steuerte den Cadillac Escalade, Rick saß neben ihm. Ruth und Lisa saßen hinten, zwischen ihnen schlummerte Dick Junior warm eingepackt in einer Babysofttragetasche. Die Kamera zeigte jede ihrer Bewegungen auf dem Bildschirm. Das Tor schloss sich hinter ihnen. Bob parkte den Cadillac vor dem Haus. Ich öffnete die Tür. Die Party konnte beginnen.

Im Schutz der Dunkelheit würde er zuschlagen.

Er hätte sie direkt am Wutai Shan verfolgen und töten sollen, waren sie doch für alles Leid das ihm zugefügt worden war letztendlich verantwortlich. Doch damals gab es wichtigeres zu tun. Zuerst musste er seinen Bruder bestatten. Wo gab es einen besseren Ort als den heiligen Berg? Nirgends!

Außerdem hatte er gehofft, dass die beiden den gefährlichen Abstieg über die Nordseite des Wutai Shans bei Eis und Schnee nicht überleben würden. Doch sie waren zäh diese Amerikaner, schließlich hatten sie es geschafft, waren zurück nach Amerika gekommen und lebten noch.

Die Betonung lag auf noch. Das würde sich heute ändern. Dafür war er hier. Ihr Blut sollte fließen.

Der eisige Wind blies ihm ins Gesicht. Doch er spürte die Kälte nicht, zu beschäftigt war er sich die Tarnfarbe ins Gesicht zu schmieren. Er öffnete die kleine Dose und schluckte zwei "go pills", auch eine Erfindung der Amerikaner. Die Amphetamine puschten ihn künstlich hoch, machten ihn noch schmerzunempfindlicher gegen den eisigen Wind und gegen mögliche Verletzungen. Auch wenn er hiermit nicht rechnete. Sein Angriff würde überraschend kommen. Überraschend und brutal.

Dann machte er sich auf den Weg das Gelände zu erkunden. Die Kameras hatte er bereits entdeckt. Die toten Winkel gaben ihm Schutz. Über Belgien und Kanada war er in die USA unter dem Namen Ed de Ruig eingereist. Mit gefälschtem Pass, der ihn als belgischen Staatsbürger ausgab, hatte er sich im online Verfahren die erforderliche Electronic System for Travel Authorization - allgemein ESTA Genehmigung genannt – durch das US Heimatschutzministerium besorgt. In New York war er als Tourist untergetaucht. Die Waffen - eine Sig Sauer P 320 Pistole und ein Ruger Precision Rifle Präzisionsrepetiergewehr – hatte er sich in den USA über einen Mittelsmann besorgt. Alles war viel einfacher gewesen als er befürchtete.

Er hatte das große Grundstück halb umrundet und befand sich auf der dem Wasser zugewandten Seite. Der Wind peitschte die Wellen an das nahe gelegene Ufer. Das Nachtsichtgerät, das er sich über die Stirn gezogen hatte, ermöglichte ihm die visuelle Wahrnehmung aller Details der Umgebung. Die Dunkelheit kroch vom Wasser empor und legte sich über "Landsend".

Er schaute aufs Wasser, sah die Golden Gate Bridge und konnte in weiter Ferne auch die Insel Alcatraz erkennen. Er drehte sich wieder dem Haus zu, kniete nieder und kramte aus seinem Rucksack einen stabilen Seitenschneider und ein Tauchermesser. Das Messer steckte er sich in seinen Gürtel. Die indirekte Beleuchtung im hinteren Teil des Hauses erzeugte eine stimmungsvolle, friedliche Atmosphäre. Doch diese Stimmung trügte, er würde ihr in wenigen Minuten ein jähes Ende bereiten. Dann hielt er Ausschau nach dem Stromkasten.

Beth hatte das Essen aufgetischt, als es unerwartet an der Tür klopfte. Offensichtlich hatte jemand das Grundstück betreten, ohne dass wir etwas bemerkt hatten. Ich ging zur Tür und sah auf den Monitor.

Plötzlich erlosch das Licht im ganzen Haus. Ich hatte die Türklinke jedoch schon in der Hand und spürte den Druck von außen. Die Tür öffnete sich schlagartig nach innen.

Der Seitenschneider hatte das Hauptstromkabel zielsicher mit nur einem Schnitt durchtrennt. Im Haus erloschen alle Lichter gleichzeitig. Das Nachtsichtgerät arbeitete, alles lag im Dunkeln, doch er konnte die Geheimnisse der Finsternis erkennen. Glas splitterte als er durch eine der Seitentüren das Haus betrat. Wie zu Eissäulen erstarrt konnte er sie am großen Tisch sitzen sehen. Vier Männer, zwei Frauen und ein Baby. Die Haushälterin stand neben dem Tisch.

Tödliche Stille.

Ein Knall. Es fiel Porzellan zu Boden, die Haushälterinnen hatte vor Schreck die Suppenschüssel fallen gelassen, als sie seinen Schatten erblickte.

Die Sig Sauer im Anschlag zielte er in Richtung Tisch. Er hielt kurz inne, offensichtlich hatte er gefunden was er suchte. Einen Schritt nach vorne, dann blickte er mir direkt in die Augen. Ein weiterer Schritt folgte, er spannte den Abzughahn. Er stand direkt vor mir und setzte mir die Waffe an die Stirn.

Plötzlich erkannte Liu, dass es nicht meine Augen waren in die er blickte, sondern die Augen einer täuschend echt aussehenden Puppe.

Ein Schuss!

Die Luft zerriss - ohrenbetäubend!

Taktisches Licht blendete Tian Liu, er sackte auf der Stelle in sich zusammen.

Die Kugel aus der Waffe eines der Scharfschützen aus Paolo Mancinis Team hatte die Schläfe von Liu durchschlagen. Er war auf der Stelle tot.

Es war nicht Tian Liu, der an der Tür klopfte. Es waren Paolo Mancini und seine elf Apostel. Mancini hatte vom Chinesischen Geheimdienst einen Tipp erhalten. Liu war anscheinend unbemerkt über Kanada in die USA eingereist. Vor zwei Tagen hatten sie ihn in New York unweit vom Empire State Building aufgespürt, zufällig war er in eine Polizeikontrolle geraten, doch dann war er plötzlich spurlos verschwunden und konnte nicht dingfest gemacht werden. Sie prüften alle Flugverbindungen desselben Tages nach San Francisco und fanden lediglich einen Mann mit Namen Ed de Ruig, einen Belgier mit cheinesischem Aussehen. Das hatte sie stutzig gemacht. Mancini war sofort klar um wen es sich handelte. Er informierte mich und ließ

"Landsend" beschatten. Als Liu das Stromkabel durchtrennte, tauschte Mancini uns gegen Puppen aus, die unsere Sachen trugen und uns, betrachtet durch ein Nachtsichtgerät, zum Verwechseln ähnlich sahen. Dick Junior war gar nicht anwesend, in der Babytasche hatte sich die ganze Zeit über eine Puppe befunden. Beth Rolle übernahm eine Polizeibeamtin, geschützt durch eine kugelsichere Weste.

Der Albtraum hatte ein glückliches Ende gefunden.

Kapitel 38

"Landsend", 2016

Dennoch stellten sich mir bereits am nächsten Morgen einige offene Fragen, die mich beschäftigten und nicht zur Ruhe kommen ließen.

Woher wusste Tian Sha - oder Tian Liu wie er eigentlich hieß - dass wir auf dem Weg zum Gipfel des Wutai Shan unterwegs waren?

Shaun Liu hatte keinen Kontakt mehr zu seinem Bruder nach den Morden in den USA. Außerdem war er viel zu überrascht als Tian plötzlich in dem Tempel auftauchte. Er hatte ihn sicher nicht informiert.

Wer wusste sonst noch, dass wir in China waren?

Paolo Mancini, aber der wusste nicht im Detail wo wir uns aufhielten.

Eigentlich waren nur Bob, Rick und Sheng mit den genauen Aufenthaltsorten vertraut. Doch dieser Gedanke, einer von ihnen könnte etwas damit zu tun haben, war verrückt,

Na klar, fiel mir dann ein, Tegel & Camp die Partner von Shaun Liu wurden natürlich regelmäßig von Shaun informiert. Ich konnte davon ausgehen, dass zumindest Andrew Tegel auch über unseren Aufenthalt am Wutai Shan wusste.

Könnte er Tian Sha informiert und auf uns angesetzt haben?

Wenn ja, warum?

hätte?   Was hatte er davon, wenn Tian Sha Sheng und mich getötet hätte?

Besser gefragt, was hatte er von meinem Tod?

Ich zermarterte mir den Kopf, aber mir wollte kein triftiger Grund einfallen. Ich brauchte einen analytisch denkenden Freund. Rick ist genau der Richtige, um das zu besprechen dachte ich und griff zum Telefon.

Am frühen Abend saßen wir bei einem Bier auf "Landsend" zusammen. Sheng war nicht da, er besuchte seine Eltern, um mit seiner Familie gemeinsam zu essen.

Rick versprach mir alles über die Vergangenheit von Andrew Tegel und Oscar Camp herauszufinden.

Kapitel 39

Ricks Kenntnisse

Nach nur einer Woche besuchte mich Rick erneut, um mir mitzuteilen was er bislang über die Kanzlei Tegel & Camp herausgefunden hatte. Sheng war diesmal auch anwesend. Beth hatte uns einige belegte Brote gemacht und drei Flaschen Fosters auf den Tisch gestellt.

„Andrew Tegel und Oscar Camp haben ihre Kanzlei Ende der 70'er Jahre als junge Anwälte gegründet", begann Rick seine Erläuterungen.

„Während Andrew Tegel als Sohn eines erzkonservativen Pfarrers aufwuchs, wurde Oscar Camp zeitlebens durch seinen Vater, einen einflussreichen Richter, protegiert."

Rick erzählte uns alles was er über die Jugend der Jungen herausgefunden hatte.

„Die beiden Männer gingen zur selben Highschool in Placerville. Aus den Abschlussjahrgangsbüchern ist jedoch erkenntlich, dass sie nicht zum selben Jahrgang gehörten. Tegel ist ein Jahr älter. Bewusst sind sie sich offensichtlich erst am Gericht von Camps Vater begegnet. Der alte

Richter soll in nicht unerheblichem Maße seine Finger bei der Gründung der Kanzlei im Spiel gehabt haben. Er ist jedoch mittlerweile verstorben, genau wie Pfarrer James Tegel."

„Wer von den beiden Anwälten hatte Shaun Liu in die Kanzlei geholt", wollte ich wissen.

„Keine Ahnung, das konnte ich nicht herausfinden. Beide, Tegel und Camp, haben den Arbeitsvertrag mit Shaun, den ich als Kopie im internen Netzwerk der Kanzlei gefunden habe, unterschrieben."

Ich wollte nochmal nach Grizzly Flats fahren, um mit Andrew Tegel zu sprechen, vielleicht würde ich ja einige Antworten auf meine Fragen erhalten. Tegel hatte einen ehrlichen Eindruck auf mich gemacht. Sollte ich mich so getäuscht haben?

Kapitel 40

Andrew Tegel

Ich hatte dieselbe Route wie beim letzten Mal gewählt, nur war ich dieses Mal alleine unterwegs. Meine Freunde wollte ich nicht mehr zu sehr belasten. Bob schwebte nach seiner Hochzeit und den Flitterwochen immer noch auf Wolke 7, Rick musste sich auch mal um Dick Junior kümmern und Sheng hatte einen großen Übersetzungsauftrag an Land gezogen, den er kurzfristig bearbeiten musste.

Wir hatten Mitte Januar und das neue Jahr war noch jung. Die Kälte befand sich Gott sei Dank wieder auf dem Rückzug. Ich kam zügig voran und hatte gerade das Ortseingangsschild von Grizzly Flats passiert, als ich wie beim letzten Besuch einen Polizeiwagen hinter den Büschen des Ortseingangsschildes sah. Gerade konnte ich noch erkennen wie der Polizist sein Funkgerät zurück in den Wagen legte.

Andrew Tegel empfing mich bereits an der Tür, als ich das rote Backsteingebäude erreichte.

Er bat mich herein, hängte sein grau gemustertes, halb gefüttertes Dinnerjacket über seinen Schreibtischstuhl und bot mir Kaffee an. Ich hatte in einem der Ledersessel gegenüber seines

Schreibtisches Platz genommen. Tegel bevorzugte den alten, offensichtlich neu aufgepolsterten Ohrensessel.

„Zunächst möchte ich mich bedanken, dass Sie sich die Zeit nehmen mit mir zu sprechen", begann ich unser Gespräch.

Andrew Tegel war mir sympathisch und deshalb beschloss ich ihn offen mit meinen Fragen zu konfrontieren. Doch zunächst musste ich das Gespräch in Gang bringen und ihm einige Informationen entlocken.

„Sie haben das letzte Mal davon gesprochen dass Ihnen und Ihrem Partner Heimat wichtig ist. Wie meinen Sie das?"

Andrew Tegel drückte seinen Rücken durch, zog den Ohrensessel etwas näher zu mir und lehnte sich dann in seinen Sessel zurück.

„Um das zu verstehen, müssen Sie wissen wie wir aufgewachsen sind ....", begann er ohne Zögern zu erzählen.

Als Sohn eines evangelischen Pfarrers erblickte Andrew Tegel im Frühjahr 1949 in Grizzly Flats das Licht der Welt. Andrews Mutter Rita hatte den Jungen erst spät mit fünfunddreißig Jahren zur Welt gebracht. Von Geburt an war Andrew leicht übergewichtig, was sich sein Leben lang nicht ändern sollte.

Pfarrer James Tegel war streng, ihn prägte ein schlichter, manchmal antiquiert wirkender Lebensstil und er stand technischen Neuerungen skeptisch gegenüber. Andrew wuchs mit den Regeln der fundamentalistisch, konservativen Kirche seines Vaters auf. Regeln, die besagten, dass man Schicksalsschläge, die das Leben mit sich brachte, ohne Leid hinzunehmen hatte. Klagen war in der Familie unerwünscht. Jeder hatte seine Last zu tragen.

Pfarrer James liebte das Gebet und den Gesang, nach außen verteufelte er Alkohol und unzüchtiges Verhalten. Gemeindedisziplin und Sündenbekenntnis waren die Eckpfeiler seines ultrakonservativen Glaubens, dem sich alles unterzuordnen hatte. Bis weit in die 60´er Jahre praktizierte er die Rassentrennung, kein Schwarzer hatte Platz in seiner Kirche.

Ganz das Gegenteil von Pfarrer James war Andrews Mutter Rita. Eine warmherzige Frau, immer bedacht es allen in der Familie

Recht zu machen. Andrews Eltern führten nach außen eine der damaligen Zeit entsprechende Ehe. Nach innen war sie äußerst distanziert, genauer betrachtet würde man sagen ihre Ehe war gefühllos und kalt. Pfarrer James, der in der Gemeinde als aufrichtiger Mann galt, war zu Hause ganz das Gegenteil. James führte ein eisernes Regiment. Nicht, dass er Rita oder Andrew geschlagen hätte, nein, wenn etwas nicht so lief wie er es wollte, ignorierte er die beiden einfach. Oft sprach er mit Rita wochenlang kein Wort, bis Rita schlussendlich die Schuld auf sich nahm. Die Schuld für was auch immer.

Rita litt in den ersten Jahren ihrer Ehe sehr darunter. Als Frau des Gemeindpfarrers, und das noch in einer konservativen, ländlichen Region, hatte sie keinerlei Rechte. Eine Trennung von Pfarrer James war zur damaligen Zeit undenkbar. Rita wäre mittellos und geächtet gewesen.

Pfarrer James, hartherzig und zu wirklichen Gefühlen nicht fähig, verbrachte eher selten die Nacht mit seiner Frau. Was jedoch niemand wusste, seine sexuellen Gelüste befriedigte er woanders. Dort, wo es auf Grund seiner Gesinnung wirklich niemand vermutete. Huren, ausschließlich schwarze Huren, beflügelten seine wildesten Phantasien. So trieb er es regelmäßig mit ihnen und bezahlte für ihr Schweigen mit den Geldern aus dem Spendenkorb seiner Kirche.

Wenn er doch gelegentlich Rita beiwohnte, dann nahm er Rita brutal und ohne Gefühle. Das Recht des Mannes, das er von Zeit zu Zeit forderte. Unerwartet wurde Rita schwanger. Nach Andrews Geburt hatte sie endlich einen Menschen, der ihre Herzlichkeit wert war. Sie kümmerte sich rührend um ihren Sohn und erzog ihn zu einem friedliebenden Menschen. Pfarrer James ging immer mehr auf Distanz zu Rita und er versuchte ihr Andrew wegzunehmen, obwohl er mit dem Jungen wenig anzufangen wusste.

Andrew Tegel war mittlerweile siebzehn Jahre alt, als er eines Morgens mit einem Gefühl in seiner Magengrube erwachte, das nichts Gutes bedeutete. Es war ein Tag an dem Andrew seinen Vater zum ersten Mal hatte weinen sehen. Pfarrer James war ein stattlicher Kerl. Das Weinen ließ ihn in Andrews Augen klein erscheinen und brachte ihn auf dieselbe Stufe wie Andrew, offensichtlich berührte ihn doch etwas. Anscheinend zeigte er zum ersten Mal Gefühle. Sein alter Herr stand in der Küche vor dem Fenster, zitterte wie Espenlaub und sah hinaus auf seinen geliebten Apfelbaum. Er heulte sich sie Seele aus dem Leib. Dass Andrew in der Tür stand, bemerkte er nicht.

Rita war in der Nacht unerwartet verstorben, woran, das blieb ein Geheimnis.

Als Andrew auf seinen Vater zuging, um die Trauer mit ihm zu teilen, stieß der Alte den Jungen von sich. Augenblicklich wischte er sich mit der Hand über die Augen, so als hätte er nicht geweint, sondern ein Insekt aus seinen Augen entfernt.

Andrew konnte die eisige Kälte, die von diesem Tag an im Hause des Pfarrers ins unermessliche wuchs, nicht mehr länger aushalten. Er verließ ein Jahr später nach erfolgreichem Schulabschluss Hals über Kopf das Haus.

Es zog ihn in die Ferne nach Seattle, er wollte Anwalt werden.

In all den Jahren des Studiums vermisste Andrew immer wieder das Gefühl der Heimat. Den großen Städten konnte er nichts als Einsamkeit abgewinnen.

Er ging zunächst zurück nach Placerville, dem Ort an dem er die dortige Highschool besucht hatte, keine 40 Kilometer von Grizzly Flats. Ohne Lobby bewarb er sich beim dortigen Gericht und bekam zu seiner Überraschung den Job als Gerichtsdiener angeboten. Es war nicht das was er sich vorstellte, aber es war ein Anfang.

Während er pflichtbewusst seiner Arbeit nachging, träumte er den Traum einer eigenen Kanzlei.

Eines Tages, Andrew rollte einen kleinen Aktenwagen durch den langen Flur des Gerichtsgebäudes von Placervill, hörte er mehr zufällig als bewusst ein Gespräch, das aus der einen Spalt offen stehenden Tür des Arbeitszimmers des vorsitzenden Richters kam.

Der Richter unterhielt sich mit einem jungen Mann.

„Es ist die richtige Entscheidung eine eigene Kanzlei zu eröffnen", hörte Andrew den Richter sagen.

„Was du brauchst, ist ein geeigneter Partner. Du bist intelligent und hast dein Studium mit Bravour bestanden."

„Wozu brauche dann ich einen Partner?", wollte der junge Mann wissen, der das Z mit angelegter Zunge zischend betonte.

„Zum einen", sagte der Richter, *„müssen wir die Neutralität bewahren, vergiss nicht ich bin dein Vater und wir können keine Gerüchte gebrauchen, wenn ich deiner Kanzlei brisante Informationen zukommen lasse. Ein Partner würde Neutralität und Unabhängigkeit vermitteln. Aber"*, der Richter machte jetzt eine Pause bevor er weitersprach, *„was viel wichtiger ist, wir brauchen jemanden, der deinen Charakter zügelt."*

Andrew wurde neugierig und näherte sich dem Türspalt.

„Ich wüsste auch schon wer das sein könnte, er wird nicht darauf bestehen der Boss zu sein", hörte er die Stimme des Richters.

„Lass mich nur machen."

Andrew Tegel hatte mir nahezu ohne Unterbrechung – nur gelegentlich hatte er zur Tasse Kaffee gegriffen – aus seinem Leben erzählt. Er war sehr offen, was ihn unwillkürlich noch sympathischer machte. Offensichtlich hatte der Mann keine Geheimnisse.

„Ja, und dann haben Oscar und ich unsere gemeinsame Kanzlei eröffnet. Der Richter hatte Recht, wir unterscheiden uns schon voneinander, aber das hilft uns auch unsere Geschäfte entsprechend erfolgreich zu erledigen. Aber in einem Punkt hatte er Unrecht......"

Andrew Tegel griff nach einem der Plätzchen, die Margret zum Kaffee serviert hatte, und steckte es genüsslich in seinen Mund. Dann goss er uns beiden Kaffee nach.

„Er hat mich falsch eingeschätzt was meinen Ehrgeiz betrifft. Oscar ist nicht der Boss der Kanzlei, sondern es ist eine 50/50 Partnerschaft bei der wir beide dieselben Stimmanteile haben. Wichtige Entscheidungen werden stets gemeinsam getroffen."

„Danke, für die offenen Worte. Ich würde auch gerne mit Ihrem Partner Oscar Camp sprechen wenn das möglich ist."

Erwartete ich jetzt vielleicht zu viel?

„Oscar ist drüben in seinem Büro, ich werde ihn holen ....", sagte Tegel, als es an der Tür klopfte.

Oscar Camp, den ich vorher nie zu Gesicht bekommen hatte, streckte den Kopf zur Tür herein. Schlohweißes Haar und wache Augen blickten durch den Türspalt. Im Gegensatz zu Andrew Tegel, der mit einem grau gemustertes, halb gefütterten Winterjacket und einem grobmaschigen, hellgrauen Rollkragenpullover eher ländlich gekleidet war, trug Oscar Camp über seinem weißen Hemd und der roten Krawatte einen gebügelten schwarzen Anzug aus feinstem Zwirn.

„Hallo Oscar", begrüßte ihn Tegel.

„Komm doch rein. Das ist Tom Scott", stellte er mich vor.

„Der Klient, dem wir in China geholfen haben einige Personen zu finden. Du erinnerst dich sicherlich an den dramatischen Verlauf der Geschichte? Herr Scott hat noch einige Frage zu unserer Kanzlei und zu uns beiden."

Camp kam ins Büro. Seine polierten Lederschuhe blitzten.

Ich stand auf, um ihm die Hand zu geben. Zu meinem Erstaunen war Camp gerade mal einen Meter sechzig groß, ich hatte einen stattlicheren Mann erwartet.

Er begrüßte mich mit festem Händedruck und sah zu mir hinauf, so als wollte er sagen: *„Ich kann deine Gedanken lesen, unterschätze mich nicht."*

„Sie müssen mit Andrew vorlieb nehmen, ich habe jetzt noch einen Termin im Gericht von Placerville", entschuldigte er sich, wobei er das jetzt zischend, so als hätte er seine Zunge unter die Zähne geklemmt, aussprach. Ein Zischen, das sich mir in den Kopf brannte.

„Kein Problem, es war nett sie kurz kennen zu lernen", antwortete ich.

„Ich bin sicher Andrew wird Ihnen alle Fragen beantworten können", verabschiedete er sich und verließ den Raum.

Als Camp draußen war, lächelte Andrew Tegel: *„Er hat mir sein Mandat gegeben, fragen Sie, was immer Sie über Oscar Camp wissen wollen."*

218

Trotz dieses Angebotes hielt sich Andrew Tegel eher bedeckt, was die Auskünfte über seinen Partner betrafen. Ob bewusst oder ob er nicht mehr wusste, konnte ich nicht erkennen.

„Vielen Dank, für all das, was Sie mir erzählt haben", sagte ich.

„Eine Frage hätte ich jedoch noch."

Andrew Tegel zog die Stirn kraus und sah mich fragend an.

„Wer von Ihnen hat Shaun Liu eingestellt? Sie oder Oscar Camp?"

„Das war ich. Shaun ist oder besser gesagt war Ausländer, zwar kein Schwarzer, aber doch ein Fremder. Ich habe es als eine Art Wiedergutmachung für das Verhalten meines Vaters gegenüber Ausländern im Allgemeinen und Schwarzen im Besonderen - also die ganze Rassentrennung in seiner Kirche – gesehen. Wenn Sie verstehen was ich meine. Ich wollte dem jungen Mann eine Chance geben."

„Sie waren daher der direkte Kontakt zu Shaun und nicht Oscar Camp?"

„Ja, aber warum ist das wichtig für Sie?"

„Haben Sie jemals mit Camp über unseren Aufenthalt am Wutai Shan gesprochen?", fragte ich zum Abschluss.

„Nein, nicht das ich mich erinnern kann."

„Hatten Sie Kontakt zu Tian Sha, Shauns Bruder?"

„Nein, wie kommen Sie darauf?"

„Nur so ein Gedanke", sagte ich bevor ich mich verabschiedete.

Als ich im Wagen saß, schaltete ich das Radio ein. Ich wollte die Informationen, die mir bekannt waren, auf dem Weg nach Tiburon Revue passieren lassen und das konnte ich am besten bei Musik: *„A little ditty 'bout Jack & Diane - Two American kids growing up in the heart land..."*

Sie spielten Mellencamps "Jack & Diane".

Der Pick-Up passierte das Ortsausgangsschild. Wieder sah ich den Polizisten dort stehen. Ich stoppte den Wagen, stieg aus, querte die Straße und ging auf den Polizisten zu.

„Entschuldigen Sie, ich suche die Kirche der Baptisten von Grizzly Flats, können Sie mir sagen wo ich sie finde?"

„Ja", sagte der junge Mann freundlich und nahm den Zahnstocher aus dem Mund. *„Sie müssen wieder zurückfahren, dort wo Sie herkommen, vorbei an dem roten Backsteingebäude, dann den kleinen See links liegen lassen und die nächste Straße Richtung Wald abbiegen. Die Kirche befindet sich auf einem Hügel, Sie fahren dann automatisch darauf zu."*

Ich sah dem Polizisten direkt in die Augen, bedankte mich, wendete den Pick-Up und fuhr zurück.

Eigentlich wollte ich gar nicht zur Kirche, mir fiel im Moment nur nichts Besseres ein. Ich hatte zwei Dinge herausgefunden.

Erstens, ich wurde beobachtet, es war also kein Zufall, dass ein Polizist zum wiederholten Mal dort stand als ich in Grizzly Flats war. Er wusste dass ich bei Andrew Tegel war. Der Polizist hatte Tegel über mein Kommen informiert, deshalb stand er auch immer schon an der Tür wenn ich erschien.

Zweitens, der junge Mann sah dem Polizisten auf dem Bild das ich bei Tegel in der Kanzlei entdeckt hatte sehr ähnlich, nur jünger. Wahrscheinlich der Sohn des Polizisten mit dem Tegel sich fotografieren ließ.

Warum ließ Tegel mich beobachten?

Die Kirche interessierte mich nicht, ich nahm den Umweg in Kauf und drehte das Radio lauter: *„Born in the USA!"*, schrie Springsteen.

Meine Gedanken rotierten.

Was Tegel nicht wissen konnte, Rick hatte mir gestern Abend noch mitgeteilt, dass er bei seinen Recherchen zufällig auf den unaufgeklärten Mord an einem Schwarzen Jungen namens Sam Mubagwe gestoßen war. Mit der Aufklärung dieser Tat hatte sich der mittlerweile pensionierte Rechtsanwalt Jimi Boka, der ebenfalls afrikanischer Abstammung war, lange Jahre beschäftigt. Rick hatte Kontakt zu Boka aufgenommen. Der alte Anwalt hatte ihm viele Dinge über Oscar Camp erzählen können, die er zwar nicht beweisen konnte, die seiner Überzeugung nach jedoch der Wahrheit entsprachen.

Kapitel 41

Oscar Camp

Oscar Camp war mit 15 Jahren schon ausgewachsen, gerade mal einen Meter sechzig groß und dünn wie eine Bohnenstange, doch niemand hätte ihn deswegen je verspottet. Aufgewachsen in Grizzly Flats, lernte er bereits von Beginn seiner Kindheit an Misstrauen und Abneigung allem Fremden gegenüber. Hoch intelligent und mit scharfem Verstand ausgestattet, dienten Oscar später die brutalsten Schläger der Eldorado Highschool in Placerville. Dumme Kerle, aber stark und nach Anerkennung suchend folgten sie Oscars Anweisungen aufs Genaueste.

Er hätte in die verruchtesten Kneipen der Gegend gehen können, ohne dass man ihn schräg angesehen hätte. Im Gegenteil, wenn er irgendwo auftauchte, verstummten die Anwesenden und rückten näher zusammen. Obwohl einige – mutig oder verrückt sei dahingestellt - ihn doch hinter seinem Rücken heimlich "Baby-Face" nannten. Und das nicht nur aufgrund seiner Größe, sondern auch, weil er den Buschstaben Z zischend aussprach, so als würde er ein wenig lispeln. Früh hatte er gelernt Worte mit dem Buchstaben Z zu vermeiden, was sich jedoch nicht immer verhindern ließ, insbesondere dann nicht, wenn er wütend war. Wie brandgefährlich es war ihn "Baby-Face" zu nennen, sollte es jemals herauskommen, das sollte der eine oder andere noch zu spüren bekommen.

Man konnte ihm nichts nachweisen, aber das Gerücht, er hätte bereits einen Mord zu verantworten, hielt sich hartnäckig. Im Frühjahr des letzten Jahres – Oscar hatte gerade seinen siebzehnten Geburtstag gefeiert – wurde am Ufer des Flatriver, dem Fluss, der in der Mitte seines Laufes den kleinen See von Grizzly Flats speist, die Leiche eines schwarzen Jungen in Oscars Alter gefunden.

Der Junge war groß, über einen Meter achtzig, und muskulös. All das hatte ihm nichts genutzt. Mit aufgeschlitzter Kehle und starken Blutergüssen an der Stirn war er in gekrümmter, embryonaler Lage am Boden liegend verblutet. Am Abend vor Oscars Geburtstagsfeier war der schwarze Junge - er hieß Sam Mubagwe und lebte in dritter Generation mit seiner aus Nigeria stammenden Familie am Rande von Grizzly Flats - auf Oscar und seine Schläger getroffen.

Sam war stolz und hatte keine Angst als er Oscar und den zwei anderen Typen begegnete. Er schaute nicht weg als sich ihre Wege kreuzten. Die drei kamen unmittelbar auf ihn zu, die untergehende Sonne im Rücken. Sam, der direkt in die Sonne sah, musste, als sie auf gleicher Höhe waren, blinzeln.

Einer der Schläger raunzte ihn an: *„Was willst du? Schau gefälligst auf den Boden wenn du uns siehst."*

Sam sagte nichts und wollte weitergehen, als Oscar stehen blieb und seine Nase Richtung Himmel in den Wind hob. Eine leichte Brise zog das naheliegende Ufer hoch. Zweimal atmete er tief ein bevor er sagte: *„Kameraden, es riecht schlecht. Faul und irgendwie muffig, wie beißender Schweiß von den Baumwollfeldern."*

Sam wusste, dass sie ihn meinten. Obwohl Wut in ihm aufstieg wollte er ruhig bleiben. Er überragte selbst den größten von ihnen um einen Kopf, aber sie waren zu dritt. Langsam ging er weiter auf sie zu.

„Bleib stehen", raunzte ihn einer der Typen an, *„der Gestank ist ja nicht auszuhalten."*

„Was wollt ihr?", fragte Sam mit nach vorne gestrecktem Kinn kess zurück. Unter seinem Baumwollshirt spannten sich seine Muskeln.

„Halts Maul du Kaffer und geh dich waschen", war Oscars Antwort.

Das reichte.

Mit zusammengekniffenen Augen sah Sam auf Oscar hinunter: *„Baby-Face, du fühlst dich doch nur stark im Schutz dieser Idioten. Lasst mich in Ruhe, sonst...."*

„Was sonst?", war Oscars Antwort. Er war sich bewusst, dass der Schwarze den Sohn eines Richters niemals schlagen würde, sonst konnte er davon ausgehen, dass er im Knast landen würde. Oscars Vater hatte beste Beziehungen zu Sheriff Jack Baker.

Dann flog der erste Stein.

Einer von Oscars Kumpanen hatte ihn geworfen und Sam an der Stirn getroffen. Die Haut platzte sofort auf und warmes Blut lief Sam in die Augen. Sam ging wütend auf den Typen los, als der nächste Stein ihn gegen die Schläfe traf. Sam fiel hin. Bevor er wieder aufstehen konnte, spürte er, dass ihm jemand im Nacken saß. Instinktiv griff er nach hinten. Ein dicker Knüppel traf ihn in den Magen. Seine angespannten Bauchmuskeln hatten das Schlimmste verhindert. Der Typ im Nacken begann Sam Dreck in die Augen zu schmieren, er konnte nichts mehr sehen. Seine Augen begannen zu tränen.

Einer fing an zu lachen: „Seht nur, der Kaffer, er heult!"

Sam ballte seine rechte Hand zur Faust und fing an blind um sich zuschlagen, ohne jemanden zu treffen. Den Typ immer noch im Nacken, stand er mühelos auf und griff nach hinten, seine Finger gruben sich in die Jacke des Gegners, mit einem Ruck wollte er ihn nach vorne ziehen. Doch dann, unerwartet spürte er einen höllischen Schmerz in der Kehle und ließ die Jacke los. Der Typ hatte Sam ebenfalls losgelassen und wich einige Schritte zurück nach hinten. Sam fasste sich an den Hals. Er begann zu röcheln und zu zittern. Blut tropfte durch seine großen Hände auf den Boden. Sams Herz begann schneller, immer schneller zu pumpen. Blut, immer mehr Blut floss durch seine Finger und tropfte auf den Boden. Man hatte ihm die Kehle durchgeschnitten. Innerhalb weniger Minuten verblutete er. Kurz bevor sein Herz aufhörte zu schlagen und er die Besinnung verlor, nahm er Oscars Stimme wahr, der sagte: „Niemand nennt mich ungestraft Baby-Face."

Die drei schleiften Sam ans Ufer des Flatrivers und warfen seine Leiche in den Fluss. Gute fünf Kilometer entfernt von hier blieb sie zwischen einigen Felsbrocken am Ufer hängen. Man fand sie am nächsten Tag.

Jack Baker, der diensthabende Sheriff, zeigte wenig Interesse an einer Aufklärung. Zwar wurden alle im Umkreis wohnenden Bürger Grizzly Flats in den nächsten Tagen befragt, doch niemand hatte etwas gesehen oder gehört. Die Untersuchungen wurden schnell eingestellt und man schloss sich den Schlussfolgerungen des Richters an, dass es sich wohl um einen auswertigen Täter gehandelt haben muss, der diese abscheuliche Tat begangen hatte.

Noch am Abend des Mordes der Tat hatte der angesehene Richter Joseph Camp, der der Vorsitzende des Gerichts von Placerville war, die blutbeschmierte Jacke seines Sohnes Oscar eigenhändig verbrannt. Anschließend schlug er seinen Jungen kräftig mit der Hand rechts und links ins Gesicht.

„Das ist nicht dafür, dass du den Kaffer aufgeschlitzt hast. Das ist für die blutige Jacke", waren die strafenden Worte des Richters.

„Sorge bloß dafür, dass die beiden Dumpfbacken, die dabei waren, nichts sagen. Mach ihnen klar, dass ich ansonsten persönlich dafür sorgen werde, dass sie bis ans Ende ihrer Tage eingelocht werden."

Die darauffolgende Geburtstagsfeier strahlte Freude und Fröhlichkeit aus, so als wäre nichts geschehen. Sheriff Jack Baker verließ die Party erst weit nach Mitternacht.

Erst später hatte sich der Anwalt Jimi Boka, den Sams Eltern eingeschaltet hatten, um den Fall gekümmert und versucht ihn nochmals wieder aufzurollen. Doch vergebens, es gab keine Beweise mehr und Richter Joseph Camp lehnte eine Wiederaufnahme des Falls ab. Jimi Boka ließ nicht locker, er war davon überzeugt dass Oscar Camp der Mörder war. Er wühlte in dessen Leben, bis viel Dreck an die Oberfläche kam. Letztendlich konnte er jedoch nichts beweisen.

Es war klar, dass Oscar nach Abschluss der Highschool irgendwann in die übergroßen juristischen Fußstapfen seines Vaters treten sollte. Intelligent genug war er. Zwangsläufig folgte der Wechsel an die renommierte, private Tulane Universität nach New Orleans Anfang der Siebziger Jahre, um dort das Studium der Rechtswissenschaften aufzunehmen.

Der Universitäts-Campus besteht aus dreietagigen Gebäuden, denen eine vierte Etage als Dachgeschoss mit schwarzen Schieferdachpfannen aufgesetzt ist. Die grauen Klinkersteine fügen sich harmonisch in die Parklandschaft, die die einzelnen Vorlesungssäle umgibt. Türmchen und Zinnen schmücken die äußeren Fassaden der Gebäude und vermittelten Tradition und Geradlinigkeit der 1834 gegründeten Universität.

Schnell schloss sich Oscar Gleichgesinnten unter den fast zwölftausend Studierenden unterschiedlichster Fakultäten an. Sie trafen sich regelmäßig an Dienstagabenden im Keller einer Bar namens "Eckstein" in der Nähe des Central Business Distrikts von New Orleans, nur unweit des Mississippi gelegen.

Es dauerte nicht lange und man nahm ihn in den Führungskreis von Avalanche – wie sich der Bund nannte – auf.

Oscar, wäre der geborene Anführer gewesen, doch die Mehrheit hatte sich für Norman Brooks entschieden. Schuld war allein seine Kleinwüchsigkeit, so dass man den stattlichen Brooks ihm vorgezogen hatte. Eines Tages würde er Brooks beerben, da war er sich sicher. Koste es was es wolle.

Nach der gemeinsamen Zeit in New Orleans, die abrupt endete, denn eines Nachts brannte ihr geheimer Treffpunkt das "Eckstein" aus unerklärlichem Grund bis auf die Grundmauern ab, ging Oscar Camp zurück nach Grizzly Flats. Es hielt sich das Gerücht, dass Hugo Falk, der Besitzer der Bar den Brand selbst gelegt hatte, um die Versicherung zu betrügen. So erzählte es jedenfalls Norman Brooks. Falk selbst war wie vom Erdboden verschwunden, er hatte sich offensichtlich aus dem Staub gemacht, als sein Plan nicht aufging. Der Kontakt zu den Kameraden von Avalanche und insbesondere zu Norman Brooks blieb über Jahre bestehen.

Kapitel 42

Die arkane Gesellschaft

Aufrecht und nicht leicht geduckt wie die anderen folgte er den weiten, verschlungenen Kellergängen, die ihn immer tiefer hinab unter die Erde führten. Unter den unmittelbaren Vertretern des eigentlichen Oberhauptes der arkanen Gesellschaft waren zehn, welche das Recht besaßen, im Namen des ganzen Bundes ein neues Oberhaupt zu wählen.

Die meiste Zeit war das Bedrohliche nicht greifbar, doch manchmal wurden gruselige Gewalttaten direkt vor ihren Augen verübt, so hatte es auch Norman Brooks getroffen, ihren Anführer.

Avalanche - die Lawine - musste wieder ins Rollen gebracht werden auch ohne ihr geniales Oberhaupt. Er war sich sicher, dass sie ihn zum neuen Anführer wählen würden, denn er hatte alle Trümpfe in seiner Hand. Er besaß den Schlüssel zu allem was der Bund zum Überleben brauchte. Er besaß den Schlüssel zum Geld. Und Geld bedeutete Macht.

Vor über fünfundvierzig Jahren hatten sie sich als Studenten kennengelernt und schnell die gleiche Auffassung geteilt. Immer hatte Brooks darauf gedrängt, dass sie im Dunklen, im Geheimen handelten. Stets darauf bedacht nicht aufzufallen. Die charakterisierenden "Geheimnisse" des Bundes durften keinem Außenstehenden bekannt gemacht werden.

Damit sollte jetzt Schluss sein, denn das Geld aus Brooks genialem Coup war weißgewaschen und lag sicher auf einem Schweizer Konto. Auch das Geld von Frank Scott lag auf dieser Bank und wurde nach dessen Tod automatisch auf ihre Gesellschaft transferiert. Wenn er an der Macht war, würde der Klan in hellem Licht erscheinen. Dem querliegenden A sollten wieder mehr Gleichgesinnte folgen. An den Schlüsselpositionen der Politik und Gesellschaft brauchten sie neue Verbündete, um ihren Traum vom reinen, vom weißen Amerika umzusetzen. Die Taktik der kleinen Schritte war vorbei. Was jetzt folgen sollte, würde seinesgleichen suchen.

Er klopfte an der schweren Tür und wurde eingelassen.

Fremden würde der Atem stocken, würden sie diesen Raum jemals zu Gesicht bekommen. Jahrelang hatte einer der "Kellermeister" lediglich beim Schein einer Kerze mit Blut und sehr primitiven Mitteln phantasievolle Gemälde fremder Götter und merkwürdige Zeichen an die Wände gemalt. Überthront wurde das Ganze durch ein riesiges von der Decke herabhängendes, querliegendes A. Geformt aus den Knochen der Skelette unterschiedlicher Leichen. Unter ihnen auch die Gebeine der Schwarzen, die einst vor den Toren der Weberei Alberto Fresas herumlungerten.

Das Treffen war kurz.

Einstimmig wurde er zum neuen Führer gewählt. Sie tranken blutschimmernde Flüssigkeit aus silbernen Kelchen und besiegelten somit die Rechtsgültigkeit ihrer Wahl. Das Geld konnte transferiert werden. In einer Woche wollten sie sich wieder treffen. Er hatte ihnen noch zu erklären warum Tom Scott immer noch lebte.

Kapitel 43

Tiburon, 2016

Alle unsere Erkenntnisse brachten mich dazu anzunehmen, dass die Informationen über unseren genauen Aufenthalt in China von Tegel & Camp gezielt weitergeleitet worden waren. Den Beweis hierfür lieferte wie so oft mein Freund Rick Sanders, der durch seine Kontakte und Verbindungen im Darknet noch Erstaunliches zu Tage brachte. Unerklärlicherweise war er an sämtliche Telefonverbindungen der Kanzlei Tegel & Camp gekommen. Mit diesen Informationen konnte klar nachgewiesen werden, dass von dort aus mehrere Telefongespräche mit Chinesischer Vorwahl und dem Anschluss von Shaun Liu – der uns ja durch unsere eigenen Telefonate mit ihm bekannt war – geführt wurden. Eine Nummer mit chinesischer Vorwahl gehörte jedoch nicht zu Shauns Anschluss. Diese Nummer war auf den Anschluss von Tian Sha gemeldet.

„Das beweist, dass es einen Kontakt zwischen der Kanzlei und dem Mörder meiner Familie gab", sagte ich zu Rick, der mir bei einem Bier in Smitty´s Bar gegenüber saß.

„Aber wer hat mit ihm telefoniert Tegel oder Camp?"

Rick stellte die leere Flasche Bier zurück auf den Tisch und sah mich fragend an: *„Noch zwei?"*

Ich nickte, Rick ließ die Hand mit dem V kreisen.

„Auch das habe ich herausgefunden."

Ich zog die Stirn kraus: *„Wie?"*

„Der letzte Anruf an dem Tag, an dem ihr euch aufgemacht habt den Wutai Shan zu besteigen, kam von einem Handy..." Rick unterbrach, als die beiden Biere kamen.

„Sag schon", ich war gespannt und ungeduldig.

„Von Andrew Tegels Handy aus wurde telefoniert."

„Andrew Tegel hatte Tian Liu verraten wo wir hinwollten. Aber warum?", fragte ich, obwohl ich es mir denken konnte.

Rick, der die zweite Flasche Bier schon halb geleert hatte, sagte: *„Geld, das Motiv ist Geld. Du hattest doch erzählt, dass Shaun Liu während seines Aufenthaltes in der Kanzlei in den Akten auch Notizen über riesige Geldbewegungen und Überweisungen an Norman Brooks auf ein Privatkonto in der Schweiz gefunden hatte."*

Rick hatte Recht, Shaun hatte etwas darüber erzählt.

„Ich bin dem natürlich nachgegangen. Brooks hatte in der Schweiz zwei Konten für ein Unternehmen mit dem Namen "A.R. Canum" eröffnet. Hier liegen immer noch über eine Milliarde US-Dollar auf dem ersten und fünfhundert Millionen US-Dollar auf dem zweiten Konto. "

„A.R. Canum? Was bedeutet das?", wollte ich wissen.

„Die Gesellschaft ist in den USA gemeldet, mit Sitz in Placerville, Kalifornien. Zeichnungsberechtigt, also berechtigt Geld zu transferieren, sind für das erste Konto Norman Brooks und die Kanzlei Tegel & Camp. Für das zweite Konto Norman Brooks, die Kanzlei Tegel & Camp und dein Vater Frank Scott. Und hier liegt das Motiv", erläuterte Rick.

„Dein Vater ist tot, du bist der Alleinerbe, automatisch wirst du zeichnungsberechtigt. Tegel & Camp kommen nur an die fünfhundert Millionen mit deiner Unterschrift oder ...", Rick schwieg.

Ich schluckte: *„Oder, wenn ich tot bin."*

Eine Antwort bin ich dir noch schuldig Tom: *„Wenn man die Punkte zwischen dem A und dem R weglässt ergibt sich arcanum. Kommt aus dem lateinischen und heißt Geheimnis."*

Kapitel 44

Washington, 2016

Sonderermittler Paolo Mancini saß in seinem Büro vor dem Computer und schob mit der Maus verschiedene Dokumente und Bilder von rechts nach links und von oben nach unten. Er hasste diese Arbeit, aber der Fall Scott/Liu war aufgeklärt und abgeschlossen. Sowohl die US-Behörden als auch die Chinesen erwarteten daher einen Anschlussbericht über diesen außergewöhnlichen Fall. Er wollte heute noch fertig werden, da für morgen ein Termin mit einem Übersetzungsbüro vereinbart worden war, das die Zusammenfassung des Berichtes noch in die Chinesische Sprache übersetzen sollte. Ein Entgegenkommen des FBI, da Mancini den entscheidenden Tipp über die Einreise Lius vom Chinesischen Geheimdienst erhalten hatte. Der Sonderermittler war einer der letzten, die sich an diesem Abend noch in dem Bürokomplex aufhielten.

Unerwartet klingelte sein Smartphone.

Ich hatte Paolo Mancini angerufen und ihm das berichtet, was wir erfahren hatten. Offensichtlich schwebte ich immer noch in Gefahr.

„Eigentlich wollte ich den Fall heute Abend abschließen, aber an Ihren Schlussfolgerungen könnte etwas dran sein. Mich interessiert nicht woher Sie das alles wissen. Ich werde diesen Andrew Tegel vorladen und mir anhören was er zu sagen hat", versprach Mancini.

Der Abschlussbericht musste halt doch noch warten.

Nach einer Woche meldete sich Paolo Mancini telefonisch bei mir: *„Ich habe Andrew Tegel vernommen, er ist ohne zu zögern, freiwillig in Washington erschienen. Er streitet jedoch alles ab und behauptet Sie wären bei ihm gewesen und hätten einen verrückten ja schizophrenen Eindruck bei ihm hinterlassen den er auf das in China erlebte zurückführt. Von einer Gesellschaft namens A.R. Canum hatte er noch nie etwas gehört. Leider hat das FBI von hieraus keinen Zugriff auf die Kontodaten in der Schweiz, so dass wir nichts nachweisen können. Wir haben jedoch einen Antrag bei den Schweizer Polizeibehörden gestellt. Das kann jedoch einige Zeit dauern. Rechtlich haben wir auch keinen Zugriff auf seine Handydaten, so dass wir ihm keine Anrufe nach China nachweisen können. Er bestreitet jedoch nicht, dass er mit Shaun Liu gesprochen hat. Leider haben wir keinen Grund ihn weiter zu belästigen. Er erwähnte noch dass er es sich vorbehalte rechtliche Schritte gegen Sie zu unternehmen. Es tut mir leid, aber ich kann leider nichts Weiteres machen."*

Mancini verabschiedete sich. Ich glaubte in seiner Stimme Unzufriedenheit und Machtlosigkeit zu erkennen.

Dann musste ich alleine weitermachen.

Wie immer, wenn ich auf der Stelle trat, meldete sich einer meiner Freunde. Es war Rick.

„Hi Tom, ich bin fündig geworden. A.R. Canum war eine US-amerikanische Gesellschaft mit Sitz in Placerville."

„Hi Rick, wieso war, gibt es die Gesellschaft nicht mehr?"

„Genauso ist es. Sie wurde gestern aus dem Handelsregister von Kalifornien mit Wirkung zum Ende des Monats gelöscht. Das bedeutet, alle Aktivitäten der Gesellschaft enden in genau fünf Tagen."

In der linken Hand hielt ich mein Handy, während ich mir mit der rechten Hand mein Kinn massierte und kurz grübelte.

„Das heißt doch, falls sie an das Geld wollen, müssen sie es in den nächsten fünf Tagen irgendwohin transferieren, oder?"

Rick antwortete umgehend, als hätte er die Frage erwartet.

„Tom, zum Teil ist das schon geschehen, die Milliarden von Konto eins sind schon über die Caymans, Venezuela, Kolumbien und Hawai in die USA transferiert worden."

Rick legte eine kurze Pause ein, dann hörte ich wie er schluckte: *„Tom, das bedeutet auch, wenn sie an die 500 Millionen des zweiten Kontos wollen, müssen sie in den nächsten fünf Tagen aktiv werden. Und das bedeutet, sie müssen dich in den nächsten fünf Tagen aus dem Weg schaffen."*

Rick ließ seinen Worten eine weitere Pause folgen, bevor er sagte: *„Ehrlich gesagt Tom, hau ab und verschwinde für mindestens eine Woche, hier bist du nicht mehr sicher."*

„Wahrscheinlich hast du Recht", stimmte ich zu.

„Rick, weißt du wo genau A.R. Canum gemeldet waren in Placerville?"

„Das ist merkwürdig Tom, die Gesellschaft war in der Mainstreet gemeldet, das ist jedoch die Anschrift des Gerichtsgebäudes in Placerville,

dem Gericht an dem Oscar Camps Vater - Joseph Camp - Vorsitzender Richter und Andrew Tegel Gerichtshelfer waren."

Ich zog die Stirn kraus.

„Tom, bitte nimm das alles nicht auf die leichte Schulter und fahre für eine oder besser zwei Wochen irgendwohin in den Urlaub."

„Ok", antwortete ich.

Kapitel 45

Inszenierungen

Es war später Nachmittag, die Sonne würde in gut zwei Stunden beginnen unterzugehen. Ich schlug die Tür des Pick-Ups zu und startete den Motor. Eine kleine Sporttasche mit den nötigsten Sachen lag auf der Rücksitzbank. In einem großen Bogen verließ ich Tiburon über die Bucht von San Pablo nach Nordosten in Richtung Dwight D. Eisenhower Highway, der später in den Lincoln Highway übergeht. Wie immer schaltete ich das Radio ein. Wir hatten Freitag und der Wochenendverkehr hatte schon eingesetzt, die Blechkarawane rollte nur langsam den Highway entlang. Meine Gedanken ließen mir keine Ruhe und fragten mich ständig, ob es das Richtige war, was ich vorhatte. Ich wollte Gewissheit und dem Ganzen endlich ein Ende setzten.

Rick war nicht wohl dabei, aber er hatte mir noch Pläne des alten, ehrwürdigen Gerichtsgebäudes besorgt. Als er wissen wollte wofür ich die Pläne haben wollte, hatte ich ihm nur gesagt: *„Als Lektüre, denn ich werde am Wochenende verreisen. Ich muss mir darüber klar werden wie es weitergeht."*

„Es ist gut, dass du "Landsend" für einige Zeit verlässt. Wo soll es denn hingehen?"

„Weiß ich noch nicht, irgendwohin in den Süden", log ich.

„Aber ich melde mich von unterwegs."

Sheng fand es auch gut, dass ich mich für eine Zeitlang aus dem Staub machen wollte. Er hatte genug zu tun und sah sich keiner

Gefahr ausgesetzt, denn er war unbedeutend für das was wir meinten herausgefunden zu haben.

Zum ersten Mal hatte ich meine Freunde bewusst angelogen. Hätte ich ihnen mitgeteilt was ich vorhatte, hätten sie mich für verrückt erklärt oder darauf bestanden mitzukommen.

Während der Pick-Up langsam über den verstopften Highway kroch, musste ich an den grausamen Mord an Norman Brooks denken. Hatte Paolo Mancini nicht von einer Inszenierung gesprochen, die seinesgleichen suchte?

Er erwähnte Kirchenmusik.

Gab es da etwa eine Verbindung zu Andrew Tegel?

Andrews Vater James Tegel war Pfarrer.

Wirre Gedanken, aber sie ließen mich nicht mehr los.

Vor mir begannen die ersten Fahrzeuge zu hupen. Komisch dachte ich, wie diese Staus entstehen, wie aus dem Nichts und dann geht es plötzlich wieder weiter. In den Nachrichten meldeten sie nichts von einem Unfall oder einer Baustelle. Stehen auf dem Highway war das Schlimmste, wenn man wenigstens rollte, dann kam es einem zu mindestens so vor, als würde man sein Ziel noch rechtzeitig erreichen können. Viele Fahrer begannen dann die Fahrspuren zu wechseln, als wenn das etwas bringen würde. Das brachte mehr Unruhe in das ganze System, als das es half.

Da war auch schon das Resultat, jetzt standen alle Fahrzeuge, nichts ging mehr. Über zehn Minuten tat sich nichts, eine unendlich lange Zeit ohne jegliches Vorankommen. Unweigerlich fiel mir der Film "Falling Down – Ein ganz normaler Tag" mit Michael Douglas ein, in dem er einen im Stau steckengebliebenen Fahrer spielt, der Amok läuft. Dabei ist es doch nur ein subjektives Empfinden, denn Zeit vergeht objektiv betrachtet doch immer gleich schnell oder langsam. Aber so ist der Mensch, wenn nichts passiert, passiert offenbar doch etwas in seinem Kopf. Man sieht einen Zustand, den man nicht beeinflussen kann und beginnt ihn zu verarbeiten. Das Gehirn beginnt Sinneseindrücke und Informationen des Körpers aufzunehmen und schickt Botschaften in sämtliche Bereiche des Körpers zurück.

Alles schien heute wie inszeniert, so als wollte mich jemand davon abhalten mein Ziel zu erreichen.

Konnte das sein?

Wie damals im Jagdhaus von Scott Civilconstructions am Lake Phoenix ging es mir durch den Kopf. Ich dachte damals es wäre echtes Blut gewesen und die Kerle hätten die Mädchen wirklich verletzt und sexuell missbraucht. Doch auch das war alles nur inszeniert wie ich herausgefunden hatte.

Ich suchte einen neunen Sender im Radio, mal hören, ob es irgendwo Neuigkeiten über den Stau gab. Nirgends wurde etwas berichtet. Also zurück zum Musiksender. Bon Jovi – It´s my Life.

Bon Jovi, der unerwartete Gast auf "Hightowers" und Ruth Hochzeit. Auch nur eine Inszenierung, letztendlich war es doch nur eine Coverband und der Sänger sah Jon Bon Jovi sehr ähnlich. Aber die Inszenierung hatte geklappt, alle hatten es geglaubt, bis es Ruth am Ende doch klarstellte.

Vor mir wurde wieder gefahren. Der Stau schien sich endlich aufzulösen, wie von Geisterhand.

Was, wenn das alles nur inszeniert war? Die Vergewaltigung, die Kirchenmusik und die Verbindung zur Andrew Tegel. Der Polizist, der mich beobachtet hatte, offensichtlich auch nur eine Inszenierung. Der Anruf von Andrew Tegels Handy. War diese arkane Gesellschaft auch nur eine Inszenierung? War alles nur inszeniert, wer steckte dann dahinter?

Der Pick-Up hatte wieder volle Fahrt aufgenommen, ich fuhr meinem Ziel entgegen.

Ich hatte ein Zimmer in einem kleinen Landhotel reserviert und aß zu Abend. Anschließend rief ich wie vereinbart Sheng an und erzählte, dass ich gut in Carmel-by-the-Sea fast 230 Kilometer südlich von Tiburon angekommen wäre. Erwähnte kurz den verstopften Highway 1, den ich gewählt hatte.

„Hej, Carmel-by-the-Sea, klasse Ort, war auch schon mal da. Du musst dir unbedingt die Hotelanlage Mission Ranch ansehen, die gehört Clint Eastwood, der war mal Bürgermeister in dem Ort. Genau das Richtige zum Ausspannen. Melde dich morgen wieder, dann sind Rick

und Bob hier auf "Landsend", wir haben uns auf ein paar Bier verabredet", sagte Sheng.

Ich versprach, dass ich mich morgen um dieselbe Zeit, gegen 19 Uhr, vor dem Abendessen, wieder melden würde. Offensichtlich machten sich die Jungs Sorgen, dass mir doch etwas geschehen könnte. Ich hatte ein schlechtes Gefühl, denn ich hatte wieder gelogen. Ich war nicht in Carmel-by-the-Sea.

Die Kopie des Planes, die Rick mir besorgt hatte, stammte aus dem Jahr 1905. Der Plan lag ausgebreitet auf meinem Zimmertisch. Ich fuhr mit meinem rechten Zeigefinger über ihn. Placerville ein Ort mit heute knapp zehntausend Einwohnern entstand im Zuge des Goldrausches um 1850. Schnell bekam der Ort den Namen Hangtown von den vielen Hinrichtungen in den unruhigen Hochzeiten des Goldrausches. Zu dieser Zeit entstand auch das ehrwürdige Gerichtsgebäude, das damals auch als Gefängnis diente. Der Plan zeigte die Grundmauern des unter Denkmalschutz stehenden Gebäudes. Der Gefängnistrakt, der sich abseits der Mainstreet hinter dem Hauptgebäude befand, war vor über 75 Jahren abgerissen worden. Die Fläche schmückte mittlerweile ein kleiner Park, der bis an einen der Südarme des American Rivers führte.

Gegen 20 Uhr verließ ich das Landhotel und machte mich auf den Weg der arkanen Gesellschaft näher auf den Grund zu gehen.

Ich parkte den Pick-Up in einem Seitenweg und legte die letzten 300 Meter zu Fuß zurück. Schon von weitem konnte ich das historische Gebäude erkennen. Der American River, oder besser gesagt einer seiner zahlreichen Arme, teilt die parkartige Landschaft und umfließt das Gebäude in einem U-förmigen, weitläufigen Bogen. Ich querte den Fluss über eine Brücke und näherte mich von hinten dem Gebäude durch den Park. Mattes Licht der Straßenlaternen leuchtete mir den Weg. Auf dem Plan hatte ich in der Nähe des Ufers einen ehemaligen Eingang entdeckt, der unterirdisch direkt in den Gefängnistrakt führte. Er wurde benutzt, um Gefangene nicht durch das Gerichtsgebäude führen zu müssen, wenn das, aus welchem Grund auch immer, erforderlich war. Das Gefängnis existierte seit 75 Jahren nicht mehr. Dennoch war ich neugierig und wollte wissen, was sich heute an der Stelle des ehemaligen Eingangs befindet.

Einer inneren Eingebung folgend verließ ich den Hauptweg und stieg das Ufer hinab. Eine Taschenlampe leuchtete über den schmalen Pfad. Der Himmel war bewölkt, so dass die Finsternis vollkommen Besitz über den Park ergriffen hatte. Den Fluss zu meiner Linken folgte ich vorsichtig dem Ufer. Es war rutschig und ich musste die Zweige vereinzelter Büsche beiseite biegen, um mir den Weg zu bahnen. Der Flussarm führte das Ufer bereits wieder weg vom Park, als ich hinter einem der zahlreichen, dichtgewachsenen Büsche die Stufen eines ehemaligen Treppenabgangs erblickte.

Der Mond spendete in dieser Nacht nur wenig Licht, immer dann wenn einige Wolken an ihm vorüberzogen, so dass ich im Licht des Kegels meiner Taschenlampe vorsichtig die Stufen hinab ging. Es hatte den Anschein, als würde mich die Treppe in eine der stillgelegten, ehemaligen Minen führen.

66 Stufen – erstaunlicherweise gut erhalten und trittfest - führten in die Tiefe. Die Treppe wurde regelmäßig benutzt ging es mir durch den Kopf. Offensichtlich mussten die Benutzer der Treppe von der anderen Seite an den Abgang gelangen, denn der schmale Pfad, den ich gekommen war, wirkte eher wenig benutzt auf mich. Der Treppenabgang endete abrupt vor einer dunklen Tür.

Ich drückte die eiserne Klinke nach unten. Die Tür war verschlossen. Ich setzte mich auf eine der Stufen und nahm die kleine Tasche, die ich bei mir führte, von meiner Schulter. Das Schloss der Tür schien aus einem anderen Jahrhundert zu stammen. Es machte auf mich den Eindruck, als könnte es leicht mit einem Dietrich geöffnet werden. Dann kramte ich einen dicken Draht, eine Zange und einen Hammer aus meiner Tasche hervor. Den Draht bog ich an dem einen Ende zu einer kreisförmigen Schlaufe. Das andere Ende bog ich um neunzig Grad nach unten. Den so geformten Dietrich legte ich auf eine der Treppenstufen und schlug das umgebogene Ende mit dem Hammer platt. Im Schein der Taschenlampe begutachtete ich den Dietrich von allen Seiten, schlug noch zwei-, dreimal nach, bevor ich ihn in das Türschloss steckte.

Zu meinem Erstaunen passte er und ließ sich nach links bewegen. Zweimal konnte ich den so gefertigten Schlüssel drehen und die Tür ließ sich ohne Probleme öffnen. Die Angeln der Tür quietschten nicht, als ich sie nach innen aufschob. Ein weiterer Hinweis, dass die Tür regelmäßig geöffnet wurde.

Ich musste mich ducken, um in den Gang hinter der Tür zu treten. Was folgte war ein breiter, aber eher niedriger Kellergang.

Passend zu seiner Zeit – einem längst vergangenen Jahrhundert. Der Gang führte mich immer tiefer hinab unter die Erde. Ich begann unwillkürlich zu frösteln, als ich ihm folgte. Im Licht der Taschenlampe wurde mein eigener Schatten von den in Stein geschlagenen Wänden reflektiert. Ich ging langsam und vorsichtig – immer auf der Lauer irgendjemand oder irgendetwas könnte unerwartet vor mir auftauchen. Meine Gedanken rasten wie auf einem Karussell. Der Weg kam mir unendlich lang vor, als ich plötzlich vor einer weiteren Tür stand.

Der Dietrich tat seinen Dienst erneut und öffnete auch diese Tür. Ein weiterer Gang folgte. Offensichtlich war der Gefängnistrakt nicht abgerissen worden, sondern lediglich mit Erde überschüttet, die heute das Fundament des Parks bildete. Rechts und links des Ganges sah ich die vergitterten Zellen des ehemaligen Gefängnisses. Ich wagte einen kurzen Blick in eine der Zellen und konnte lediglich zwei an den Wänden befestigte, hochgeklappte Pritschen erkennen. Es gab keine Fenster, nur glatte Wände. Meine Gedanken begannen verrückt zu spielen. Ich erwartete jeden Moment auf das Skelett eines der ehemaligen Gefangenen zu treffen, aber nichts dergleichen geschah.

Als ich das Ende des Zellentraktes erreicht hatte, stand ich vor einer Wand. Ich runzelte die Stirn: *„War ich in eine Sackgasse gelaufen?"*

Ich drehte mich mehrfach um meine eigene Achse und im Kegel des Lichtes meiner Taschenlampe entdeckte ich eine Öffnung in der rechten Seitenwand. Keine drei Meter neben der letzten Zelle. Der folgende Gang führte mich weit ins Innere des ehemaligen Gefängnisses. Ein Blick auf den alten Plan, den ich bei mir führte, ließ mich erahnen, dass ich mich nun direkt, tief unter dem noch existierenden Gerichtsgebäudes von Placerville befinden musste.

„Hangtown und seine unzähligen Hinrichtungen aus den Zeiten des Goldrausches", ging es mir durch den Kopf.

Irgendwo hatte ich gelesen, dass es einen ganz speziellen Raum gab, in dem die nicht öffentlichen Hinrichtungen durchgeführt wurden. Der Henker führte die zum Tode durch Erhängen Verurteilten dann durch den Korridor eines Ganges direkt in diesen Raum. Der Verurteilte schritt voran und der Henker folgte seinem letzten Gang.

Der Sage nach wurde dieser Gang "Dead Man´s Walk" genannt.

Mir gruselte bei diesem Gedanken einen Korridor des Todes aus längst vergangenen Zeiten zu betreten. Dennoch tat ich es. Die Neugier schien die Angst zu besiegen.

Es roch nach schimmeliger Feuchtigkeit. Der Gang verengte sich zusehends. Es handelte sich tatsächlich um den "Dead Man's Walk", denn auch dieser Gang wurde zu seinem Ende hin immer schmaler. Der Grund hierfür war, dass die verurteilten Delinquenten sich nicht umwenden und fliehen konnten. Der Henker konnte so die Kontrolle über die Verurteilten behalten. Ihre Hinrichtung war unausweichlich. Ewig scheinende zwei Minuten dauerte der Weg und der Gang wurde immer enger, die Decke senkte sich und die Wände rückten zusammen. Kalter Schweiß stand mir auf der Stirn. Ich bin nicht klaustrophobisch, aber die zunehmende Enge machte mir Angst.

Dann hatte ich das Ende des Korridors erreicht und stand vor einer weiteren, schweren Tür.

Ich überlegte nur kurz, zog den Dietrich aus meiner Tasche und führte ihn in Richtung Schloss, erst dann erkannte ich im Licht meiner Taschenlampe, dass diese Tür mit einem modernen Zylinderschloss versehen war.

Irgendwann hatte ich irgendwo einmal gelesen, dass man einen normalen Zylinderschlüssel als eine Art Schlagschlüssel verwenden konnte, um damit ein Türschloss zu öffnen. Ich kramte in meiner Hosentasche und zog meinen Schlüsselbund hervor. Fünf verschiedene Schlüssel hingen an dem Bund.

Ich begann leicht zu zittern, als ich versuchte den ersten Schlüssel in das Schloss zu führen. Ich rutsche ab und hinterließ einen dicken Kratzer am Schloss. Der Schlüssel passte nicht. Es folgte der zweite Schlüssel. Auch der passte nicht. Meine Hände zitterten nun stärker.

War es die Kälte hier unten oder war es Angst?

Der dritte Schlüssel ließ sich in das Schloss schieben, aber nicht drehen. Ich zog ihn vorsichtig wieder heraus.

Der vierte und fünfte Schlüssel passten ebenfalls nicht in das Schloss. Ich schob den dritten Schlüssel erneut langsam in das Schloss und meinte zu fühlen, dass er im letzten Drittel seiner Länge ein wenig klemmte.

Da Zylinderschlösser aus einem runden Element gefertigt sind, das sich dreht, sobald die Zähne im Inneren entsperrt sind und sie die Bewegung nicht länger blockieren, ist es wichtig den Bart entsprechend zu feilen. Wenn ich diesen Schlüssel als Schlagschlüssel verwenden wollte, musste ich ihn so feilen, dass er alle Aussparungen in der geringst möglichen Tiefe ausfüllt. Ich zog ihn wieder aus dem Schloss, nahm eine Feile aus der Tasche und begann die Zacken des letzten Schlüsseldrittels zu bearbeiten.

Anschließend fügte ich den Schlagschlüssel bis zu dem letzten Bart in das Schloss ein. Er schien immer noch ein wenig zu klemmen. Ich zog ihn wieder heraus und begann erneut zu feilen. Der nächste Versuch folgte. Mein Zittern hatte durch das ständige Feilen nachgelassen. Vorsichtig schob ich den bearbeiteten Schlüssel erneut in das Schloss. Ich spürte den sanften Klick, als der erste Bart einen Zahn im Zylinder nach oben schob. Dann folgte der zweite Klick, der Bart traf die Aussparung darunter. Langsam schob ich weiter.

Klick.

Klick.

Der Schlüssel steckte jetzt soweit im Schloss, dass nur noch ein Zahn übrig war, der noch nicht angehoben war.

Ich nahm den Hammer in meine rechte Hand und setzte einen festen und gezielten Schlag auf den Schlüssel. Gleichzeitig versuchte ich den Schlüssel zu drehen.

Doch es geschah nichts.

Ich wiederholte den Schlag erneut und der Schlüssel ließ sich zu meinem Erstaunen nach links drehen. Das Schloss öffnete sich und ich konnte die Tür nach innen schieben.

Im Licht meiner Taschenlampe stockte mir der Atem, als ich den hinter der Tür liegenden Raum zu Gesicht bekam. Mein Herz begann schneller zu schlagen.

Phantasievolle Bilder fremder Götter und merkwürdige Zeichen waren an die Wände gemalt. Überthront wurde das Ganze durch ein riesiges von der Decke herabhängendes, querliegendes A. Geformt aus menschlichen Knochen glaubte ich zu erkennen.

Was war hier geschehen?

Das Herz schlug mir nun bis zum Hals, als ich mittig im Raum stand, an dessen Ende sich ein Tisch befand, der mit einem weißen, bodentiefen Tuch überzogen war. Er wirkte wie ein Altar. Stühle waren vor dem Tisch aufgestellt, so als hätte hier vor kurzem noch eine Versammlung stattgefunden. Eine Versammlung auf der beschlossen wurde mich zu töten ging es mir durch den Kopf. Das Zittern war wieder da.

Dann erblickte ich in der rechten hinteren Ecke einen Schrank, dessen Tür mit einem großen Vorhängeschloss verschlossen war. Dieses Schloss konnte ich nicht öffnen. Wohl oder Übel musste ich mir einen Seitenschneider besorgen und nochmal wiederkommen. Ich verließ den Raum, lief schnellen Schrittes durch den Kellergang und trat ins Freie. Tief sog ich die kühle Luft in meine Lungen.

Huschte da nicht ein Schatten am Ufer entlang? Oder waren es nur die am Mond vorbeiziehenden Wolken gewesen, die mich glauben ließen, ich würde beobachtet.

Auf dem Weg zurück zum Landhotel überschlugen sich meine Gedanken erneut.

Hatte ich alle Türen wieder korrekt verschlossen? Tagte unten in dem Raum, den ich entdeckt hatte, tatsächlich die arkane Gesellschaft? Oder waren das alles nur Hirngespinste? Was befand sich in dem verschlossenen Schrank?

Am nächsten Tag hatte ich mir in einem Baumarkt einen Seitenschneider und ein Jagdmesser besorgt. Wer weiß wofür ich es noch gebrauchen konnte.

Gegen 20 Uhr machte ich mich erneut auf den Weg. Verdammt fiel es mir plötzlich ein, ich hatte doch tatsächlich vergessen mich bei Sheng, Rick und "Hightower" zu melden. Zu beschäftigt war ich den ganzen Tag über meinen Gedanken nachgegangen. Naja, egal, ich wollte eh nicht lange hier unten bleiben und würde sie nachher aus dem Wagen anrufen, nachdem ich den Schrank geöffnet hatte.

Ich kramte in meiner Tasche und wollte den Dietrich in das Schloss der ersten Tür stecken, doch ich brauchte ihn nicht. Die Tür war unverschlossen. Hatte ich doch gestern tatsächlich vergessen sie beim Verlassen wieder zu verschließen? Ich konnte mich nicht mehr richtig daran erinnern. Die nächste Tür war ebenfalls unverschlossen. Die Taschenlampe leuchtet mir den Weg zur letzten, schweren Tür mit dem Zylinderschloss. Die Tür war nur angelehnt. Vorsichtig schob ich sie nach innen und betrat im Licht meiner Taschenlampe den leeren Raum. Meine Tasche stellte ich auf den altarförmigen Tisch mit der herabhängenden weißen Decke. Mein Blick fiel auf den Schrank. Das Vorhängeschloss machte einen stabileren Eindruck auf mich als gestern Nacht. Meine rechte Hand glitt in die Tasche und zum Vorschein kam der Seitenschneider. Er fühlte sich kalt an und hinterließ einen guten Eindruck in meiner Hand.

„Wird schon klappen", ging es mir durch den Kopf.

Plötzlich und unerwartet nahm ich Geräusche wahr. Schritte, das waren eindeutig Schritte. Hier kam jemand den Kellergang entlang. Ich blickte zur schweren Tür, die immer noch einen Spalt offen stand. Instinktiv knipste ich meine Taschenlampe aus. Von außen drang Licht durch den Spalt der Tür.

„Scheiße, was mache ich jetzt?"

„Unter den Tisch."

Ich musste unter den Tisch, das war die einzige Möglichkeit mich zu verstecken. Reflexartig ergriff ich die Tasche, zog das weiße Laken hoch und kroch unter den Tisch. Der Seitenschneider verschwand wieder in der Tasche. Zum Vorschein kam das Jagdmesser. Ich hielt es fest umklammert und lauschte.

Die Schritte kamen näher. Da ich nicht viel durch den Schleier sehen konnte, lauschte ich intensiv in meine Umgebung. Jedes Geräusch und jeden Laut saugte ich auf. Ich glaubte zwei Paar Schuhe wahrzunehmen. Ein klackendes Geräusch und ein eher schlurfendes.

Mir kam eine Übung in den Sinn, die ich als Junge mal in einem Pfadfindercamp trainiert hatte. Wir nannten sie Schärfung der Sinne. Damals hatten wir uns an einen Ort der Einsamkeit zurückgezogen – ich hatte eine Höhle gewählt. Dort war ich vollständig von allen Sinneseindrücken abgeschottet. Fast so wie jetzt. Man schweigt und lauscht. Schon nach kurzer Zeit beginnt man Dinge, insbesondere Geräusche wahrzunehmen, die einem vorher nicht bewusst waren. Das Gehör funktionierte dann so wie die Augen, die sich mit zunehmender Dauer an die Dunkelheit gewöhnen.

Ein leichter Windzug zog durch den Raum, als die schwere Tür ganz geöffnet wurde.

Zwei Personen betraten den Raum.

„Lass uns die Kerzen anzünden", sagte die eine Person.

„Die anderen werden in spätestens einer Stunde kommen", hörte ich die andere Person antworten.

Eindeutig Männer, wie ich an den Stimmen zu erkennen glaubte.

Dann hörte ich ein Zischen, als jemand ein Streichholz an der rauen Fläche einer Schachtel entlang zog.

Offensichtlich wurden Kerzen angesteckt. Ich konnte einen Schatten erkennen, der an dem Tisch, unter dem ich saß, vorbeihuschte.

Der andere Mann rückte unter schleifenden Geräuschen die Stühle zurecht.

Einer der Schatten kam im Licht der Kerzen auf mich zu. Seine Silhouette wirkte so, als trug er ein Gewand. Es war der mit dem schlurfenden Schritt. Er bog links ab und verschwand aus meinem Blickfeld. Ich traute mich nicht mich zu bewegen. Mit einem Klacken hatte der Schlurfende das Vorhängeschloss des Schrankes geöffnet. Er kam wieder auf den Tisch zu und stand jetzt hinter mir. Es hörte sich so an, als würde er die Decke auf dem Tisch glatt streichen.

Das Blut staute sich in den Fingern meiner rechten Hand, mit eisernem Griff hielt ich das Messer umklammert.

Irgendein Gefäß wurde auf den Altar gestellt. Ich nahm das hohle Geräusch wahr, als es abgestellt wurde. Gefolgt von einem Gluckern. Flüssigkeit wurde in das Gefäß gefüllt.

„Findet hier eine Messe statt?", schoss es durch meine Gedanken.

Meine Schläfen pulsierten.

„Sie kommen", sagte die andere Stimme plötzlich.

Der Schlurfende verließ den Platz hinter dem Altar. Ich nahm das Murmeln sich nähernder Stimmen wahr.

Die letzte Möglichkeit, um mich noch einmal zu bewegen und mich ein wenig anders hinzusetzen, ohne dass mir eines meiner Beine einschlief.

Raum.
Eine nicht zu identifizierende Anzahl von Personen betrat den

Meine Augen hatten sich nun vollkommen an das schummerige Licht gewöhnt, so dass ich durch das weiße Laken die Umrisse der Personen eindeutig erkennen konnte.

Alle trugen Gewänder.

Gewänder, die über ihren Köpfen begingen und kurz vor dem Boden endeten.

Schlagartig wurde mir klar, dass hier keine Messe stattfinden würde.

Hier tagte der Klux-Klux Klan.

„Verdammt, wenn die Kerle mich entdecken, bin ich tot."

Kalter Schweiß bildete sich auf meiner Stirn. Ich spürte Todesangst.

Panik stieg in mir auf.

Enge breitete sich in meiner Brust aus, gefolgt von Herzrasen und Zittern. Vorsichtig legte ich mich nahezu geräuschlos auf den Boden, versuchte flach zu atmen und schloss meine Augen.

Kapitel 46

Tiburon, 2016

„Ich habe ein Scheißgefühl", sagte Rick.

„Mir geht es nicht anders", bestätigte ihn "Hightower".

„Wir hatten klar vereinbart, dass er sich gegen 19 Uhr meldet."

Sheng sah auf seine Armbanduhr.

„Es ist bereits nach 21 Uhr. Die Situation ist nicht zum Spaßen und eigentlich kann man sich auf Tom verlassen."

Sheng war wütend und beunruhigt zu gleich.

Wie vereinbart, hatten die drei sich auf „"Landsend" zum Bier getroffen. Tom wollte sich melden, hatte es jedoch bislang nicht getan.

„Ich habe bereits mehrmals auf seinem Handy angerufen. Aber niemand geht ran."

Bob verzog ein nachdenkliches Gesicht.

Rick war aufgestanden und zu seinem Computer gegangen. Die Kommandozentrale war immer aktiv. Ricks Finger flogen über die Tastatur.

„Was machst du", wollte Sheng wissen.

„Verdammt, das gibt es doch nicht", fluchte Rick.

„Du hast doch gesagt, dass Tom dir erzählt hat, dass er nach Carmel-by-the-Sea gute 230 Kilometer südlich von Tiburon gefahren ist."

Er sah in Shengs Richtung.

„Ja, genau. Dorthin wo Clint Eastwood mal Bürgermeister war."

„Ich habe sein Handy geortet, er ist nicht in Carmel-by-the-Sea. Das Handy befindet sich in Placerville."

„Placerville?"

Sheng zog die Stirn kraus.

„Liegt nördlich von Tiburon, nicht südlich."

„Warum hat er mich angelogen?"

„Das kann ich dir sagen".

243

Rick hatte sich aus seinem Stuhl erhoben und den Bildschirm in Richtung von "Hightower" und Sheng gedreht.

Auf dem Bildschirm erschien eine Karte, eine Art Bauplan.

„Was ist das?", wollten die beiden wissen.

„Eine Grundrisszeichnung des Gefängnisses von Placerville."

Rick erzählte den beiden was er über Andrew Tegel und Oscar Camp herausgefunden hatte.

Dass Andrew Tegel Tian Liu verraten hatte wo Tom und Sheng in China hinwollten, als sie zum Wutai Shan aufbrachen.

Dass Norman Brooks in der Schweiz zwei Konten für ein Unternehmen mit dem Namen "A.R. Canum" eröffnet hatte, auf denen 1,5 Milliarden US-Dollar lagen. Eine Milliarde US-Dollar auf dem ersten und fünfhundert Millionen US-Dollar auf dem zweiten Konto.

Dass die Gesellschaft "A.R. Canum" in den USA gemeldet war, mit Sitz in Placerville, Kalifornien. Mit einer gemeldeten Anschrift in der Mainstreet, der Anschrift des Gerichtsgebäudes in Placerville in dem Gericht an dem Joseph Camp Vorsitzender Richter und Andrew Tegel Gerichtshelfer waren. Und dass das Gericht früher auch als Gefängnis diente. Eine Grundrisszeichnung hatte er Tom auch besorgt. Und die sahen sie jetzt auf dem Computerbildschirm.

Dass die Zeichnungsberechtigten zum Transfer der Gelder aus der Schweiz in die USA für das erste Konto Norman Brooks und die Kanzlei Tegel & Camp waren. Für das zweite Konto Norman Brooks, die Kanzlei Tegel & Camp und Toms Vater Frank Scott.

Dass A.R. Canum aus dem Handelsregister von Kalifornien mit Wirkung zum Ende des Monats gelöscht worden war und dass die Aktivitäten der Gesellschaft in genau vier Tagen enden würden.

Dass ein Teil des Geldes nämlich die Milliarden von Konto eins bereits über kaum nachvollziehbare Umwege in die USA transferiert worden waren.

Dass, wenn die Gesellschaft an die restlichen 500 Millionen Dollar kommen wollte – wovon man ausgehen musste – das Geld irgendwohin transferiert werden musste.

Und dass genau hier das Motiv für einen möglichen Mord an Tom lag. Toms Vater ist tot und Tom der Alleinerbe. Somit ist er automatisch zeichnungsberechtigt. Tegel & Camp kamen also nur an die fünfhundert Millionen mit Toms Unterschrift oder durch Toms Tod.

„Ach, was ich noch vergessen habe", beendete Rick seine Erläuterungen, *„Arcanum kommt aus dem lateinischen und heißt Geheimnis."*

„Und Tom hat jetzt diese Karte vom Gefängnis von Placerville und will der Sache genauer auf den Grund gehen und das Geheimnis lüften", schlussfolgerte "Hightower".

„Jetzt verstehe ich auch warum er mich oder uns angelogen hat. Hätte er einem von uns gesagt was er vorhat, hätten wir versucht ihn daran zu hindern."

Sheng blickte in die Gesichter der Freunde.

„Oder darauf bestanden mitzukommen", sprach Rick aus, was die anderen dachten.

Kapitel 47

Das scheinbare Ende

„Ich grüße die Mitglieder von Avalanche", die Stimme riss mich aus meiner Trance.

Ich war nicht in Ohnmacht gefallen und lebte auch noch. Die hochfokussierte Konzentration auf das Geschehen im Raum - auf die Männer, die mir nach dem Leben trachteten - hatte tief in mir ein intensives, mentales Erleben bei gleichzeitiger tiefer Entspannung hervorgerufen. Das führte zu einer Blockade meines logisch reflektierenden Verstandes. Die Stimme hatte die Blockade ruckartig gelöst und ich war wach.

Hellwach!

Der Anführer des Klux-Klux Klans sprach zu seinen Gefolgsleuten. Er erläuterte ihnen mit ruhiger Stimme, dass er das Geld vom ersten Schweizer Bankkonto auf ein Konto in die Vereinigten Staaten hatte transferieren lassen.

„Kameraden, unser Klan ist somit wieder handlungsfähig!"

Lautes Klatschen der Männer im Raum hallte in meinen Ohren wider. Ich nahm an, dass sich ausschließlich Männer in dem Raum des ehemaligen Gefängnisses aufhielten. Da sie aber bis auf wenige nicht sprachen, konnte es nur eine Annahme bleiben. Natürlich war es auch möglich, dass sich Frauen unter ihnen befanden.

Eine tiefe, männliche Stimme meldete sich zu Wort: *„Wir sind jetzt also wieder in der Lage neue Mitglieder zu werben? Mitglieder, die unserem Klan zu neuem Glanz verhelfen werden, so wie du es in der letzten Sitzung angedeutet hast?"*

„So ist es", bestätigte die Stimme ihres Anführers.

Es war nicht die Stimme von Andrew Tegel, die ich in den Treffen mit ihm lange hatte hören können.

Eine weitere Stimme wollte wissen: *„Das ist gut, aber was ist mit den 500 Millionen Dollar auf dem zweiten Konto?"*

Der Anführer räusperte sich kurz: *„Ohne diesen Tom Scott kommen wir nicht an das Geld."*

Die Stimme machte eine Pause bevor sie erneut erklang: *„Es sei denn er ist tot, denn dann - so bestimmt es ein Passus in der Kontovollmacht - fällt das Geld auf verschiedenen, nicht nachvollziehbaren Umwegen dem Klan zu. Kameraden, wir stehen unter Zeitdruck, denn wir haben nur noch vier Tage Zeit, dann gibt es unsere Transfergesellschaft A.R.Canum nicht mehr."*

Viermal zischte mir das lispelnde Z durch die Gehörgänge, bevor lautes Gemurmel aller Anwesenden einsetzte.

„Ruhe, ich bitte um Ruhe!", rief der Anführer.

Das Gemurmel verstummte.

„Wir werden noch heute Nacht einen Profi damit beauftragen das für uns zu erledigen", zischte es.

„Einen Profi", ging es mir durch den Kopf und meine Nackenhaare richteten sich auf. Offensichtlich wollte er – und mir war schlagartig klar geworden, dass es sich bei dem Anführer um Oscar Camp handelte - einen Profikiller anheuern. Wahrscheinlich hatte er es längst getan, ohne die Zustimmung der anderen Klanmitglieder abzuwarten.

Es wurde ruhig in dem Raum und ich sah einen Schatten auf den Altar zukommen, es war der Schlurfende, der das Wort ergriff.

„Kameraden, gestern, weit nach Mitternacht, habe ich wie in jeder Nacht vor unseren Versammlungen die Eingänge und Türen auf Veränderungen geprüft. Mir ist dabei aufgefallen, dass sich einige Kratzer an dem Zylinderschloss befinden. Es kam mir so vor, als hätte jemand versucht die Tür mit einem nachgemachten Schlüssel zu öffnen. Da ich aber keine weiteren Hinweise in unserem Versammlungsraum gefunden habe und auch der Schrank mit den Klanutensilien gut verschlossen war, habe ich angenommen, falls jemand hier unten gewesen ist, dass er noch einmal wiederkommen würde, um zu sehen was sich in dem Schrank befindet. Ihr sollt wissen, dass ich aus diesem Grund die Überwachungskamera eingeschaltet habe. Wir sollten uns ansehen, ob sie etwas aufgezeichnet hat."

Die Stimme schlurfte in Richtung Schrank.

Dann ging alles rasend schnell. Die Bilder der Überwachungskamera hatten mich entlarvt. Mit einem kurzen Ruck zogen einige Männer das weiße Tuch vom Altar und gaben mein Versteck preis. Vier Arme ergriffen mich und zogen mich vom Boden nach oben. Mit Todesangst im Gesicht sah ich in die maskierten Gesichter der Klanmitglieder. Vor Schreck hatte ich das Jagdmesser fallen gelassen.

Ihr Anführer befahl: *„Fesselt ihn, der Mann ist Tom Scott!"*

Zwei Männer gingen zum Schrank und holten ein Seil.

„Aufhängen, aufhängen,...", schallte es durch den Raum.

Der Anführer hob die Hände, um die Männer zu beschwichtigen.

247

„Das macht keinen Sinn. Wir müssen ihn so töten, dass es wie ein Unfall oder ein natürlicher Tod aussieht. Es darf keine Zweifel geben, sonst können wir das Geld nicht transferieren."

Da war es wieder das Z und die Kleinwüchsigkeit seiner Körperstatur passte auch. Trotz der Maskierung war mir klar, dass Oscar Camp dort vorne stand.

Die anderen nickten mit den Köpfen und stimmten unter leiser werdendem Getuschel zu.

„Was hast du vor?", wollten sie wissen.

„Ich werde mich darum kümmern, lasst das meine Sorge sein", bot der Anführer an.

An den Schlurfenden gerichtet sagte er: *„Zieh ihm einen Sack über den Kopf und dann schaff ihn zu deinem Lieferwagen."*

Merkwürdiger Weise hatte sich mein Herzschlag beruhigt. Ich konnte klar denken. Die Situation war unerwartet, auch für den Anführer des Klans. Und er schien wütend oder nervös zu sein. Schon wieder hatte er ein zischendes Z ausgesprochen. Oscar Camp konnte sicherlich so schnell noch keine Lösung für meine Beseitigung parat haben. Das würde mir Zeit verschaffen. Zeit, die ich sinnvoll nutzen musste, um hier doch noch lebend heraus zu kommen.

Ich wusste wer er war.

Konnte ich diese Kenntnis zu meinem Vorteil nutzen?

Ein Blick auf meine Armbanduhr sagte mir, dass es bereits nach Mitternacht war. Dann wurde es dunkel, als die Männer mir einen Sack überstülpten. Schnell fesselten sie mir die Hände auf den Rücken. Zwei Männer hakten mich rechts und links unter und führten mich in den Kellergang. Die anderen folgten uns.

Einen Fuß vor den nächsten setzend stieg ich die Kellertreppe empor. Unerwartet meldete sich Oscar Camp.

„Halt, führt ihn zurück, nicht in den Lieferwagen. Wir lassen ihn zunächst hier, in einer der alten Gefängniszellen."

Sie legten mich auf eine der Pritschen, verschlossen die Tür und ließen mich gefesselt und mit einem Sack über dem Kopf zurück. Es wurde still, unheimlich still.

Mit der Stille kam die Angst.

Kapitel 48

Omsk

Lukacs war im sibirischen Kalachinsk nahe dem Fluss Om aufgewachsen. Sein Weg hatte ihn schnell in die nächstgrößere Stadt Omsk gebracht. Die zur damaligen Zeit gut achthundertausend Einwohner zählende Stadt war auf dem Weg zur Millionenmetropole.

Sie war eine der sogenannten geschlossenen Städte der damaligen Sowjetunion, in welche Ausländer keinen Zutritt hatten, um Spionageangriffe in der Omsker Militär- und Raumfahrtindustrie abzuwehren.

Mit einer Körpergröße von über einmeterneunzig und einem Körpergewicht von fast zwei Zentnern fand Lukacs schnell Arbeit als Türsteher in einem der zahlreichen Clubs von Dimitri Romanow, dem Rotlichtkönig von Omsk.

Romanow war der heimliche Anführer des "Independent Klan of Omsk", dem sogenannten IKOO. Er war verantwortlich für die Wiederbelebung des Klans, erweiterte ständig die Basis des Klans und schuf eine enge Verbindung zu einer der Untergruppen des amerikanischen Klux-Klux Klans. Einer Untergruppe, die sich Avalanche - Lawine – nennt, stand er besonders nah. Dimitri Romanow wurde als der mächtigste Mann in Omsk angesehen. Er hatte beste Verbindungen zu einflussreichen Politikern der damaligen Sowjetunion. Romanows Schergen räumen auch heute noch - über ein Vierteljahrhundert nach dem Zerfall der ehemaligen Sowjetunion - den Dreck für die politische Elite Mütterchen Russlands beiseite.

Anfangs regelte Lukacs sämtliche Probleme, die angetrunkene Gäste in den Clubs verursachten, mit roher Gewalt. Unbeholfen, aber vor Kraft strotzend, schlug er mit seinen großen Fäusten den einen oder anderen Gast nieder, ohne sich weitere Gedanken über dessen Zustand zu machen.

Eines Nachts in den frühen Morgenstunden – die Sonne begann gerade aufzugehen und der Club, in dem er an diesem Wochenende Aufsicht führte, hatte soeben seine Türen geschlossen – machte Lukacs sich auf den Heimweg. Müde von der langen Nacht querte im Stadtzentrum den Irtysch über die Leningrader Brücke, als ihm vier unbekannte Gestalten entgegen kamen. Ihre Umrisse verschwanden immer wieder im Nebel, der von den Ufern des Irtysch heraufzog, sich wie Blei auf die Straße senkte und die Brücke in einen milchigen, undurchsichtigen Schleier hüllte.

Lukacs war auf der Hut, er ballte die Fäuste in seinen Taschen. Verdammt, er hatte sein Messer im Club liegen lassen. Die Gestalten kamen näher. Lukacs blinzelte, schloss kurz die Augen, als die Reflexion der aufgehenden Sonne auf dem Wasser des Irtysch ihn ein wenig durch den bleiernen Nebel blendete. Augenblicklich zerfielen die linearen Strukturen der vier Gestalten im Nebel zu undefinierbaren Schattenumrissen. Er konnte nichts erkennen, als er den ersten harten Schlag eines Baseballschlägers in seinem Magen spürte.

Es folgten dutzende Schläge, wie Trommelfeuer. Kopf, Rippen und jedes Knie – kein Körperteil wurde verschont. Blut strömte Lukacs aus Nase und Ohren, als er zu Boden sank. Aus dick geschwollenen Augen konnte er erkennen, dass eine der Gestalten ein Messer zückte. Den Schmerz des Schnittes spürte er kaum, als das Messer ihm zweimal in die Stirn schnitt.

„Als Erinnerung! Schlage nie wieder ein Mitglied unserer Familie", hörte er eine Stimme sagen, als die Gestalten wieder im Nebel verschwanden.

Lukacs wusste nicht, welchen der Gäste er verprügelt hatte.

Seit jener Nacht ziert eine fiese, kreuzförmige Narbe seine Stirn. Aber er hatte seine Lektion gelernt. Von nun an nahm er den angetrunkenen Gästen die Ausweispapiere ab, bevor er sie höflich zur Tür führte. Die Namen und Anschriften notierte er sich in einem kleinen Buch, das er immer bei sich trug. Jeweils zwei Wochen später suchte er die so hinausbeförderten Personen auf und erteilte ihnen eine Lektion.

Tief in seinem Inneren wusste er, dass auch die vier Gestalten, denen er seine Narbe zu verdanken hatten, eines Tages wieder in einem der Clubs auftauchen würden. Dann würden sich auch ihre

Anschriften in seinem Buch befinden. Es dauerte keinen Monat, da hatte er sie gefunden. Exakt zwei Wochen später schwammen ihre bis zur Unkenntlichkeit entstellten Leichen im Irtysch.

Im Laufe der Jahre hatte Lukacs das uneingeschränkte Vertrauen von Dimitri Romanow gewonnen, so dass er mittlerweile zum engsten Kreis des IKOO gehörte. Seinen Job als Türsteher übte er längst nicht mehr aus. Lukacs war für Sonderaufgaben des IKOO zuständig. Er hatte bei Romanows Leibarzt medizinische Kenntnisse erworben und gelernt den Dreck so von den Straßen zu räumen, dass es wie ein tragischer Unfall oder ein natürlicher Tod aussah, wenn man die Leichen fand. Manchmal verschwanden sie aber auch einfach, ohne dass sie jemand jemals wieder zu Gesicht bekam. Je nachdem welchen Auftrag er von Romanow bekommen hatte. Höfliche Umgangsformen und einen freundlichen Gesichtsausdruck hatte er sich angeeignet. Sie halfen ihm Vertrauen zu gewinnen. Eiskalt und mit äußerster Brutalität ging er vor, wenn er seinen Aufgaben nachkam.

Lukacs strich sich vorsichtig mit dem Zeigefinger der rechten Hand über die Narbe auf seiner Stirn, als die Iljuschin zum Landeanflug auf New York ansetzte. Er war besonders stolz auf diesen Einsatz. Dimitri Romanow hatte ihn zum ersten Mal mit einem Auslandsauftrag für den amerikanischen Bruderklan Avalanche beauftragt. Lukacs Reise würde ihn weiter nach San Francisco und dann nach Placerville führen. Die Kameraden von Avalanche brauchten offensichtlich seine Hilfe.

Romanow hatte klar verlangt, dass der in Auftrag gegebene Mord wie ein natürlicher Tod oder zumindest wie ein Unfall aussehen musste.

Lukacs hatte bei seinen bisherigen Säuberungen den Grundsatz gelernt: *„Die Toten lehren die Lebenden".*

Insbesondere in den USA versuchten die Rechtsmediziner immer so viel wie möglich aus den Leichen abzulesen, die bei ihnen auf den Seziertischen landeten. Aus Totenflecken und Hämatomen können die Rechtsmediziner eine Menge Schlüsse ziehen.

Sie öffnen die Schädel der Leichen und wiegen das Hirn, bevor sie Brust- und Bauchwand präparieren und die Körperhöhlen öffnen. Den Toten werden Organproben und Körperflüssigkeiten wie Urin, Blut und Gallensaft entnommen.

Liefert die Obduktion genug Befunde, können die Rechtsmediziner einwandfrei die Todesursache feststellen.

Ein gewisser Oscar Camp hatte Dimitri um Mithilfe unter Brüdern gebeten und dabei klar gemacht, dass man die Leiche auf jedenfall auffinden musste, sonst würde man nicht an das Geld kommen, das dem Klan zustand. Von diesem Geld sollte auch der IKOO für seine Hilfe bezahlt werden.

Lukacs musste also behutsam mit der Person umgehen, deren Namen er nicht kannte. Die Brüder von Avalanche hatten kein Bild oder eine Beschreibung übermittelt. Lukacs sollte das Opfer gefesselt in einer Zelle vorfinden. Keine weitere Person sollte anwesend sein wenn er den Gefängnistrakt betreten würde, so dass es nicht zu einer Verwechselung kommen konnte.

Der Gefangene würde sicherlich großen Durst haben, daher hatte Lukacs ein schnell abbaubares, nach wenigen Stunden nicht mehr nachweisbares Gift gemischt und in eine trinkbare Flüssigkeit gerührt. Die Flüssigkeit wird eine kurze Gerinnung des Blutes im Gehirn erzeugen und das wiederum wird eine akute vaskuläre Funktionsstörung des Gehirns hervorrufen. Diese Störung wird dann einen tödlichen Schlaganfall verursachen. Die Blutwerte würde er durch Zugabe einer weiteren Substanz, die sich nach dem Hirninfarkt in weniger als zehn Minuten im Körper ausbreitet, entsprechend manipulieren. Ein schneller Tod, nichts würde auf einen Mord hinweisen.

Wichtig war, dass die Leiche keine äußeren Verletzungen, keine Kampfspuren, keine Blutflecken aufwies.

Hauptsache, der herbeigerufene Hausarzt attestierte einen natürlichen Tod.

Alles was Lukacs benötigte, führte er in der kleinen Ledertasche mit sich. Der vereinbarte Zeitplan sah vor, dass Lukacs das ehemalige Gefängnis von Placerville am frühen Abend erreichen würde. Sämtliche Türen, außer der Zellentür, in der sich der Gefangene befand, sollten geöffnet sein. Der Schlüssel zur Zelle hing an einem Haken an der gegenüberliegenden Kellerwand.

Nach dem Mord sollte Lukacs den alten Gebäudetrakt umgehend verlassen. Zwei Stunden später würden Mitglieder von Avalanche die Leiche in dem Pick-Up des Opfers zurück in das kleine

Landhotel bringen, wo man die Leiche am nächsten Tag finden würde. Dr. Adams, ein dem Klan nahestehender Landarzt aus Placerville, würde, nachdem er den Schlaganfall festgestellte hatte, den Totenschein ausfüllen.

Dem Klan blieb dann noch genügend Zeit, das Geld zu transferieren.

Kapitel 49

Gefangen

Ich hatte Zeit gewonnen, aber ich fühlte mich hilflos und ausgeliefert, mein Verstand begann die Kontrolle zu verlieren. Eingesperrt in einem dunklen Kerker schien ich in eine Art Wachwelt zu versinken. Ich wollte mich konzentrieren, aber mein Verstand setzte mich unter Druck, fiel immer wieder in eine Art Traum. Ich musste mich beschäftigen.

Da man mir einen Sack über den Kopf gezogen und meine Hände auf den Rücken gebunden hatte, konnte ich nichts sehen und nichts greifen. Meine Füße waren jedoch frei, also begann ich meinen Körper zu drehen und mich auf die Pritsche zu setzen. Es dauerte eine Zeitlang, bis ich endlich saß. Die Bewegung lenkte meinen Verstand ab und schien mich der Wachwelt zu entziehen.

Ich versuchte aufzustehen, was mir nach drei Versuchen endlich gelang. Als ich stand, begann ich vorsichtig den Raum zu erkunden. Es folgten kurze, unsichere Schritte, den Boden mit den Füßen ertastend ging ich langsam nach links, bis eine meiner Fußspitzen die Kerkerwand berührte. Ich lehnte mich mit der linken Schulter gegen die Wand. So ertastete ich mühsam die Außenwände, bis ich zur anderen Seite des Raumes gelangte. Hier musste sich auch eine Pritsche befinden, fiel mir ein. Mein Verstand beschäftigte sich vollkommen mit der Koordination meines Körpers, der Verarbeitung des Ertasteten und des Begreifen einer Art von Raumgefühl. Als ich die Pritsche auf der gegenüberliegenden Seite erreicht hatte, konnte ich feststellen, dass sie an der Wand hochgeklappt war. Ich ging weiter bis meine Schulter die Gitterstäbe berührte. Der Raum hatte eine geschätzte Weite von gut vier Metern. Ich war nun einmal herumgelaufen, bis ich meine Pritsche wieder erreicht hatte. Vorsichtig setzte ich mich wieder hin.

Es hatte gutgetan, denn meinen Gedanken waren mit der Koordination meiner Beine beschäftigt. Endlich begann ich wieder klar zu denken.

Oscar Camp musste mich töten, soviel stand fest.

Wenn er an das Geld wollte, musste er es jedoch wie einen Unfall aussehen lassen. Er konnte mich also nicht hier töten. Das bedeutete, er wird wiederkommen.

Er konnte mich auch nicht verhungern oder verdursten lassen, also musste er bald zurückkommen.

Mein Verstand arbeitete immer klarer.

Camp wird es nicht selbst tun, er wird den Profi schicken. Der würde mich dann irgendwo hinbringen. Mir wurde immer klarer, dass ich mich meinem Schicksal hingeben musste. Unweigerlich würde der Tod auf mich warten.

Ich suchte nach einem Ausweg.

Plötzlich kam mir eine Idee.

Wenn mein Körper die typischen gewaltsamen Verletzungen eines Gefangenen aufweisen würde, dann würde das dem Arzt, der den Totenschein ausstellen musste, auffallen. Er müsste dann meinen Tod näher untersuchen und dann, dann würden ein natürlicher Tod oder ein Unfall ausgeschlossen. So konnte ich zumindest verhindern, dass der Klan an das Geld kam.

„Die Fesseln", jagte es mir durch den Kopf.

Es musste klar zu erkennen sein, dass ich vor meinem Tod gefesselt war. Vielleicht würde mir das helfen die Zeit in der ich noch lebte weiter hinaus zuschieben. Der Killer musste erkennen, dass ich Wunden an den Handgelenken hatte, die eindeutig durch die Fesseln entstanden waren.

Ich begann meine Fäuste aneinander zu reiben, die Fessel sollte sich in meine Handgelenke schneiden bis es blutete. Ich würde die blutenden Handgelenke dem Killer zeigen und ihn darauf hinweisen, dass das meinen gewaltsamen Tod verraten würde. Voller Euphorie zog ich stärker und meinte jedoch zu spüren, dass die Fessel die Haut nicht durchtrennte. Es waren dickere Seile genommen worden, keine flachen Kabelbinder. Die Seile würden nur Schürfwunden hinterlassen. Verdammt! Ich stand wieder auf, wollte zum Gitter gehen, um mir dort eine Verletzung zu zuziehen. Plötzlich starrte ich durch den Sack in das grelle Licht einer taktischen Waffe – der Killer war gekommen.

Es war zu spät!

Kapitel 50

Der Knock-Out

Lukacs hatte alles genauso vorgefunden wie es sein Auftraggeber dem IKOO mitgeteilt hatte. Die beiden Türen hinter dem Kellerabgang waren unverschlossen, nur angelehnt. Der Schlüssel zur Zelle des Gefangenen befand sich an einem Haken an der gegenüberliegenden Wand. Im Licht seiner Lampe sah er den Gefangenen mit einem über seinen Kopf gezogenen Sack auf der Pritsche links an der Kerkerwand liegen.

Er schien zu schlafen.

Der Schlüssel drehte sich im Schloss der vergitterten Zellentür.

Lukacs stellte seine Tasche auf den Boden und entnahm ihr eine Flasche mit der bereits präparierten Flüssigkeit. Vorher würde er den Gefangenen anscheinend noch wecken müssen und sprach ihn mit ruhiger Stimme an: *„Bleiben Sie ruhig, ich will Ihnen nur helfen. Zuerst werde ich ihnen den Sack vom Kopf ziehen, dann sollten Sie unbedingt etwas trinken.“*

Lukacs ging auf den Gefangenen zu, er wollte Vertrauen gewinnen. Langsam richtete er den Gefangenen auf, so dass dieser sitzen konnte. Vorsichtig zog Lukacs den Sack über den Kopf des unbekannten Mannes und sah in dessen blutleere, übernächtigte Augen. Der Gefangene seufzte.

„Trinken Sie zuerst etwas, aber langsam. Anschließend werde ich die Fessel lösen.“

„Können Sie mir aufhelfen?", fragte der Gefangene. *„Ich würde lieber im Stehen trinken."*

„Selbstverständlich", antwortete Lukacs. Immer schön freundlich bleiben, dann wird er das Gift ohne Gegenwehr zu sich nehmen, ganz im Vertrauen, das Lukacs durch seine einfühlsamen Worte gefunden hatte.

Er fasste den Gefangenen unter dessen rechten Arm und half ihm auf. Die beiden Männer standen sich jetzt gegenüber.

„Danke und jetzt möchte sofort ich einen Schluck trinken, ich verdurste fast."

Lukacs öffnete die Falsche und hob sie in Richtung des Gesichtes des Fremden. Erst jetzt fiel Lukacs auf, dass der Gefangene sehr groß war, eigentlich genauso groß wie er selbst.

Blitzartig hatte der Gefangene seinen Kopf in den Nacken gelegt, ausgeholt und nockte Lukacs mit einem gezielten Kopfstoß aus. Lukacs, der nicht damit gerechnet hatte, zeigte keine Reaktion und ging sofort in die Knie. Er schüttelte sich und wollte zurückweichen, als ihn vier Arme von hinten ergriffen.

Unmittelbar trat ein weiterer vermummter Mann vor ihn und hielt ihm eine Pistole an die Stirn.

„Sie haben das Recht zu schweigen. Alles was Sie sagen, kann und wird vor Gericht gegen Sie verwendet werden. Sie haben das Recht, zu jeder Vernehmung einen Verteidiger hinzuzuziehen. Wenn Sie sich keinen Verteidiger leisten können, wird Ihnen einer gestellt. Haben Sie das verstanden?"

Paolo Mancini sah Lukacs in die Augen.

Rick, Bob und Sheng hatten, nachdem sie herausgefunden hatten, dass sich Tom nicht in Carmel-by-the-Sea aufhielt, sondern nach Placerville gefahren war, Paolo Mancini informiert. Sie teilten Mancini auch mit, dass man kein Vertrauen zur dortigen Polizei hatte, die offensichtlich mit der Kanzlei Tegel & Camp in guter Verbindung stand.

Mancini hatte sich daraufhin selbst auf den Weg nach Placerville gemacht. Man hatte den verlassenen Pick-Up schnell gefunden, da sich Toms Handy eingeschaltet im Wagen befand und so geortet wurde.

Rick Sanders hatte Mancini den Plan des alten Gefängnisses zukommen lassen. Mancinis Apostel waren angerückt und im Licht ihrer taktischen Waffen in den alten Kellerabgang eingedrungen. Schnell hatten sie Tom in dem ehemaligen Gefängnistrakt gefunden und befreit.

Tom hatte ihnen von seinen Vermutungen berichtet, dass Oscar Camp der Anführer einer Untergruppe des Klux-Klux Klans, die sich Avalanche – Lawine nennt, einen Profikiller damit beauftragt hatte, ihn umzubringen. Mancini hatte einen seiner kampferprobten Apostel die Position von Tom in der Zelle einnehmen lassen. Die restlichen Apostel und Mancini selbst hatten die Umgebung von außen beobachtet. Als sie Lukacs kommen sahen, folgten sie ihm unauffällig.

Die beiden Apostel, die in der Nähe von Toms Pick-Up stationiert waren, fingen bereits nach zwei Stunden den „Schlurfenden", so wie er von Tom beschrieben worden war, ab.

Innerhalb der nächsten Stunden erschien Mancini mit der ortsansässigen Polizei vor der Kanzlei Tegel & Camp. Oscar Camp wurde als Kopf des Klans Avalanche vorläufig festgenommen.

Im Laufe der Ermittlungen stellte Mancini fest, dass Andrew Tegel nichts mit den Machenschaften von Oscar Camp zu tun hatte. Camp hatte mit Tegels Handy den letzten entscheidenden Anruf am Abend bevor der Aufstieg zum Wutai Shan stattfinden sollte getätigt. Er hatte Tian Liu über den Aufenthalt von mir und Sheng informiert und uns somit einen skrupellosen Mörder auf den Hals geschickt.

Oscar Camp wurde wegen Auftragsmord angeklagt und zu zehn Jahren Gefängnisstrafe verurteilt. Während des Prozesses hatte er weitgehend zu den Vorwürfen geschwiegen. Das Urteil nahm er ruhig und gefasst hin.

Lukacs wurde in den USA lediglich wegen unerlaubten Waffenbesitzes zur Zahlung einer Geldstrafe verurteilt. Nach deren Begleichung wurde er den Russischen Behörden übergeben. Dimitri Romanow sorgte dafür, dass er in Russland ein unbehelligter Mann blieb.

Das Geld von A.R.Canum und Avalanche wurde eingefroren und in dem nachfolgenden Prozess dem Amerikanischen Staat zugesprochen. Das Geld auf dem Konto meines Vaters wurde einer sozialen Einrichtung gespendet.

Ich war glücklich alles überstanden zu haben, ohne meine Freunde wäre ich hier nicht lebend herausgekommen.

Mir war klar geworden:

Man hat viele Freunde, wenn man sie zählt.

Aber nur wenige, wenn man sie braucht!

Gute Freunde erkennt man leichter, wenn das Leben schwerer wird.

Danksagung

Die Gedanken zu diesem Buch entstanden während einer meiner Reisen nach China.

Fiktion und tatsächlich Erlebtes ergaben schnell einen entsprechenden Plot.

Die Namen der Personen in diesem Roman sind frei erfunden, auch wenn sie dem einen oder anderen bekannt vorkommen mögen.

Ich danke allen, die dieses Buch lesen werden.